金狼殿下と羊飼いの侍従サマ 2

群竹くれは
Kureha Muratake

レジーナ文庫

登場人物紹介
ラウル
ガリカ国、唯一の王子。
人間嫌いで、いつも不機嫌。
心に孤独を抱えている。
アストル
アステリアが男装した姿。
王子付きの侍従として、
日々、奮闘している。
アステリア
羊飼いをしていた少女。
おじい様の間違いのせいで、
男の子のフリをして
王宮で侍従をすることに。

ワイアット
ヒューイの弟。
国軍中尉。
荒くれ者の多い
陸上分隊を仕切る。
コンラッド
ヒューイの兄。
財務省の財務
事務次官補。
ヒューイ
アステリアの従兄。
王宮で侍従長補佐を
している。
セミプレナ侯爵
面白くて美しいモノを
こよなく愛する、変わり者。
ウォルド
ムリガニー国の第二王子。
アストルを気に入って
いるようで……？

目次

金狼殿下と羊飼いの侍従サマ2

1　侍従サマの迷子

鳥の声で目覚めたラウルは、ぼんやりと目を開けて暗い天井を見つめた。起床の時間にはまだ早いことに気づき、寝台の上で寝返りを打つ。

もうすぐ侍従のアストルがラウルを起こしにやってくるだろう。

朝にございます――アストルはラウルに優しく声をかけ、なんやかんやと世話を焼きながら、柑橘のフレーバーが心地いい朝の紅茶を淹れてくれるに違いない。

いつもと変わらない穏やかな朝の訪れ。ラウルはそれをとてもうれしいと感じつつも、少しだけ胸が痛んだ。

西の大国ロサ・ガリカの偉大なるブランドン王。その息子であるラウルは、ガリカ国唯一の王子としてこの王宮で暮らしている。

仕事に忙しい父と、精神を病み離宮で暮らす母。ラウルと父母の間には距離がありすぎて、家族らしい情を通わせられないでいる。

以前のラウルは、それについて特に何も感じなかった。あえて、何も考えないようにしていたのかもしれない。自分が父母に置き去りにされていると自覚するのは、とても辛いことだ。

ラウルにとって、孤独は心地よかった。誰も信じず、誰にも心を開かない。そうやって暮らしていれば、誰かに置き去りにされることもないのだから。

そんな中、彼の前に現れたのが侍従のアストルだった。

山で羊飼いをしていたというアストルは、それまでラウルの周囲にいたご機嫌うかがいばかりしてくる侍従達とは違い、驚くほど純朴（じゅんぼく）で、ひどく鈍感（どんかん）だった。

どれだけ無視しようが意地悪しようが、ラウルの側にいてくれる。アストルはラウルの凍っていた心をいつの間にか溶かし、するりと彼の中に入り込んでいた。

他人と馴れ合うことがたまらなく嫌だったラウルだが、アストルと友達になった。

今では、アストルのいない毎日なんて考えられない。朝の紅茶を待つひと時に安らぎを感じるようになったラウルは、孤独な生活に戻ることなどできない。

同性の友人であるアストルに、ラウルは恋をしていた。

寝台の上で物思いにふけっていると、居間からワゴンが運び込まれる音が聞こえてくる。胸の高鳴りに苦笑し、ラウルは寝たふりをしてアストルを待っていた。

その日は、穏やかに一日が過ぎていった。

仕事を終えたアストルは、王子の部屋から帰る途中、空に浮かぶ満月を見上げてみた。美しい月は夜の庭園を照らし、眠りにつく草花達を青白く輝かせていた。幻想的な庭を眺め、アストルはため息をつく。それと同時に涙がこぼれた。

「……王子」

アストルは、昨晩聞いたラウルの告白に胸を痛めていた。

家族に無関心な王、ラウルに執着（しゅうちゃく）する王妃、その呪縛（じゅばく）から逃れられないラウル。彼を取り巻くすべてのものが、彼を傷つけている。

――守る、私が王子を守る。あの人は私の大事な人だから……

しかし、ラウルのことを想えば想うほど、アストルの頭をウォルドの言葉がよぎる。ムリガニー国の第二王子であるウォルドは、アストルが性別と名を偽（いつわ）っていることをなぜか知っている。そして彼は、誠実なラウルを騙（だま）すなんて裏切りだと言い、笑った。真実を知った時、ラウルはとても傷つくだろうと。

「私は、あなたを守りたい。あなたを傷つけるすべてのものから守りたいのに……」

ラウルを一番傷つけるのは自分かもしれない――その可能性に、アストルは震えた。

美しい満月から目を落とすと、アストルの視界の端に、小さな明かりが映った。

西の棟からこぼれるその明かりがなぜか気になり、アストルの足は自然とそちらに向かっていく。

西の棟には王の居室があるため、警備が厳しい。しかし棟に足を踏み入れても、アストルは誰とも出会わなかった。

見えない力に動かされているかのように、アストルはふらふらと廊下を進んだ。

明かりは、王宮図書室の窓から漏れていた。アストルは図書室の扉を開けたが、そこには誰もいない。静まり返った室内には、炎がゆらめく燭台が置かれていた。

「蝋燭をつけたままなんて……危ないなぁ……。誰かいませんか～？」

その燭台を片手に、アストルは図書室の中を見回した。

すると、床に光るものが見えた。壁際に置かれた本棚のすぐ手前で、何かがキラキラと輝いている。アストルは屈み込み、それを手に取った。

「……指輪？」

それは、古びた指輪だった。少しくすんだ銀の台座に、丸くてなめらかな紫水晶がはめ込まれている。サイズとデザインからして、女性用の指輪のようだ。誰かの落としものだろうか。

とその時、アストルは指輪の内側に刻まれた文字に気がついた。

「……永遠の、……忠誠？　かすれていて読めないな……」

なんとかその文字を判読しようとしていると、アストルは手を滑らせて指輪を落としてしまった。指輪はあっという間に本棚の下に転がっていく。慌てて棚の下の隙間を覗いてみたが、暗くてよく見えない。

「……どうしよう」

誰かの大切な指輪だったら……。そう思うと、なんとしても棚の下から取り出さなくてはならない。アストルは急いで棚から本を抜き取りはじめた。

三分の二ほど本を抜いたところで、本棚をどかそうと横に押してみる。すると意外なほど軽く、するするとスライドしていった。

「――っえっ!?」

本棚のあった場所に指輪はなかったが、代わりに扉が現れた。壁に作られた扉は、少しだけ開いている。指輪はそこに転がり込んだのかもしれない。扉の奥をおそるおそる覗いてみると、下り階段が伸びていた。

おそらく隠し通路だろう。アストルはどうしようかと躊躇ったが、先ほど見た指輪の

メッセージを思い出して決心した。「永遠」と「忠誠」——そんな言葉が刻まれているのだから、大切なものに違いない……アストルは燭台を手に持ち、ゆっくりと階段を下りていった。

階段は、地下道に繋がっていた。

「……どこまで行っちゃったの？」

アストルは人が一人通れる程度の地下道を進みながら、小さく呟いた。かなり奥までやってきたが、指輪は見当たらない。見落としたのだろうか。引き返そうか迷いながら歩いていると、地下道の先に光が差し込んでいる場所が見えた。そこで、何かがキラキラと輝いている。アストルは、光の差す場所に急いだ。

「あった!!」

輝いていたものは、落とした指輪だった。アストルは指輪を拾い上げ、ほっと胸をなでおろす。何気なく前を見ると、そこには上りの階段があった。

アストルは何かに誘われるように、その階段を上がっていった。階段を上がりきった先には鉄格子の扉があり、軽く押しただけでそれは音もなく開く。

扉の外には見たことのない庭が広がっていた。

「ここは……どこの庭？」

庭園は高い壁に囲まれ、手入れがされておらず荒れ果てている。その先には、王宮にある北の塔が見えた。

かつて貴人を幽閉するために使われていた北の塔は、現在、立ち入り禁止となっている。これは、まずいところに来てしまった。アストルは引き返そうと、鉄格子の扉に手をかけた。しかし、先ほど簡単に開いた扉は、今はびくともしない。何度も押したり引いたりしてみたが、結局、扉は開かなかった。

別の出口を探すため、アストルは雑草の生い茂る庭を進む。すると、少し開けた場所に出た。

白薔薇の大きな茂みを囲うように石畳が敷かれたそこは、他の荒れた場所とは違い、美しく整えられている。月の光に照らされた薔薇からは、甘い香りが漂っていた。

――どうして、ここだけ？

不思議に思ったアストルが茂みに近づくと、修道服を着た女の姿が目に入った。ベールを被ったその女はひざまずき、頭を垂れて手を合わせている。月光の下、女は静かに祈りを捧げているようだった。

その姿を見つめていると、ベールの女はゆっくりアストルのほうを見た。

「……迷い込まれたのですか？」

静かで優しい女の声に、アストルはやや安堵した。

「あの、指輪を落としてしまって……探していたら、ここに辿り着いて……」

おずおずとアストルが答えると、女は立ち上がった。

「まぁ、それはお気の毒に……、指輪は見つかりましたか？」

「はい、見つかりました」

アストルが言うと、女はほっと息を吐いた。

「……その紫水晶の指輪は、ブランドン王のもの。どうか、彼に届けていただけませんか？」

女は穏やかな声でアストルにそう頼む。指輪の特徴など話していないのに、彼女はそれが紫水晶の指輪だと断言した。アストルは首をかしげ、その女をじっと見る。

質素な修道服。短めの黒いレースのベールを被っていて顔はよく見えないが、腰まで伸びた銀色の髪が月の光を反射している。美しい髪は、白い薔薇のようだとアストルは思った。

「なぜ、指輪が紫水晶だと思われたのですか？」

訝しがって尋ねると、女はくすくすと笑う。

「まぁ、警戒しなくてもよろしいのですよ。失くしたのは、王の指輪だけ。だから、あなたが探さなければならないのも、彼の指輪。……見つかって本当によかったわ」

「……おっしゃっている意味が……」

　アストルが眉根を寄せると、女は微笑(ほほえ)んだ。

「……指輪を見つけていただいたお礼をしなくては」

　彼女は薔薇の茂みに手を伸ばし、美しい白薔薇を一輪手折(たお)った。

「さぁ、これをあなたに。苔(こけ)むした古(いにしえ)の薔薇があなたを守りますように」

　女はゆっくりと近づいてくる。アストルは彼女から距離を置こうとしたが、なぜか身体が動かない。アストルは恐怖を感じ、視線だけを彷徨(さまよ)わせた。女はアストルの前に立つと、優雅な動きで侍従服の胸元に薔薇を飾った。

「さぁ、これでいいわ。アステリア、あなたは間違わないでね。愛すること、愛されること。傷つくこと、傷つけること……。あなたの気持ちだけが、あなたの真実よ。惑(まど)わされないでね、どうか私のように間違えないで……」

　女は、アストルの頬を優しく撫(な)でた。彼女の冷たくも優しい手の感触と甘い白薔薇の香りに、アストルの頭はぼうっとしはじめる。

「……どうして、その名を？　あなたは……誰？」

　霞(かす)んでいく意識の中、アストルは女に尋ねた。

「……私は塔の魔女。あの人に伝えて。私はここで、幸福な夜の訪れをいつまでも祈り続けていると」

アストルは意識を手放すまいと手を伸ばしたが、むなしく空を切る。

「アステリア、いい子ね。あなたも愛する人のために、その薔薇を……」

女の言葉が闇の中に溶けていく。アストルの意識は、そこで途切れた。


目を開けると、アストルは王宮図書室にいた。

いつの間にかソファーの上に横たわっている。そろそろと頭に手を当て、先ほどの出来事を思い返してみた。あれはなんだったのだろう、夢でも見ていたのだろうか……。

アストルはぼんやりとしたまま、ソファーから身を起こした。

「……気がついたか」

声のしたほうを見ると、そこにはガリカ国王が立っていた。藍色の瞳が、アストルを見下ろしている。

「——っあ、……えっ!?」

アストルは驚きのあまり勢いよく立ち上がったが、眩暈がして再び座り込んでしまう。

「無理をしなくてもよい、そのまま座っていろ。お前には聞きたいことがある」

静かだが威圧的な声と、仄暗い光を放つ王の瞳。アストルは緊張して息を呑んだ。

「まず、お前はいつからここにいた？　この部屋には鍵がかけられていたはずだ」

王の言葉に、アストルは目を見開いた。

王宮図書室には、貴重な資料や文献がたくさん収蔵されている。そのため普段は施錠されていて、簡単に入れる場所ではない。しかし今夜、アストルは簡単に図書室に入れた。扉が開いていたからだ。

緊張で乾く唇を湿らせながら、アストルはおそるおそる発言した。

「あ、あの、十一時過ぎくらいに、ここから明かりが漏れているのに気づいて……、扉は施錠されていませんでしたし、無人でした。燭台の火がついたままだったので、消そうと思い、ここに入りました……」

足が自然とここへ向かったということは、伏せておいた。自分でも説明できないことを、王にわかってもらえるとは思えなかったからだ。

気まずくうつむいたアストルに、王は眉をひそめた。

「俺は十時過ぎから、ここにずっといた。扉にも鍵をかけていたし、誰かがやってきたような音も気配もなかった。本当は、俺より先にここへ入り身を潜めていた、そうではないのか？」

王の詰問に、アストルは頭を振った。

「ち、違います‼　私は九時前から十一時過ぎまで、王子のお側に控えておりました。ここには、本当に十一時過ぎくらいに――」

身の潔白を主張しながらも、アストル自身、疑問を感じていた。それでは、王の証言が違うことになる。王がそんな嘘をつく必要などないだろう。だとすると、自分はどうやってここに入った？

説明のできない状況に、アストルは口ごもる。

「……では、質問を変えよう。お前の胸元の薔薇は、どこで手に入れた？」

王はアストルの胸元をキッとを睨んだ。その目に怯えつつ、アストルは自分の胸元に手を伸ばした。指が薔薇のやわらかい花弁に触れる。あれは、夢ではなかったのだ。

「……その『灰色の薔薇』は、北の塔の庭園にしか咲かぬはずだ。どうしてお前が持っている？　北の庭園の鍵は、俺しか持っていない」

王の声は、怒っているようにも悲しんでいるようにも聞こえた。

「……私がここに入った時、床に指輪が落ちていました。誰かの落としものだと思い拾いましたが、手を滑らせて……指輪は本棚の下に転がり込んでしまいました。指輪を拾うために本棚をどかすと、扉が現れて……その先の地下道を進むと北の塔の庭に着き、そこにいた女の人に薔薇をもらったのです」

王はアストルの胸元に咲く薔薇をなおも睨みながら、じっと説明を聞いている。

「あの、信じていただけないかもしれませんが、本当なのです！　あの壁の本棚の後ろから……、北の塔に……」

アストルが言葉を重ねると、王はゆっくりと立ち上がった。そしてアストルの手を取り、例の本棚の前に連れていく。王が何かを操作して本棚を押すと、アストルが見た時と同じように、棚が横にスライドした。

「……ここはもう閉じられている」

王はアストルをじっと見つめた。アストルは王の肩越しに、おそるおそる壁を見やる。すると、先ほど扉があった場所は漆喰(しっくい)で塗り固められていた。アストルは思わずその壁を触り、強く押してみたが、ビクともしない。

「……そ、そんな、だって、さっきは……ここに扉が……」

それでは、先ほど見た北の塔の庭はなんだったのだろうか。あれが夢ならば、自分の胸元にある薔薇について、どう説明する？

混乱のあまり座り込んだアストルの左手を、王が持ち上げた。

「……指輪とは、これか？」

それは、なぜかアストルの薬指にはまっていた。はめた覚えのない指輪に驚き、アストルの顔は青ざめる。

王は怯えるアストルの顔をちらりと見た後、その指から強引に指輪を引き抜いた。

「……あるはずがない……あるはずがない。……これは燃えたはずだ。……俺が燃やしたはずだ!!」

王は指輪を握りしめ、ブルブルと震えだす。

「……来い」

王は再びアストルの手を取り、王宮図書室を後にする。グイグイと王に手を引かれながら、アストルは北の塔まで連れてこられた。王は強張った表情を浮かべて鍵を取り出し、扉を開ける。そして塔を取り囲む高い塀の中に入っていった。

月明かりに照らされた庭園は、アストルが先ほど見た時と同じように荒れ果てていた。王はアストルの手を引き、ベールの女がいた薔薇の茂みまで進む。

その茂みを見て、アストルは絶句した。アストルが見た時には、白薔薇がこぼれんばかりに咲いていた。しかし、目の前にある薔薇の木には、一輪も花がついていない。

「た、確かに、さっきは白薔薇が満開で……、銀の髪に修道服を着た女性が、指輪を見つけたお礼に薔薇をくれて……」

アストルが独り言のように呟くと、王はようやく手を離した。

「……お前は、あの女に呼ばれたのだな」

先ほどまでの剣幕とは打って変わり、王はアストルの頭を優しく撫でた。

「あの女は、なんと言っていた？　俺を憎め、俺を殺せと、恨み言でも口にしていたか？」

王の澄んだ瞳は、アストルではなく、何か別のものを見つめていた。

なんて悲しい目だろう。アストルは王の目を見て頭を振った。

「……いいえ。その指輪は王のものだから、届けるようにと。指輪を見つけたお礼として、これをいただきました。古の薔薇が私を守るって……」

王はアストルの言葉を黙って聞いていた。

「自分は間違えたけれども、私には間違えるなと。自分の気持ちだけが真実だとおっしゃってました……」

王の顔が徐々に歪んでいく。まるで痛みに耐えているようだった。

「女性は塔の魔女だと名乗りました。そして……ここで幸福な夜の訪れをいつまでも祈り続けていると」

アストルの言葉を聞いた王はがくりとその場に膝をつき、両手で顔を覆った。

「――っ、まだ俺を呪うのか!?　もう、俺を解放してくれ、オフィーリア!!　俺を憎むと言ってくれ、許さないと、……そう言ってくれ……」

王は咆哮し、薔薇の茂みへにじり寄ると、爪を立てて地面を掘り出した。

「いるんだろ、そこにいるんだろ!? 道化の俺を嘲笑っているんだろ!!」

アストルはとっさに王の背中にしがみついた。

「――っや、やめてください!! 手が! 怪我をされてしまいます!!」

しかし、王は唸り声をあげてなおも土を掘る。

「なぜ、俺には夢にさえ現れぬ!! お願いだ、オフィーリア! 俺にも姿を見せてくれ、一目でいいんだ、恨むと、許さぬと、声を聞かせてくれ……オフィーリア……」

「だめっ! 爪が剥がれちゃう!」

アストルは王の腕に必死でしがみつき、王の突然の奇行を止めようとした。

「もう……もうやめてくれ、幸福な夜など望んでいない。俺はあれからずっと煉獄にいるんだ。お前に会えないのなら、お前がいないのなら……俺に幸福な夜なんて訪れないと、なぜお前にはわからない。なぜお前は、俺をこれほど長く苦しめる……」

王は、皮膚が破れて血にまみれた手で、掘り返した土を握りしめる。

「……オフィーリア、どうして一緒に死ぬことも許さない？ それほど俺が嫌なのか。教えてくれ……早く俺を殺しにきてくれ……」

王は地面に頭をこすりつけて、悲痛な声をあげる。そして力尽きたように、土を掘るのをやめた。

冷たく白い月の光の下、地面にうずくまる王は大きな獣(けもの)の死骸(しがい)のようで、ひどく痛ましい姿だった。


来た時とは逆に、アストルは放心した王の手を引いて西の棟に戻った。

北の塔(とう)を出る時、扉には忘れず鍵をかけた。ここには王以外立ち入ってはいけない、そう思ったからだ。

王の部屋に着くと、アストルは王を椅子に座らせて傷の手当てをはじめた。土で汚れた手を何度も水ですすぎ、汚れを落として消毒をする。彼の指先の皮膚は破れ、爪が数枚割れていた。

「……痛くはないですか？」

アストルは尋ねたが、王は無言のまま宙を見つめている。アストルは丁寧に消毒をしてから傷薬を塗り込み、包帯を巻いた。

その後、部屋の外に待たせていた侍女から温かいお茶を受け取り、王のもとに戻る。

「どうぞ、温かいお茶です」

魂が抜けてしまったような王の前にお茶を置き、アストルは彼をじっと見つめた。

今のブランドン王は、まるで人形だった。何も映していない瞳、微動だにしない身体、息遣いすら聞こえてこない口元。

「……どうか、お茶を飲んでくださいい。身体が温まりますので……」

アストルは、王に茶を飲むよう懇願した。

とその時、アストルの鼻先を甘い香りがくすぐった。アストルは、自分の胸元にある白薔薇に手を伸ばす。この薔薇を本当に必要としているのは、王なのではないか。アストルは、ふとそう思った。

「……この薔薇は陛下に。傷が早く癒えますように」

アストルは包帯の巻かれた王の手に薔薇を握らせ、静かに立ち上がった。

——遅い時間だけれど、ヨハン様を呼ぼう。あの方なら、王のこともよくご存知のはずだ。

王に背を向けて部屋を出ようとすると、王は小さな声でアストルを呼び止めた。

「……灰色の薔薇を——聖なる薔薇を、俺に渡してしまっていいのか？」

王は手の中の薔薇を見つめながら、アストルに問いかける。アストルは少しだけ迷ったが、思ったことを率直に口にした。

「その薔薇は、陛下にとって大切なものに見えたので……。大切にしてくださる方の手元にあるほうが、その薔薇も喜ぶと思います」

アストルの言葉を聞き、王はわずかに笑った。

「……そうか、礼を言う。この薔薇の礼に、お前の願いを一つだけ聞いてやろう。何がいい？」

王の申し出に、アストルは困惑した。何かしてもらうために、薔薇を渡したわけではない。しかし、ここで断るのも角が立つ。アストルはしばらく考えた後、おずおずと口を開いた。

「……ならば、王子と──ラウル殿下と、もう少しお話をしてはいただけませんか？　あ、あの、王子は陛下を大変尊敬されています。きっと、陛下ともっとお話ができれば王子も……」

そう口にしながら、アストルはだんだん悲しくなってきた。

──王子は、お母様のことで大変苦しんでおいでです。為政者としての責務に、戸惑っております。孤独は辛いことだと、自覚されました。信じられるものを探そうと、必死です。この王宮で生きていくため、あがいています。だからそんな王子に、「父」として少しでいいから向き合ってください。

ラウルを思うと、アストルの胸は痛んだ。

「もっと陛下とお話しできれば、王子の心もきっと晴れます。ですから……」

アストルは自分の願いが出過ぎたことだと自覚してはいたが、口にせずにはいられなかった。気まずそうにうつむいたアストルに、王は探るような目を向けた。

「……お前の選択は『ラウル』か……」

王はぼそりと呟き、目を閉じる。

「……いいだろう。その願い、受け入れよう」

「あ、ありがとうございます!!」

アストルは弾かれたように顔を上げ、深く頭を下げた。

「……今夜はいろいろと世話になったな……俺はもういいから、お前も下がれ。このまま一人になりたい。誰もこの部屋に近寄らせるな」

アストルはヨハンを呼ぶのを諦めた。王の指示に従って部屋の外にいた侍女たちを下がらせ、自分も王の部屋を後にした。

アストルが部屋に戻ると、すでに一時を過ぎていた。同室で暮らす侍従長補佐のヒューイは、アストルの疲れ切った顔を心配そうに覗き込む。

「何かあった？」

従兄（いとこ）でもあるヒューイの優しい問いかけに、アストルはうまく答えられなかった。今夜起こった出来事について、気軽に相談などできそうにない。

「……王が怪我（けが）をされて、……今はまだ、混乱していて」

アストルがうつむくと、ヒューイは穏やかに「そうか」とだけ言った。


アストルはベッドの中で目を閉じ、青ざめた王の横顔と、王子の痛みに歪（ゆが）んだ横顔を重ね合わせた。

ここは、なんて悲しいところだ。誰も彼も愛したい、愛されたいと叫びながら、憎しみ合い、傷つけ合うことしかできないでいる。どうして、寄り添い温め合うことができないのだろう。絶望の淵（ふち）ばかりを覗き込み、天上にある光を見上げようとしないのだろう。

アストルが感じていた王宮を覆う「暗く寂（さび）しい影」は、ここに住まう人々の影そのものだった。

——王子、王子、あなただけはこの影に取り込まれたりしないで。

アストルはかすかに残る白薔薇（しろばら）の香りを感じながら、夜の底でラウルを想った。

2　国軍中尉の昼食

「だぁ～～～～っ!!　全然駄目だ！　わかんねぇ!!」

王都で国軍中尉を務めるワイアットは、頭をかきむしりながら、屋敷に持ち帰った報告書を眺めた。

ワイアットには、財務事務次官補、侍従長補佐として働く二人の兄がいる。

彼らとの取り決め通りに、ワイアットはムリガニー第二王子ウォルドの周辺調査をしていた。しかし、怪しい動きはあるものの決定打がない。そもそも、この調査自体が大っぴらにできるものではないのだ。同盟国の王族を犯罪者とみなして捜査するわけにはいかず、王都周辺のゴロツキに張りついて、ウォルド側の接触を待つばかりだ。

八方塞がり。そんな言葉がふさわしい状況に、ワイアットは頭を抱えていた。

「……腹減ると、ロクな考えが浮かばねぇ！」

とりあえず飯だ！　とワイアットが食堂に行くと、祖父のヘンリーが優雅にお茶を楽しんでいた。

わざわざ食堂でお茶を飲む祖父の姿に、ワイアットは嫌な予感がした。

「あれ？　ウィン、今から夕食？　おじいちゃんと一緒に食べよう！」

ヘンリーはいかにも偶然といわんばかりの笑みを浮かべ、侍女に二人分の夕飯を用意するように命じた。ワイアットは渋々席に座ると、ヘンリーから目を逸らして食前酒に口をつける。お前とは口をきかない、と態度で示したつもりだったのだが……

「お兄ちゃん達とがんばってるみたいだけど、どう？　ウォルド殿下の組織の尻尾は掴めた？」

「――ブゥッ!!」

祖父の言葉に、ワイアットは飲んでいた食前酒を思わず噴き出した。

「……汚いなぁ。ウィン、そんなんだから、女の子にモテないんだよ？」

「だって、いきなり直球で来ると思ってねぇし!!　～～っあれだろ？　俺ならチョロいから口を割ると思ってんだろ？　言っとくけど、俺チョロくねぇし！　喋んねぇからな!!」

顔を真っ赤にして喚く孫の顔を見て、ヘンリーはニヤニヤと笑う。

「ウィン君、それじゃ半分喋ったも同然だからね。『喋らない』っていうのは『喋りたくないことがある』ってことだから。そこは、『組織って何？　なんの話か教えて？』って返さなきゃダメでしょ～」

祖父の顔を睨みつけながらも、ワイアットは観念した。祖父と遭遇した時点で、勝敗は決していたのだ。こうなったら、なんとか負けを小さくするしかない。

ワイアットは両手を上げ、降伏を宣言する。

「わかったよ、じいちゃんの知りたいこと聞けよ。その代わり、俺にも教えてくれ。俺、じいちゃんの孫なんだから、そんくらい贔屓してくれてもいいだろ？」

ワイアットの素直な態度に、ヘンリーはにこりと笑う。

「フフ、ウィンはいい子だねぇ。ま、とりあえずご飯を食べてからにしようか？　今日は君の好きなローストビーフだしね」

ヘンリーは食前酒に口をつけ、口をへの字に曲げたかわいい孫の顔を眺めた。

「それで、お兄ちゃん達……いや、ヒューイはウォルド殿下を敵とみなして行動開始ってことか。でも、ラウル殿下の味方をするわけじゃないんだね？　……まったく、ヒューイはややこしい子だねぇ。そこは素直に、ラウル殿下の味方につけばいいのに。ホント、誰に似たんだか……」

間違いなくアンタだろ!?　と心の中で突っ込み、ワイアットは食後のお茶を飲んだ。

　ヘンリーの知りたがったことは二つ――ウォルドに対する三兄弟の立ち位置と、今後の方針だった。

「なぁ、じいちゃん。俺が喋ったって言うなよ？　ばれたら、多分、ラド兄に物差しでビシッって叩かれんだぞ。俺、いまだに小数の掛け算見ると、物差し思い出してビビるくらいなんだからな？　地味にイテェんだぜ、アレ」

　鬼のような形相で自分の勉強を見ていた長兄コンラッドを思い出し、ワイアットは顔をしかめる。そんなワイアットを面白そうに見つめ、ヘンリーは話を進めた。

「――で、ウィンは掴めそうなの？　相手の尻尾」

「駄目だよ、全然駄目。アイツらが行きそうなトコを張り込むにしたって限界がある。余計なモンばっか釣れるだけだ」

　ヘンリーはかわいい孫の嘆きを聞き、ニヤニヤと笑う。

「そういう時は、逆算と消去法だよ。まずは相手が持ってるモノの規模から推理する。ウォルド殿下の工作資金源は犯罪組織から出ていると踏んでるんでしょ？　だったら、犯罪の種類、組織を動かすための行動資金、人脈と手間と時間について考える。相手だって動ける範囲でしか事が起こせないんだから、できそうにないことは消してしまう。そうやって相手の動きを見るんだよ」

かつてガリカの宰相を務めていた老獪な策士は、紅茶をゆっくりと口に含む。

ワイアットは唸り声をあげた。何か思いつきそうなのに、今一歩届かない。

優雅にティーカップを傾ける好々爺のふりをした妖怪に、ワイアットは手を合わせて頼み込んだ。

「じいちゃん、知ってんならヒントくれヒント！　俺だけ出遅れてるみたいだから、そろそろ兄貴達にボコられそうだし……今度なんか奢るから！　なっ!!」

かわいい孫のお願いに、ヘンリーはいたずらっぽい笑みを浮かべて答える。

「元手が少なくてもはじめられて、自分の名前を出さなくても顧客が付く。土地や荷物に官憲の手入れが入らない、王族の特権を活かした犯罪、な～んだ？」


白い猫を模ったパペットの大きな口がパクパクと動く。

「ねぇ、お姫様。どうしてそんなに泣いているの？」

イザベルは涙で濡れた顔を上げ、「魔法使い」のアイスブルーの瞳を見上げた。

「……騎士様が、騎士様が、わたくしを打ったのよ!?　どうしてこんなにも愛しているのに、打ったりするの？　わたくしを抱きしめてくださらないの？」

髪を振り乱し、イザベルは金切り声をあげながら魔女の人形の首を絞める。

「……また魔女がわたくしの愛する人を奪っていくのよ！　魔王様に呪いをかけて……今度は騎士様にも呪いをかける気なのよ!!」

イザベルは魔女の人形の顔にフォークを突き刺し、魔法使いに助けを求めた。

「ねぇ、魔法使いさん、わたくしを助けてくださいな。わたくしの愛しい騎士様をあの魔女から取り戻して！」

歪んだ笑みを浮かべながら、イザベルは魔法使いににじり寄った。

「お礼ならなんでもするわ。お手紙が必要なら何枚でも書くわ!!」

魔法使いはすがりつくイザベルの髪を優しく撫で、にこりと微笑んだ。

「あぁ、僕が助けてあげるよ、赤毛のお姫様。僕は良き魔法使いだからね。困っているお姫様の手助けをするのが大好きなんだよ」

魔法使いの言葉に、イザベルは満足そうにうなずく。

「ねぇ、早く魔女を倒してわたくしの騎士様をここに連れてきて。ここでずっと騎士様と暮らすの。だってお姫様は、いつまでも幸せに暮らせるはずでしょ？」

彼女のお願いに魔法使いの笑みは深くなり、氷のように冷たい瞳がギラギラと輝く。

「うん、僕が早く魔女を倒すよ！　君と君の騎士様をここに閉じ込めてあげるね。二人っきりでいつまでも一緒にいられるように」

魔法使いがそう言うと、イザベルは頬を赤らめて喜びに満ちた笑みを浮かべた。

「お薬の時間でございます」

女官が薬を持ってイザベルの前に現れた。蜂蜜の入った甘い紅茶に白い粉末を混ぜると、イザベルの前にそっと置く。

「ふふ、わたくしこのお薬大好き！　甘くてとっても幸せな気分になれるの!!　一日に何度も飲みたいくらいよ、アンナ」

イザベルはティーカップの紅茶を一気に飲み、名残惜しそうに底に残った液体を眺めている。虚ろな眼差しでティーカップを見つめるイザベルを、侍女のアンナは青ざめた顔で見ていた。

「ダメダメ、薬は決まった分量だけ！　そうだよね、アンナ？」

魔法使いの問いかけに、アンナの肩はびくりと震えた。

「今は、まだこのくらいでいいんだよ。もう少ししたら、好きなだけ飲ませてあげる」

魔法使いは微笑みながら、意識が混濁しはじめたイザベルをじっと眺めた。

祖父ヘンリーと別れた後、ワイアットはすぐ屋敷から王宮に戻り、「報告したいことがある」と二人の兄に招集をかけた。いつも通り、侍従長補佐の執務室に。

「このパターンは読めてたけどさ……。いい加減、ここはみんなの寄り合い所じゃないとわかってほしいわけで……」

ヒューイはブツブツ言いながらも、机に茶を並べる。

「この香り、キームンですか？　私はシレットのほうが……」

コンラッドは当たり前のように紅茶の銘柄に文句をつけた。ヒューイは顔をしかめたが、何も言わず紅茶をそそぐ。

「俺が言うのもなんだけどさぁ……、ヒュー兄って苦労性だよなぁ……」

ワイアットがしみじみと呟くと、ヒューイは弟の生意気な口をつまみあげた。

「ホント、お前に言われるとは……。なら、ここに集うなよ、な？」

ヒューイが茶の準備を終えると、ワイアットはわざとらしく咳払いをしてから言った。

「じゃ～ん、発表します！　ウォルドの資金源である組織が判明しました！　それは、麻薬の密売組織です!!」

ワイアットは立ち上がり、得意そうな顔で発表を続ける。

「新種のヤクを流して、荒稼ぎしてるみたいだぜ？　問題なのは、このヤクが王都周辺でも出まわってるってことだ。スラムや色街の人間以上に、高級住宅街寄りのシガーバーなんかに通ってる奴らが手ぇ出してるらしい。俺達の目につきづらい上流層を中心に、流行（はや）りだしてるんだと」

　コンラッドは弟の喜々とした顔を一瞥（いちべつ）し、紅茶を飲んだ。

「なるほど。お爺様（じいさま）の助言は、さすがとしか言えませんね。それで、代償はなんだったのです？」

　ヒューイも渋い顔でワイアットを見上げる。

「短期間でそこまで絞（しぼ）れるほどの情報を得たってことは……お前、俺達のこと売っただろ？」

　二人の兄に睨（にら）まれ、ワイアットはダラダラと冷や汗をかいた。

「……ごめんなさい、じいちゃんに教えてもらいました……」

　その後、兄達に散々罵（ののし）られて、ワイアットは、涙目になった。青筋を立てたコンラッドは、やっと話を進める。

「問題はどれほどの質の薬を、どれだけ流す気でいるかでしょう。流しはじめたばかりの麻薬ならば、価格の安定まで時間がかかるはず。しかし、価格が安定するほど麻薬を流されるわけにはいきません。それで、現在の末端取引価格と麻薬の質は？」

　コンラッドの冷たい視線にビクつきながら、ワイアットは資料をめくった。

「レートは、金貨一枚で三十グラム。つまり、一般的な労働者の一ヶ月分の稼ぎが軽々と吹っ飛ぶ額ってわけだ。麻薬の質は……よくわかんねぇ。中毒性の高さも不明。ヤクが出まわりだして日が浅いから、重度の中毒患者がまだいない。やった奴は、『幸せになれる』って言ってるらしい」

ヒューイは厳しい表情で考え込む。

「……多幸感か。とりあえず、麻薬の原料の特定が必要だ。そっちはどうなんだ？」

「調べているけど、まだダメだ。この辺では見かけない植物ってことしかわかってない」

ワイアットの言葉にコンラッドはため息をついた。

「原料については、何も判明していないってことですね……しかし、ウォルドはそんな新種の麻薬をどこから手に入れたんでしょう？」

コンラッドが首をかしげると、ワイアットも同調した。

「それなんだよ！　入手ルートを独占してるのか、自ら作ってるのか……。それに、王族っていう身分の奴が新種のヤクに詳しいこと自体おかしい」

三人が頭を抱えていると、ドアをノックする音が響いた。怪訝（けげん）そうな表情でヒューイが扉を開ける。そこには、祖父のヘンリーがニコニコと笑いながら立っていた。

「みんな、こんなトコで遊んでたんだねぇ？　ホラ、お菓子持ってきたよ！　おじいちゃんも仲間に入～れ～て！」

楽しそうな祖父の顔を見て、三人は呆然と立ちつくす。

コンラッドは怒りに任せて、机を勢いよく叩いた。

「ウィン、あなたはウチに帰って夕飯を食べて、お爺様にわざわざ外出すると言ってかららココに来たんじゃないでしょうね⁉ なぜもっと注意しないんですか！ つけられるに決まってるでしょう！ 私だってお爺様の顔を見ないように別宅暮らしをしているのに、本当にあなたって人はどうしようもない大馬鹿ですね‼」

「いや……だって、普通、孫をつけるか？」

「普通じゃないから、ここにいるんだろ？ もう、いい加減学習しろよ！ ウチの爺さんは悪魔か妖怪の類なの！ 近寄るだけで、ひどい目にあうの‼」

ポカンとしているワイアットに向かってヒューイが叫ぶ。

「……君達ねぇ、おじいちゃんのこと、そんなに信用してないの？ おじいちゃん、泣いちゃうからね」

祖父が物悲しそうにそう呟くと、孫を代表して長兄コンラッドが答えた。

「えぇ、まったく信用なりません」

「——で、爺さんは何しにきたの？ 俺達の邪魔？ かかわるなって忠告？ それともきたの」

「もう、ヒューイは本当に疑り深いんだから……、違う違う、今日は紳士協定を結びに

攪乱？」

祖父の口から出た意外な言葉に、コンラッドは眉をひそめた。

「……紳士協定ですって？」

「そ、紳士協定。僕は、今後のアスちゃんの身の安全を保障する。その代わりに、君達は僕のしたいことに協力する。これなら、君達の目的は完遂できるでしょ？」

ヒューイは険しい表情でヘンリーを睨んだ。

「……ウォルドには手出しするなってこと？」

「そんなことは言ってないよ。僕も彼のやり方は気に入らないし、邪魔だからね。退場してもらうつもりだよ。じゃなきゃ、アスちゃんの身の安全も保障できないしね」

祖父の提案に、ヒューイとコンラッドは顔を見合わせた。

――うかつに祖父の話に興味を示せば、無理難題を押しつけられるだろう。一度は無視をして、祖父の言う「したいこと」と「協力」の内容を探ってから……

二人がアイコンタクトをしていると、末弟が元気良く口を開いた。

「何！　いい条件じゃん、願ったり叶ったりだぜ！　じいちゃん、協力って何すればい

いんだ？」

「お前は寝てろ～～～～!!」

兄二人は末弟の首を絞(し)めたが、祖父は悪魔のような笑みを浮かべる。

「言質(げんち)は取ったよ。契約成立だね！」

祖父の楽しそうな声に、兄二人は肩をガクンと落とした。


「コンラッドは、ウォルドから金を受け取ってる貴族や商人達のリストを作成して、彼らの事業間の繋がり、その業界に占める事業規模、影響力も調べてね。小さな取引先でも構わないから、できるだけ詳細に。取引額もわかればベストだね。ウォルドの金がどう流れているかで、どこまで切るかを判断したい」

ヘンリーの指示にコンラッドは息を呑んだ。

ヘンリーは、ウォルドに加担する者への処罰を経済的損失の有無(うむ)で決定しようとしている。業界に与える損失が小さければ公(おおやけ)に罰し、大きければ内々に罰して経営権を取り上げる気だろう。

「……切る、とは具体的にどのように？」

「いろいろあるでしょ？　どのみち帳簿に載せられない金をたくさんもらっちゃったん

だから、罪状なんてこっちで適当に決めればいいよ」

ヘンリーのかつての仕事ぶりを垣間見たコンラッドは、顔色を悪くしながらもうなずいた。

「次にヒューイ。君は、ウォルドと急に仲の良くなった人物の身辺調査をして。姻戚関係も忘れずに調べてね……そうだなぁ、八親等はさかのぼってみて。それから今の政権の要職にある人物と繋がりがないかも確認すること。繋がりのあった者は、経歴と君の人物評をリストにして僕に提出。政権維持に必要そうな人物だったら首輪をつけて、必要なければ挿げ替えるから。リストに挙がった人物の後任人事も、何人かピックアップしておいて！」

ヒューイは嫌そうな顔をして、自分の執務机に置かれた決裁待ち書類の束を見た。

「……それ、いつまでに？」

「そうね、十日以内に欲しいかな」

――殺す気か？　過労死で孫の葬式出す気か？

ヒューイは心の中で毒づきながらもうなずいた。

「あと、ウィン。お前はねぇ、休暇を取ってお使いに行ってきて。僕になんか奢ってくれるって言ってたでしょ？　アイスワインのいいやつ買ってきてよ」

「……は？」

兄達とは趣の違いすぎるヘンリーの注文に、ワイアットは思わずぽかんとする。

そんな弟に、兄達は憐れみの眼差しを向けた。

「やっぱり……、お爺様でも適所が思い浮かばなかったんですね……」

「……ウィン、俺もアイスワイン好きだし……お前の役目って、その……重要だと思うよ」

ワイアットは、涙目でヘンリーを見る。

「な、何？　俺、いらない子？」

「いや、実はね、麻薬の成分特定をレインに頼んであったんだ。今日、その結果が来たの。どうも原料の植物は、東の大陸で薬草として使われているものらしい。植物の特徴から、比較的乾燥した寒冷地に生息するものだろうってことまでわかった」

ヘンリーの元養子でアステリアの父であるレインは、ケンティフォーリア領の小さな村で医師をしている。仕事の傍ら薬の研究もしていて、薬草を含む植物全般に詳しい。

ヘンリーは紅茶を飲むと一息つき、話を続けた。

「これはレインの仮説なんだけど、ムリガニーの北部なら栽培可能なようなんだ。水捌けのいい山間部で、麻薬畑を秘密裏に作っているんじゃないかって。確かに東の大陸から原料を仕入れると、原価はどうしても高くなるよね。利鞘が少なくなる。そこで、ウィン君の出番！」

祖父の説明に、ワイアットの顔は青くなった。

「ま、まさか……俺にムリガニーの山まわってこいって……言うんじゃ……？」

ヘンリーはにっこりと笑う。

「そ、麻薬畑を探してきて。一応、ウォルドとムリガニー王太后の直轄地の地図は用意しておいたから。ついでにムリガニー国内でどのくらいその麻薬が出まわっているかも調べてきて。流れだした時期と現在の価格。重度の中毒患者がいたら、その様子も」

ワイアットに振り分けられた任務の過酷さに、兄二人は再び憐れみの目を向けた。

「……だから、お爺様の言うことを安請け合いしてはいけないのですよ」

「……ウィン、ほらお前って、アウトドア好きだし……その、……良かったな」

ワイアットは、思いっきり首を横に振った。

「いやいやいやいや、俺一人で？　ムリムリムリムリ、年単位で休暇取れってこと⁉」

慌てるワイアットに、ヘンリーは噴き出した。

「まさか！　さすがに一人は無理でしょ⁉　実は春先から先行部隊を忍ばせているから、ワイアットも合流して、仕事を手伝ってほしいの。出立は二日後。ポールも同行するから、ウィンは彼の指示に従って動いてね。ポールはこういう仕事がとっても得意だし、いい勉強になるよ〜」

ヘンリーの言葉に、コンラッドは険しい表情を浮かべた。

この件には父であるポールまでかかわっており、少なくとも春先には、ヘンリーはこの事態を見越して秘密裏に動いていたことになる。そしてウォルドがガリカに乗り込み、事が動き出すのを待っていたのだ。むしろ、ウォルドはおびき出されたと言ってもいいのではないか。

祖父は何を期待して、ウォルドを泳がせているのか？

コンラッドには、皆目見当が付かない。

ふとヒューイを見ると、青い顔をしてうつむいていた。彼も何かを知っていて、ヘンリーの動きに追従している節がある。弟にも疑心の眼差しを向けつつ、コンラッドは口を開いた。

「父さんまでこの事態にかかわるということは、『ケンティフォーリア』は『家』としてコレに関与するということですか？」

コンラッドの質問に、ヘンリーは口の端を上げた。

「いいや、あくまでもスタンドプレーだよ。誰も互いのやっていることは知らない。偶然にも、追っていた事件が繋がったってこと。ワイアットも、たまたまおいしいアイスワインの産地をまわっていたら、麻薬畑を見つけただけ。いいね？」

祖父の「忠告」に、三兄弟は無言のままうなずいた。


コンラッドとワイアットが帰っても、ヘンリーはヒューイの部屋に残っていた。自分で持ち込んだ菓子を摘みながら、のんびり紅茶を飲んでいる。

ゆったりとくつろぐ祖父の姿に、ヒューイは思わず舌打ちをした。

「爺さん、話が終わってないなら早く終わらせてよ。俺はこれから十日間、徹夜で仕事をしなくちゃいけないんだから」

ヒューイが嫌味を言って祖父を睨むと、ヘンリーは笑みを浮かべた。

「そうカッカしないでよ？　君だって、僕が出てくることはわかってただろ。そして僕が出てきた以上、この事態はなんらかの決着を迎える」

ヘンリーの言わんとしていることに気づき、ヒューイは顔色を悪くする。

「爺さんは、いや、あなた達は、四十年前にできなかったことを今になってやり直す気なんだろ。その代償をあの子達に支払わせるのは、虫がよすぎると思わない？」

ヒューイの言葉に、ヘンリーは少しだけ眉を寄せた。

「……そうだね。でも、僕達はこの国のために人間としてのブランドンを五十年近く犠牲にしてきたんだ。じゃあ、彼の『掴めただろう幸せな時間』の代償を求めるのはいけないことなのかい？」

ヘンリーの問いにヒューイは目を逸らした。

「僕は、人としてのブランドンを踏みにじってこの国を治めてきた。弟とも友達とも思っていたアイツの頭に茨の冠を載せて、鞭打ち歩かせている」

ヘンリーは紅茶の水面を見つめ、小さくため息をついた。

「ねぇ、ヒューイ。きっと君も僕と同じような選択をしてしまうだろう。でもその選択の先には、恐ろしく長い贖罪が待っているよ。僕はあの時、若くて、傲慢で、無知で、どうしようもない馬鹿だった。……人生の長さと苦痛について、考えることができなかった」

ヘンリーはまだ若く瑞々しい孫の顔を見て、苦しい表情を浮かべた。

「……ラウル殿下……あのかわいそうな子供のために、逃げ道を確保しておきなさい。その時が来たら、王子が国外へ逃亡できるように準備を進めなさい。逃亡先は僕が用意しておく」

ヒューイは、自分の靴のつま先をじっと見た。祖父の顔を見れば、自分が何を言い出すかわからない。奥歯を噛みしめ、胸の中で暴れる感情を抑えつけた。

「ブランドンは、破滅を望むかもしれない。でも、僕はそんなの見たくない。幸せになれないとしても、不幸になる必要はないだろ？」

祖父の言葉に、ヒューイは硬い声で異を唱えた。

「……アステリアは、見殺しですか？　アスの幸せはどうなる？　俺にあの子を裏切れと言うのか⁉」

するとヘンリーは苦しい表情のままうなずいた。

「……うん、ゴメンね。あの子はどのみち逃げられない。逃げられないなら、痛みが少なくてすむようにしてやりたい。……ヒューイ、君だってアステリアとラウルが殺し合う姿なんて、見たくないだろ？」

ヒューイは、夜会で踊るラウルとアステリアの姿を思い出した。二人は見つめ合い、この世に互いしかいないかのように手を強く握り、ワルツを踊っていた。

切なくも美しい光景に、ヒューイはアステリアの心を垣間見てしまった。どれほどの自覚があるのかはわからないが、確かにアステリアは恋をしている。ラウルへの恋心が、彼女の頬を薔薇色に染めていた。

「……あの二人が離れることを拒んでも？」

ヒューイの声は少し震えている。ヘンリーは悲しい微笑を浮かべると、首を縦に振った。

「……あぁ、どんなに互いを求めても」

ヘンリーは遠くを見つめる。まるで、はるか過去の記憶を辿るように。そして怒りに硬く握りしめられたヒューイの拳をチラリと見て、優しく諭した。

「生きて別れることには救いがある。死んでしまったら、何もやり直せないんだよ」

――あの時はわからなかった。今ならわかる。そう心の中で呟き、ヘンリーは黙り込んだヒューイを静かに見つめた。

3　侍従サマの動揺

ラウルは、いつも財務事務次官補のコンラッドから財務報告を受けている。

今日の報告が終わると、一時間ほど空き時間ができた。先頃までコンラッドは報告時間を延長し、経済や法の仕組み、市場の動向などについて講義してくれていた。しかしここ最近は忙しいのか、時間になると報告を切り上げて、侘びを言いつつ帰ってしまう。

今日は侍従長のヨハンも教会の仕事に行っている。ラウルは侍女に茶を頼み、自分しかいない部屋を見回した。

一人であることに喜びを感じていた頃もあった。でも、今は孤独は楽しいことではないと気づいてしまった。

早くアストルに会いたい、会って声が聞きたい。

ラウルは目を閉じ、アストルの姿を思い浮かべてみた。

母についての告白をしてから、二人の距離は近くなった気がする。

あんな話を聞かされたのに、アストルはラウルを避けるどころか、もっと近くに寄り添ってくれるようになった。

アストルが自分にそそいでくれる優しさに、ラウルは感謝しつつも恐怖を感じていた。

アストルがいなくなったら、自分はどうなってしまうのだろう、と。

いずれ互いに結婚し、それぞれの家庭の中で大切なモノを持ち……そんな当然の未来を想像をするたびに胸が痛む。

自分の立場が王子である以上、いずれふさわしい身分の娘と結婚して子を作らなければいけないのはわかっているが、気持ちがついていかない。

アストルに出会うまで当たり前だったことが、今では何一つ受け入れられなかった。

――あの頃の俺は、どうやって息をしていたんだろう。

ラウルは一人きりの部屋で、小さなため息をついた。

ぼんやりと物思いにふけっていると、ノックの音が響く。

「ウォルド殿下が王子とお話がしたいとおっしゃっています」

侍女の言葉にラウルは「否（いな）」と答えたが、部屋の扉はウォルドによって無理やり開かれた。

「なんで？　僕達親戚なんだし、友好国の王子同士、もっと親睦（しんぼく）を深めたほうがいいと思わない？」

親しげな笑みを浮かべながら、ウォルドはズカズカと部屋に入ってくる。

「今は誰とも会いたくないし、話もしたくない。悪いが帰ってくれ」

苛立ちを隠さずにラウルがそう告げると、ウォルドの口の端が少し上がった。

「そんなこと言わないでさ。そうだ、兎（うさぎ）狩りの話をしよう。……黒い子兎を捕まえる話」

「黒い子兎」がアストルを意味していると気づき、ラウルの顔色はさっと変わった。

「……客人の分の茶を持て」

侍女にそう指示すると、ラウルは椅子に座りなおす。

「……ありがとう、ラウル殿下」

笑みをより深くして、ウォルドはラウルの向かいの席に腰かけた。

「ねぇ、ラウル君はあの子兎ちゃんのことをどう思っているの？」

紅茶のカップを持ち上げながら、ウォルドは尋ねた。ポーカーフェイスを装うラウルを見て、ウォルドは大声で笑いだしたくなる。

自分に知られたくないほどの感情をあの子兎に抱いているのだと思うと、おかしくて仕方なかった。

何も答えないラウルに、ウォルドは冷たく笑う。

「黒い毛並みの子兎ちゃんが淹れたお茶は、すごくおいしかったよ。欲にまみれた王宮の者達が淹れるお茶とは、まったく違う」

ラウルの手がわずかに動いた。相変わらず無表情のままだが、彼の動揺が見て取れる。

ウォルドは紅茶の香りだけ嗅いで、口をつけずにソーサーに戻した。

ラウルは、ウォルドとアストルが「密会」していたことを知らないのだろう。もっとも、アストルがラウルにそれを喋るはずもないのだが。

ラウルの胸中は、アストルへの猜疑で荒れているに違いない。ウォルドは我慢ができず、声を出して笑ってしまった。

「……何がおかしい？」

殺意のこもった目で睨みつけてくるラウルに、ウォルドは口先だけで謝った。

「ごめんねぇ、つい思い出し笑いが止まらなくて」

ウォルドは普段通りの優しげな表情を作り、ラウルに微笑みかけた。

「君は、あのお茶を毎日飲んでるんだよねぇ、うらやましいなぁ。ねぇ、僕、あの子が大好きなんだ。僕にちょうだいよ。僕の紅茶を毎日淹れるよう、あの子に言ってくれない？」

小さな子供が菓子でも欲しがるように、ウォルドはねだった。

「その話ならば以前も断ったはず。アレは俺の侍従だ。茶を淹れるのがうまい侍従を探しているならば、他の者でも良いだろう。侍従長補佐にでも見つくろってもらえ」

硬い表情でラウルが答えると、ウォルドはクスクスと笑う。

「やだなぁ、わかるでしょ？　あの子でなきゃダメなんだよ。僕が欲しいのは、あの子自身だ。君と同じだよ。僕はあの子が欲しくてたまらない。ねぇ、わかってるんでしょ？ラウル君」

ウォルドは、挑むようにラウルを見つめた。

「白い滑らかな肌に舌を這わせて、強く歯を立てたい。思いっきり抱きしめて泣かせたい。閉じ込めて自分だけのものにしたい。この世のすべてから切り離して、僕しか見えないようにしてしまいたい。そう思う僕は異常かな？」

ウォルドの生々しく不気味な囁きに、ラウルは目を逸らした。

「……貴様、何を言っている？　アレは男だぞ？」

「何か問題があるの？　僕も君も、欲しいと言えばなんだって手に入るし、ソレが許される身の上だ。モノもヒトも、好きにできる」

ウォルドから目を逸らしたまま紅茶に口をつけるラウルを見据え、ウォルドは優しい声を出した。

「今はあの子の所有権が君にあるから、僕が欲しいと言っても手に入らないだけ。君が所有権を放棄してくれれば、すぐにでもあの子は僕のものになる。そうだろ？」


――何が目的なんだ？

ラウルは聞き流すふりをしながら、ウォルドの言葉の意味を考える。

ウォルドがアストルに執心しているのは知っているが、その目的は自分を煽るためだと考えていた。しかし、それにしてはウォルドの目は真剣で、本当にアストルを欲しているようにも見える。ならばなぜ、アストルに対するラウルの所有欲を刺激するような物言いをするのか。

――これは単に俺の動揺を誘うための作戦か？

それならば、おおむね成功だろう。アストルの淹れたお茶を飲んだというウォルドの言葉に、ラウルの心は乱された。いつの間に、どうしてそんなことを――。アストルはなぜラウルにそのことを言わなかったのか。そんな疑問が渦巻く一方、冷静な自分が奴のデタラメで動揺するなと忠告している。

「何を言っているか、わからないな。所有権などというものでアレを縛る気はない。俺の職務に必要な者を手放したくないだけだ。お前と違って、侍従を愛でる趣味はないのでな」

興味のない顔をしながらラウルが答えると、ウォルドはひどく冷たい笑みを浮かべた。

「いいんだよ、ごまかさなくたって。君と僕は似た物同士。生まれた時から腐った王宮の空気を吸い、親に疎まれ、嘘ばかり言う大人に囲まれて育ってきた。僕達は双子みたいな存在なんだよ。だから、僕が欲するモノは君も欲するし、僕がしたいことは君がしたいことだ。つまり、僕と君は同じ目であの子を見ている」

ウォルドの言葉に、ラウルは思わず顔を上げた。ウォルドの目には暗い炎が揺らめいている。

「穢れのない目をした、綺麗で真っ白なモノ。僕らがそれを欲するのは、仕方がないことだろう？　僕らの世界には存在しない希少なモノだ。どうしても手に入れたくなる。

そして自分の手で穢し、誰とも共有せず、逃げようものなら足を落としてでも側に置きたい。自分と同じ闇に堕ちてほしい。そう思ってしまうだろう？」

ラウルの手に、じっとりとした汗がにじみ出す。気持ちの悪い感触に、眉をひそめた。

しかし本当に気持ちが悪いのは、目の前の男が語る話に同調している自分がいることだ。

それは確かに、ラウルの心の奥底に潜む暗い欲望だった。

ラウルはウォルドの言葉に反論することもできず、必死に平静を装う。

「君はあの子を誰かと共有できる？　あの子が他人と幸せになるのを心から祝福できる？　そんなこと、できるわけないよね。だって、そんなことしたらあの子が減っちゃうもの」

ウォルドの暗い瞳を見ながら、ラウルは自分が目の前の男を嫌悪する理由がようやくわかった。

――こいつは、俺がひた隠す欲望を具現化した者だ。欲しいもののためならどこまでも残忍になれる、もう一人の自分。

「……ねぇ、もう一度聞くけど、あの子を欲する僕は異常？」

薄い笑みを浮かべるウォルドに、呑み込まれそうだ。何か言おうにも、口が動かない。

ラウルは、ただじっとウォルドを見返すことしかできないでいた。

その時、ふと視界の端にアストルの活けた花が映った。

清らかな白百合と青い小花。

何度も花の位置を変えながら活けられた花は、美しく部屋を彩っている。アストルが作った白と青の爽やかなコントラストは、ラウルの心に涼風を送った。

「……何を言っているか、まるでわからないな」

ラウルが冷たく言い放つと、ウォルドは少し残念そうに口を開いた。

「つまんないなぁ、君とは良いお友達になれると思ったのに……」

そしてウォルドは紅茶にようやく口をつけた。

「……全然おいしくないね」

ウォルドは黙って紅茶を飲むラウルを一瞥すると、立ち上がる。

「ねぇ、僕は欲しいと声をあげた。だからあの子は僕のモノになる。それは覚えておいてね。もしそれが嫌なら、君も声をあげると良いよ。『欲しい』って」

それだけ言うとウォルドは背を向け、部屋を出ていった。

一人きりになると、ラウルは大きなため息をつき、目を閉じた。

あの対応で良かったのだろうか――

先ほどのウォルドとの会話に不備がなかったか振り返りながら、ラウルはウォルドの瞳を思い出していた。

あれは、真実を語っている目だ。奴は、真剣にアストルを欲している。ラウルとの駆け引きのカードとしてでなく、アストル自身が目的なのだろう。

しかし、ウォルドの行動の意図がまるでわからない。

「何が『欲しい』だ。言って手に入るものなんて、くだらないものばかりだ」

ラウルはそう吐き捨てながらも、ウォルドの毒が身体に染み込んでいくのを感じた。

主であるウォルドのいない部屋で、イザヨイは一人煩悶していた。これは正しい道なのか、と。

長い戦乱に明け暮れた東の帝国から、曽祖父は一族を連れ出した。そうして逃げのびてきた西の大陸では流民とみなされ、蔑まれて貧しい暮らしを余儀なくされた。

小国の王だった曽祖父は、いくら貧しくとも誇り高く生きよと子らを育て、その教えは引き継がれていった。イザヨイもそんな一族を好ましく思っていた――妹が死ぬまでは。

その年、冷夏の影響で食料の値が上がり、民衆は困窮を極めた。貧しかったイザヨイの一族も困窮し、その日の食事も事欠くほどだった。まだ幼かった妹アケボシはやせ細り、追い討ちをかけるようにして肺炎を患(わずら)った。

「秘薬の調合書を……アレを売れば、金が手に入る。アケボシにパンと薬を買ってやれる!!」

イザヨイは一族の長(おさ)である祖父に伏して願ったが、それは聞き入れられなかった。

秘伝である薬の調合を明かせば、一族の誇りも失われる。祖父と父はそう言って、幼いアケボシの命を見捨てたのだ。

祖父は熱が下がらず病(や)んで衰(おとろ)えたアケボシに、一族の秘薬「死出(しで)の蝶(ちょう)」を飲ませた。

それまで苦しんでいた妹は、うっすらと笑う。

「にぃに、あまいよ、アメおいしい、にぃにもたべて」

そう言ってから程なく息を引き取った妹の手を、イザヨイは一晩中離さなかった。がりがりにやせ細った小さなアケボシの冷たい手を握り、ずっと考え続けた。

誇りなどという見えぬもののために、幼い妹は餓(う)えの中で死んだ。誇りよりも軽かったアケボシの命。なんのために「誇り」を守るのか。

イザヨイは懸命に考えたが、答えは出なかった。

朝日が昇る前、イザヨイは秘伝の調合書の写しを手に家を飛び出した。幼いアケボシに何も与えてやれなかった一族の中で生きることなど、できなかった。

この秘薬を売って金を手に入れ、虐げられている東の民のため金を使おう。アケボシのように餓える子供が二度と出ぬように。それを自分の「誇り」にする。イザヨイは決意を胸に行動した。

十年彷徨い、一族の秘薬を高く買ってくれる人物に出会えたその時は、僥倖だと思った。秘薬製造のための人手に東の民を雇い、貧しかった流民の暮らしを改善させることもできた。

資金を提供し、秘薬製造と販売を引き受けてくれたウォルドには感謝してもしきれない。イザヨイはウォルドに忠誠を誓い、側近くに仕えてきた。

そのウォルドはある日、隣国に住む東の民の血を引く娘と婚姻すると言った。

「王の正妃が東の血の者ならば、流民を蔑む民衆の意識も変わるだろうね」

ウォルドの言葉に、イザヨイは新たな夢を見る。虐げられてきた東の民を救うことができる、貧しさも屈辱もこれで終わりにできると。

しかし、泣きながらウォルドを拒んで震える少女を見た時、イザヨイは冷水を浴びせられたような気がした。

生きていれば十六であった妹と同じ歳の少女。アケボシを救えなかった自分は、同じ歳の少女を犠牲にして自分の願いを叶えようとしている。

一度だけ訪ねてきた父の言葉が、頭の中で響く。

「お前は必ず後悔するぞ。その秘薬がなぜ秘薬か、なぜ死にゆく者にだけ与えられるのか。それさえ考えれば、このようなことはできぬはずだ」

飴を食べる幻を見ながら死んだ妹、薬を飲み続けて壊れていく人々、涙に濡れた少女の頬。

一人きりの部屋で、イザヨイはじっと自分の手を見つめた。冷たくなった妹の手を握り続けた手を。

客間に戻ってきた主は、機嫌が良かった。

「イザヨイ、別宅の用意を。子兎を本国に連れ帰る前に入れておく檻を準備して」

部屋に戻った主の第一声を聞き、イザヨイの中の誰かが叫んでいた。本当にそれで良いのか？　お前の「誇り」はどこにある？

――東の血を引く子、どうか逃げてくれ。私の手の届かぬ所に。

「……御意」

本心とは異なる返事をして、イザヨイは目を閉じる。

恩ある主も自分の誇りも、裏切りたくはない。都合のいい願いを胸に抱く自分を軽蔑しながら、イザヨイは少女の身を案じた。

王付きの侍従文官の仕事を終え、アストルは王子の部屋に向かいながらため息をついた。

一週間ほど前にあった、北の塔での出来事。その前日に聞いたラウルの告白。王と王子について一人で考えていても、情報があまりに少ない。しかし事情を聞こうにも、事が事なだけに難しい。

この王宮の過去を知る人物は限られている。長年王の近くにいる人物――侍従長ヨハンと元宰相ヘンリーの二人だ。

――ヨハン様はこの頃教会のお仕事で忙しいし、おじい様は遠くにいらっしゃるし……

つい話を聞けない理由を探してしまい、アストルは再びため息をついた。問題を先送りしているだけだとわかっていたが、どうしても二の足を踏んでしまう。

思い悩むアストルの背中に、声がかけられた。

「やぁ、アスちゃん。久しぶり、どう、仕事には慣れた？」

「お、おじい様!?」

ケンティフォーリア領にいるはずのヘンリーが、手を振りながらアストルに近づいてきた。

「おじい様、どうしてここに？　いつ王都にいらしたの？」

つい女性らしい言葉遣いになってしまったアストルに、ヘンリーは苦笑した。

「アスちゃん、言葉言葉。この前、大聖堂が修復されたでしょ？　あれね、僕も関係者だから視察に行ってきて、観光がてら王都の別邸に滞在中なんだ。知らない間に、いろいろ新しい店もできてて、楽しくてね。ついつい長居してるの」

祖父との再会に、アストルは笑みを浮かべた。

「おじい様、お久しぶりです。お会いできて私、本当に、うれしくて……」

ヘンリーの顔を見て安心したのか、アストルの目には涙がにじんだ。

「……あ、あれ？　何か……変……」

春から、アストルの周囲では事件続きだ。山で羊飼いをしていた頃とは、まったく違う。アストルは必死に対処してきたが、心はクタクタに疲れていた。

「……アスちゃん、大変だったんだね」

泣き出したアストルの頭を優しく撫で、ヘンリーは微笑んだ。

「どうだろう、積もる話もたくさんあるし、今度お茶でもしよう。空いてる時間はいつかな？」

ヘンリーの提案に、アストルは何度もうなずいた。

涙をポロポロこぼすアストルを見て、ヘンリーは苦しい表情を浮かべる。そして、もう一度アストルの頭を撫でた。

4　元宰相の郷愁

ヘンリーと再会した翌日、アストルはさっそくお茶会を開いた。侍従文官の仕事を終え、王子付き侍従の仕事がはじまるまでの時間だ。

「前よりも紅茶を淹れるのがうまくなったね」

そう褒めるヘンリーに、アストルは照れたような笑みを浮かべる。

「さて、何から話せば良いかな……」

アストルはヘンリーの顔をじっと見つめる。

ヘンリーはしばらく目を閉じていたが、やがて静かに語りだした。

「まずは、ブランドンの生い立ちから話そう」

現王のブランドンは、先代の王が下女を見初めて生ませた子だ。

当時、王と正室の間には娘が一人、側室達には二人の息子がいた。身分の低い下女が生む子は、私生児となるはずだった。ところがその下女を溺愛していた先王は、妊娠を機に彼女を側室にし、生まれたブランドンに洗礼を受けさせ、嫡子として扱った。

しかし、この王の寵愛こそブランドンの母を追いつめた。身を守るものなどないブランドンの母は王宮の中で孤立し、若くして命を落とす。取り残された幼いブランドンに先王は興味を失い、彼は打ち捨てられるように王宮の隅で育った。

そんなブランドンの養育を一手に引き受けたのは、若き日のヨハンだった。ヨハンは捨て子同然のブランドンを憐れんだ。身のまわりの世話をし、読み書きを教え、知り合いの傭兵に頼み剣の稽古をつけてもらった。

ヨハンの養育の賜物か、ブランドンの才能か――ブランドンは渇いた土が水を吸うようにグングン知識をつけ、ガリカの第三王子を名乗ることに引けを感じさせないほど優秀な少年に成長した。

忘れられた第三王子が脚光を浴びたのは、ブランドンが十五の時だった。

当時、隣国との小競り合いや地方都市の内紛でガリカ国は疲弊し、軍の士気も目に見えて落ちていた。実戦経験の少ない司令官の気まぐれな作戦と、それに伴う度重なる失敗。戦況など何一つ振り返ることのない王の命令。さらに命を下す王族は誰一人戦地に赴かず、遠く離れた王宮に閉じこもり遊興にふけっていた。

これを危惧した忠臣は、王族が戦地で指揮をとるよう諫言する。はじめは聞く耳も持たなかったが、あまりの戦局の悪さに、王も渋々それを受け入れることにした。そこで白羽の矢が立ったのが、ガリカ国第三王子ブランドンだった。

なんの後ろ盾もない少年は人身御供のように戦地に送られ、たった十五にして指揮官という任を負わされた。まだ十五の少年に従う正規の部隊はなく、ブランドンを指揮官として受け入れたのは、最前線で戦う「天国に一番近い」傭兵部隊だった。

この部隊を束ねていたのは、ブランドンの剣の師であったヒョウセツ。彼は東の大陸出身の風変わりな男だった。

その当時、ケンティフォーリアの婿養子になったばかり貧乏下級官僚だったヘンリー。彼は妻の命により一月で戦術や軍略などを叩き込まれ、ブランドンの元に「軍師」として送り込まれた。

「軍師」ヘンリーと「副隊長」ヒョウセツ。この二人を従え、ブランドンの初陣がはじまった。

ヘンリーの戦術は、噂の流布や敵軍補給路の占拠という謀略に近いものであった。戦闘は、ヒョウセツの人外じみた強さで辛くも切り抜ける。そうしてブランドンの部隊はなんとか戦地を押さえることに成功し、生きて帰還するはずであった。

しかし、ガリカ王子のもたらした「辛勝」は瞬く間に「王家のもたらした大勝利」に塗り替えられた。気を良くした王は、ブランドンをそのまま戦地に常駐させ、どんどん激戦地に投入した。


「一回目の戦いは、まぐれ勝ちみたいな物だったよ。たまたまこちらの予測通りに事が運んで、たまたま僕達は生き残れた。その程度の勝ちが圧勝なんて……。今、思い出してもぞっとするよ」

ヘンリーは紅茶を一口飲むと、苦々しい笑みを浮かべた。

たった一回の勝利は、ブランドン達を戦場に縛りつけた。

勝てば王家の手柄、負ければブランドンの責任。

たとえブランドンが死んでも「若き英雄王子の死」として、民衆は王家に感謝と哀悼を捧げる。王家にとって何も困ることはない。偶然の勝ちを必然にしなければ生きて帰れない。ヘンリーも必死で作戦を作り、勝つために働いた。

なりふり構わず、がむしゃらに戦場を駆けまわるうち、状況は変わっていった。

もともと軍人ではなかったヘンリーが立てる作戦は、食料の現地調達、戦後の税徴収に重点を置いたものだった。そのため民家や農地に火を放つ戦術は、極力避けた。戦地に暮らす民達も、戦闘状態の終結をもたらしたブランドン軍に感謝するようになり、民衆の英雄王子に対する支持は高まった。

また、ヒョウセツによる傭兵部隊の統率も完璧だった。戦場で壊れた橋や民家を補修するために傭兵を使い、民からはますます感謝された。ヒョウセツは、「建築物の修繕をすることで、その構造を知ることもできる。その知識が役立つこともあるだろう」と言い、傭兵を動かした。

ブランドン自身、王族として偉ぶった振る舞いをすることなく、部下の話をよく聞き、民に対する非道を嫌い、戦争を終結させて傭兵達を生還させるために走りまわる、良い指揮官だった。

ブランドン隊の紳士的な振る舞いは、民衆を大いに沸かせていった。

ブランドンが戦場に立ち三年が過ぎると、彼を次期国王に望む声が民衆の間に広がりはじめた。

王宮にこもり酒色にふける王や兄王子達、次期女王となるため宮廷工作に励む王女。そんな王宮の面々を失望の目で見ていた民衆達にとって、第三王子ブランドンは希望の光だった。

時が経つほどに上がる第三王子の名声に王は危機感を覚えた。

「モスカータ皇国との戦を終わらせてまいれ」

命懸けで王家に貢献していたブランドンへの新たな王命は、神聖にして不可侵のモスカータ皇国への侵攻だった。

どんな無茶な王命であっても、断れば、後ろ盾の少ないブランドンは彼を支え続けた部下達と一緒に反逆者として処刑される。それを避けたいブランドンは、王命を受けることにした。

「頃合いを見て俺は戦死するから、皆は指揮官を失なったとして戦地を逃げ出せ。こんなに尽くしてくれたのに、不名誉なことをさせる。本当にすまない」

勅命を受けたブランドンはその足で宿舎に向かい、傭兵達に深く頭を下げた。

モスカータへの侵攻は激戦が予想された。「聖なるかな、聖なるかな、聖なるかな」と讃えられる古い血筋に対する信仰は、薄くなったとはいえ、今も生きている。

ガリカ国内の支持も得られず、ましてモスカータ皇国の民の反発も避けられない。この侵攻はブランドン達にとって、片道だけの行軍になる。

荒くれ者の集まりである傭兵達が、声をあげて泣いた。最初は箱入りお坊ちゃまと馬鹿にしていたブランドンはそれまでの指揮官と違い、対等な人間として傭兵達に接してくれる。彼らにとってブランドンは余所者でなく、すでに家族の一員となっていた。

モスカータ侵攻は、予想通り厳しいものだった。補給も少なく、現地の支持も得られない。食料の確保もままならぬ中での戦いだったが、ブランドン隊の士気は高かった。

そんな激戦の最中、ヘンリーのもとに報せが入る。

——モスカータ皇帝が姪に譲位し、家族を連れて国外逃亡した。

ブランドン達が急いで軍を進めモスカータ宮殿に向かうと、衛兵もなくガランとした玉座に一人の娘が座っていた。

「ようこそ、ガリカの皆様。私はモスカータ皇国女帝オフィーリア・ニケアローズ・モスカータ。ブランドン・ロサ・ガリカ、あなたをガリカ国国王名代として認めます。さっそくこの戦いの処理について話し合いましょう」

玉座に座した娘はみすぼらしい修道服に宝石で飾られた権杖を持ち、銀の髪に宝冠を載せ、堂々とした態度でブランドン達を見下ろした。

「この戦いの責はすべて女帝である私にあります。この国の民は、自分達の身を守っただけ。どうか、あの者達に責を負わすことはご容赦ください」

宮殿に置き去りにされた女帝は、民の命を嘆願した。

「ご覧になったでしょう？　この国にはもう貧しい者しかおりません、あなた方が満足するような戦利品もありません。宮殿にあるものはこの権杖と宝冠だけ。私の首でよければ差し上げます。ですから、民だけにはどうか、情けを」

女帝はゆっくりと玉座から立ち上がり、ブランドンのもとへ静かに歩み寄ると、跪き、血と泥に汚れた軍靴に口付けた。

「ここに隷属の証を。この身、ガリカに捧げましょう。……お願いです、民に情けを」

ブランドンもヘンリー達も、誰一人動けなかった。

若く美しい女帝の口から出た言葉に、理解が追いつかなかったのだ。今まで小国の王や敵司令官の醜いまでの命乞いは見てきたが、このような姿は見たことがない。命乞いをする権力者と交渉する術は持ち合わせていたが、首と引き換えに民の保護を求める者との交渉はしたことがなかった。

しばらくブランドンは跪く女帝の背中を呆然と見つめ、掠れた声で返事をした。

「……その身と引き換えに、民の保護を認めよう」

「……ありがとうございます」

顔を上げない女帝にブランドンが面を上げるように言うと、彼女はゆるゆると顔を上げた。女帝は涙を浮かべて微笑んでいた。その姿は、ただの若い娘にしか見えなかった。

その後、ブランドン達はモスカータ宮殿に本営を置き、戦後処理を進めた。傷病者の手当て、食料の配布、治安の維持。勝ったガリカの負担が重くなるほど、モスカータの状態は悪かった。

「どこも同じだな」

ブランドンはモスカータの現状を記した報告書に目を通しながら呟く。

逃げ出したモスカータの先帝は政治を嫌い、宮殿に閉じこもって占いや呪いにふけっていた。そして懸命にブランドンを呪殺しようとしたが叶わず、姪のオフィーリアを呼び戻したらしい。

先帝の兄の娘だったオフィーリアは、父の死で後ろ盾をなくし、五歳の時に修道院に入れられた。皇族として贅を享受していた先帝達は血筋を口実に無理やり若い娘に責任を負わせ、金貨を持って宮殿を逃げ出した。

「後々面倒になるなぁ。今のうちに消えていただけるといいんだけど……」

渋い顔をして呟いたヘンリーの言葉通り、逃げた皇族の馬車は橋から落ち、先帝とその家族は帰らぬ人となった。本当に不幸な偶然である。

オフィーリアは修道服のまま、傷病者の看護をして炊き出しを手伝い、死に行く者の告解を聞き、孤児の世話をしている。

「今以上に悪くならなければ、それで構いません。あなた方は民を虐げることを良しとしない。ならばガリカに下ったこのモスカータの民にも、その慈悲をお分けください」

オフィーリアはガリカとの交渉の場でそう言ったきり、敗戦処理の扱いをヘンリーに一任した。

不思議な娘だ、とヘンリーは思った。敵であるガリカ軍の傷病者達にも優しく手当てし、手を握り告解を聞く。いつ敗軍の将として首を切られぬとも知れない状況なのに穏やかな笑みを浮かべ、みすぼらしい服のまま過ごしている。

「あの女は、どうなる?」

孤児の食事の世話をするオフィーリアを眺め、ブランドンはヘンリーに尋ねた。

「まだなんとも……。本国に帰り、処遇を決めることになってるからね。曲がりなりにも皇国の血筋だ、処刑ってことはないだろう。捕虜として連れ帰って、適当なガリカ王族との婚姻を条件に恩赦というのが妥当なところじゃないかな?」

ヘンリーの回答に、「そうか」とブランドンは小さく返事をし、その場を去っていった。

ほどなく本国から帰還命令が下り、オフィーリアは捕虜としてガリカに移送されることとなった。

その日の午後、ブランドンとオフィーリアは庭に面したテラスに立っていた。二人は何も言わず、荒れた庭に咲く白い薔薇をじっと見ていた。

その時、ヘンリーは気づくべきだった。家族に捨てられ、戦場に置き去りにされたブランドンとオフィーリア。二人が惹かれ合い、同じ傷を慰め合うのは必然だったと。

ガリカに移送されたオフィーリアを待っていたのは、好奇と憐れみの眼差しだった。

惨劇のはじまりは、王の酒色で濁った目が彼女の美しさを映し出したことである。

戦勝の宴に、肌が透けるほど薄いドレスを着せられ、オフィーリアは引き出された。敗戦国とはいえ由緒正しい皇国の女帝に、娼婦のような格好で酌をさせる父の姿を見て、ブランドンの目は異様な光を放った。

「この者を、今宵から側女としよう。何、飽きればお前たちに下げ渡してやる。そう悔しがるな」

酒に酔った王が下卑た笑い声をあげ、兄王子達に言う。兄王子達も下劣な野次を飛ばし、げらげらと笑った。

宴の間、ブランドンはオフィーリアの背をじっと見ていた。一方のオフィーリアは、ブランドンを見ることはなかった。

「さっそく、味見をせぬとな」

王はオフィーリアの肩を抱き、酔った足取りで寝室に向かっていく。この時はじめて、オフィーリアの表情はわずかに崩れ、悲しそうに眉を寄せた。

教会との大きな摩擦と外交問題を生みそうな危険な事態にも重臣達は動かず、媚びた笑いを浮かべるだけ。ヘンリーは脂汗をかきながら、王の愚行をなんとか止めようと考えあぐねていた。すると、ブランドンがおもむろに席を立つ。

「忘れ物を取りにいく」

そう言って酒席から離れるブランドンを、ヘンリーは慌てて追いかけた。

「……まさかとは思うが、……何をする気だ」

「ヒョウセツ達を呼んでおけ。俺もこの戦勝を祝いたい」

恐ろしく静かな瞳をしたブランドンを見て、ヘンリーは考えている時間などないと悟った。

走ってヒョウセツ達のいる宿舎に行き、説明もせず武装させると、また駆け足で宴会場に戻る。息も絶えだえになって駆けつけたヘンリーが見たものは、血まみれの宴会場と、返り血で真っ赤に染まったブランドンの姿だった。

彼の足元には、斬り殺された二人の兄王子と護衛兵らしき数人の男が転がっている。

突然の惨劇（さんげき）に声もなく震えるばかりの貴族や重臣達など、ブランドンの目には入っていないようだ。

「遅かったじゃないか？　俺一人で事足りたぞ」

ブランドンは微笑（ほほえ）んで剣に刃（は）こぼれがないかを確かめ、テーブルクロスで血を拭（ふ）き取る。

「奥には父も転がっている。……なんだかあっけないほど無力な奴らだな」

ブランドンの言葉にヘンリーが慌てて王の寝室に向かうと、そこにはベッドに横たわる無残（むざん）な王の遺体と、血にまみれてむせび泣く半裸のオフィーリアの姿があった。

「なぜあの方をお止めしなかったのです！　このようなこと……。あの方がどうなってもいいのですか！　私の身など、いくらでもくれてやればよいのです。あの方が親殺しの罪を背負ってまで守る価値など、私にはない……。あなたは副官でしょう!?　なぜ、あの方をお守りしないのです!?」

オフィーリアは泣きながら、青い顔のヘンリーを責めた。そしてヘンリーの後ろに立つブランドンの姿を見て、小さな悲鳴をあげた。

「馬鹿なことを、なんて、馬鹿なことを!!」

ブランドンはオフィーリアに歩み寄り、嫌がる彼女を強く抱きしめて囁（ささや）く。

「……オフィーリア、お前は俺に隷属の証を立てた、お前は俺のものだ。父であろうと兄であろうと、お前を渡さない」

オフィーリアはガクガクと震えながら、ブランドンを見上げる。

「……あなた、まさか……」

「……あぁ、兄達も斬ってきた。これでお前を手に入れようとする愚か者はいなくなったぞ」

血にまみれて微笑むブランドンを見つめ、オフィーリアは再び涙をこぼした。

「……馬鹿な人、私があなたにあげられるのは、苦しみに満ちた道だけなのよ……。あなた、地獄に落ちてしまうわ……」

「……構わない。お前を奪われるより、ずっとマシだ」

オフィーリアはブランドンの背に手をまわし、強く抱き返した。

「……あなたを地獄に落とす私を、あなたはいつか憎むでしょうね……」

オフィーリアはブランドンの腕を無理やりほどいて離れると、二人の姿を呆然と眺めていたヘンリーに、静かな声で命じた。

「……急いで私のドレスを持ってきてください。なんでも構いません」

ヘンリーは命じられるままに、フラフラと部屋を出ていく。どうすればいい？　混乱した頭の中はその言葉で一杯だった。

再び部屋に戻ってドレスをオフィーリアに渡すと、彼女はその場で手早く着替え、面食らうヘンリーに落ち着いた声をかけた。

「見苦しいところをお見せして申し訳ありませんでした。さぁ、急いでついていらして」

混乱したままのヘンリーと殺気立ったままのブランドンを引き連れ、オフィーリアは騒然とする宴会場に戻った。

ヒョウセツ達は誰も逃げ出せないように会場を封鎖していたため、血に怯える貴族や重臣達は大騒ぎだった。

「静まりなさい！」

威厳に満ちたオフィーリアの一声で、宴会場は静まり返る。

「よくお聞きなさい。今ここで、モスカータ女帝オフィーリア・ニケアローズ・モスカータの名に置き、ブランドン・ロサ・ガリカをロサ・ガリカ国王に任じます。異議のある者は前へ」

突然の宣言に、誰も動けない。オフィーリアは人々を見回し、静かに微笑んだ。

「それでは異議なきものとします。ブランドン・ロサ・ガリカ、前へ。国王の名乗りをなさい」

オフィーリアに促され、ブランドンは静かに言った。

「……我こそがロサ・ガリカ国国王ブランドン・ロサ・ガリカである。今後、国事につき我が差配に従うようここに命ずる」

血の臭いが漂う大広間での陰惨な即位により、後に彼は「血まみれブランドン」と呼ばれることとなる。

悪夢のような一夜が明けると、オフィーリアはヘンリーを部屋に呼んだ。

「……申し訳ございませんでした。あのような納め方以外、ブランドン殿下の命をお守りできる方法が思いつかず……。とんでもないことをしてしまいました。これでは、あの方は……」

そこまで言うとオフィーリアは顔を伏せってすすり泣き、何度も謝罪の言葉を口にした。

「……おやめください。どの道、この先も生きるためには、ブランドン殿下は父君とご兄弟を倒さねばならなかったのです。オフィーリア陛下のおかげで、近衛に攻め込まれることなく、命を繋げられたのです。感謝こそすれ、謝罪を受けるようなことはございません」

それは本心からの言葉だった。

もともとヘンリーがブランドンに付いたのも、ケンティフォーリア領主である妻の「ゆくゆくは第三王子に王位を継がせたい」という思惑からである。遠からず王を退位に追い込み、後継者レースでブランドンに勝たせるよう妻も動いていたのだ。予定より血なまぐさい方法ではあったが、ヘンリー達の望みは一応は叶ったことになる。

しかしオフィーリアは、頭を左右に振った。

「いいえ、いいえ、あの方は王位など望んでいなかったわ。それなのに私は……あの方の命惜しさに、望まぬ道へと進ませた……苦しい支配者の責を、彼に無理やり負わせてしまいました」

ヘンリーはうつむき、オフィーリアの言葉を聞いた。彼女の言うことは正しい。これで、ブランドンは賢王であり続けなければならなくなった。王位を簒奪した以上、正当性を主張するためには善政を行い続ける必要がある。どんなに困難な状況であれ結果を出さなければ、簒奪者と非難され首を落とされるだろう。

「……上に立つ者が結果を求められるのは、仕方のないこと。この国の存続のためにも、今は強い支配者は必要です。我々もブランドン殿下が非難されることのないよう尽くす所存です。ですから、どうかそのようにご自分を責めないでください」

ヘンリーはそう言い、これから起こるだろう嵐を考えて少し眉を寄せた。

ヘンリーの予想通り、第一王女イメルダを中心に、殺された先王と兄王子達と近い貴族は、新王ブランドンに対して激しく反発した。しかしヘンリーは、謀反の罪をちらつかせてイメルダを黙らせた。そしてそのまま彼女をムリガニー王と婚姻させて体よく国外追放し、反ブランドン派の力を削いだ。

ヘンリーは先王に反発していた教会をも味方につける。司祭でもあったヨハンと、教会の最高神官オフィーリアに説得させたのだ。

さらに、先王に対する不信感が高まっていた国軍と官僚達には裁量権の拡大を餌に手をまわし、ブランドンを支持させる。

もともと先王は民衆の支持が低かったため、今回のクーデターはブランドンの評価を上げる材料になった。高い国民支持を武器に貴族院を黙らせ、ブランドン政権はなんとかスタートした。

それからも嵐の日々が続く。国内財政の立て直し、紛争や地方反乱の鎮圧、法や税制に軍備の見直し、貴族権限の縮小……。馬車馬のように働くヘンリー達を嘲笑うように、次々と問題が発生した。

ブランドンが王になって三年が過ぎた頃、ヨハンがヘンリーの執務室を訪ねてきた。

ヘンリーは史上最年少宰相、ヒョウセツは国軍将軍、ヨハンは侍従長兼司祭枢機卿となり、国の中枢で働いていた。オフィーリアは捕虜から客人となり、モスカータに帰ることはできなかったが、ガリカ王宮内の客間で暮らしていた。

「これは、お珍しい。どうなさいましたか？」

積み上がった書類の間から顔を出し、ヘンリーは睡眠不足で充血した目をヨハンに向けた。

ヨハンは少しだけ笑い、人払いをするようヘンリーに頼んだ。言われた通りにすると、ヨハンは硬い表情を浮かべる。

「……今夜、私はブランドン様とオフィーリア様の婚礼を執り行います。ヘンリー殿にも立会人として参加していただきたいのです」

突然のことに、ヘンリーの頭は真っ白になる。呆然とするヘンリーを見つめて、ヨハンは言葉を続けた。

「……お二人は互いに愛し合い、家族になられることを望んでおいでです。私は司祭として結婚を認め、祝福して差し上げたい。どうか、ヘンリー殿にも友人として祝福していただきたいのです」

「待ってください、何を言ってるんです、ヨハンさん？　……結婚、いきなり結婚と言われても」

ヨハンは、慌てるヘンリーを説得しはじめた。

「お二人は、好きだから結婚したいなどと言える立場ではないと、私も重々承知です。しかし、お二人とも人生のすべてを国や政治に奪われてきたのです。一つくらい願いが叶えられてもいいはずです」

「……それこそ一番叶えてはいけない願いでしょう!?　ブラントはなんとか王をやっていけていますが、我々はいつ転んでもおかしくない状態なんですよ？　ここでオフィーリア陛下との結婚なんて……どんなに愛し合っていても、端からすれば簒奪者が皇族の血筋まで欲しがったとしか見えない。ブラントが責められる材料を作るだけです！　冗談でも結婚なんて……」

青ざめて反論するヘンリーに、ヨハンは悲しげな表情を浮かべた。

ブランドンとオフィーリアが心を寄せ合っているのは、ヘンリーも知っていた。互いに遠くから見つめ合い、しかし人前では言葉ひとつ交わさない。戦勝国の王と敗戦国の女帝としての正しい距離を保ち、過ごしている。

ガリカがモスカータを併呑したとはいえ、モスカータの民衆は快くそれを受け入れたわけではない。いまだにモスカータの経済状況は悪く、貧しい民は捕虜から客人となった若い女帝に奇妙な期待をしている。ガリカに屈せず、モスカータ皇国の聖なる血筋としての気高い振る舞いを彼女に求めていた。皇国の民としてのプライド、そんなものにしか今はすがれないのだ。

オフィーリアもブランドンもそれがわかっているからこそ、互いに距離を置き、馴れ合うことなく、モスカータの民を刺激しないようにしている。

「今、二人が結婚をすれば、モスカータで反乱が起きかねない。せめて、モスカータの経済が上向き、国民感情が和らいでから……」

頭を抱えるヘンリーに、ヨハンは静かに問いかけた。

「それはいつになりましょう？　私の見立てでは、少なくとも十年はかかるように思えます。それまでお二人に待てと？」

ヘンリーは黙り込む。

「結婚とは、愛し合う二人が家族になれる唯一の方法です。オフィーリア陛下にもブランドン様にも家族が必要です。この世には温かい家庭があるということを実感していただきたいのです。お願いです、どうかお二人を家族にして差し上げてください」

呆然と椅子に座り込んだヘンリーは、頭を抱えた。私人としてはブランドン達の結婚を祝福したい。しかし公人としては反対以外の選択はない。

「……二人と少し話をさせてください。僕には即答できない」

ヘンリーはフラフラと立ち上がり、王の執務室に向かった。


執務室には、ブランドンとオフィーリア、ヒョウセツ、そしてなぜかヘンリーの妻カトリーヌもいた。

「遅かったわね。さすがのヨハン様も、この人の説得には手こずったのかしら？」

誰よりも偉そうな態度で紅茶を飲むカトリーヌは、青ざめたヘンリーの顔を見るなりそう言った。

「なっ、なんで君がここに？　いや、どうして君まで！」

「もう、騒がないで、うるさいのよ。私が二人に結婚をすすめたの。このまま、ダラダラと忍んで付き合ってたって仕方ないわ。二人ともいい歳だから、縁談の申し込みがガンガンきてるのはアナタも知ってるでしょ。いい加減、断り続けるのだって不自然なのよ。開き直って二人とも結婚すればいいわ。縁談を断る手間だってなくなるもの」

平然と話す妻の顔を見て、ヘンリーは思わず怒鳴った。

「モスカータの情勢はどうする!?　教会だって黙っちゃいないだろう？」

　ヘンリーは怒りで真っ赤になる。カトリーヌは呆れた表情を浮かべて肩をすくめた。

「教会は、この件については何も言ってこないわ。表向きは二人の結婚に賛成も反対もしないということにするそうよ。大司教のおじいちゃんはオフィーリアの結婚を泣いて喜んでたけどね。モスカータには、ブランドンを悪役にして盛り上がってもらえばいいわ。この機に、反ガリカをあぶり出しましょう。大体、モスカータはガリカの保護のもと復興を目指してるのよ。モスカータ女帝がガリカ王に嫁ぐことの何がおかしいの？　より保護が受けやすくなるって世論を、新たに形成すればいいのよ」

　カトリーヌ主導でこの結婚の話が進んでいたことに、ヘンリーは驚愕した。

「……一体、いつから？　そんなこと、君は一言も言ってなかっただろ？」

　そんなヘンリーを、ブランドン達は同情をこめた眼差しで見つめた。

「……すまん、ヘンリー。カトリーヌから話は聞いていると思って……」

　気まずいような恥ずかしいような表情をしたブランドンはそう呟き、オフィーリアの手を握ってヘンリーに頭を下げた。

「俺達には、親はもういない。結婚の許しを乞う相手はお前達だと思うんだ。ヘンリー、俺はオフィーリアを妻にしたい。二人で家族になりたい。今はどんなに責められても、いつか祝福されるよう仕事にも励む。だから、お願いだ。俺達の結婚を認めてくれ」

「私からもお願いします。私はブランドン様以外に夫は考えられません。どうか、私達の結婚を祝福してください」

久々に見たブランドンの若者らしい表情に、ヘンリーの力が抜けた。忘れていたが、ブランドンもオフィーリアもまだ若い、ただの人間。困難な状況で支え合える伴侶を求めるのは、仕方ないことだ。ヘンリーは大きくため息をつき、周囲を見回した。

「もういいよ、頭をお上げ。僕は寂しがり屋だから、こんな風に仲間はずれにされるのは嫌いなんだ。今度からは、ちゃんと僕にも事前に相談してよね？　……僕も君達の結婚を祝福するよ」

二人は顔を上げ、うれしそうに微笑み合う。

「ありがとう、ヘンリー」

ヘンリーは少しムッとした表情でカトリーヌを見たが、彼女は満足そうに笑っているだけだった。

その夜、二人の結婚式がひっそりと行われた。

ヨハンが司祭を務め、ヒョウセツとヘンリー夫妻が立会人となり、結婚の宣誓を見守った。お忍びで大司教も駆けつけ、二人に祝福の言葉をかけた。

翌日、二人の婚姻を発表すると、国内は大騒ぎとなった。

祝福する者、声高に反対する者、不気味に沈黙する者。

「どうせ意見の集約なんて、できっこないわ。それに、ブランドンはオフィーリアのために親兄弟を斬った子なのよ？　オフィーリアに関して何か我慢するなんて、無理なんだから」

事もなげに言う妻に、ヘンリーはため息しか出なかった。

「とにかく、オフィーリアは正式にガリカ王妃となって、ブランドンもモスカータ女帝の皇配となった。これを活かして外交を進めなさいよ？　あと、この結婚に反対する貴族も多いわ。安全確保のためにも、オフィーリアには北の塔にこもってもらいなさい。あそこなら警備は楽でしょ。対外的には、この結婚は政治的判断によるものだとしときましょ。世の人は、支配者の我侭を受け入れてはくれないものよ」

ふんぞり返って宰相の夫に指示を出すカトリーヌの頼もしすぎる態度に、ヘンリーはもう一度ため息をついた。

昼は執務に励み、夜は隠れるように北の塔に通うブランドン。対外的には政略結婚の冷え切った関係を演じながら、二人は深く愛し合っていた。結婚する前と変わらず忍ぶ仲ではあったものの、二人は幸せそうだった。

国が安定してモスカータの民の感情も穏やかになり、誰も二人の婚姻を咎めなくなったら……公然と手を握り合い、昼の光の中で庭に咲く白薔薇を見る。そんな小さな幸せを夢見て、ブランドンは執務に励んでいた。

ブランドンが即位して六年。大規模な改革で国の経済や治安は好転し、多くの民衆は若い王の善政を喜び受け入れていた。しかし、世が安定すれば、不安定を食い物にしていた一部の層が不満を募らせる。ブランドンの政策に不満を持つ懐古主義者達は、「皇国の権威復活」を掲げてブランドンに反発するようになった。新しい政策の恩恵を受けられなかった一部の商人、先王の取り巻きだった貴族達を中心に、モスカータ皇国と女帝の取り扱いを神への冒瀆とし、ブランドンを批判しはじめたのだ。

徐々に反ブランドン派は力をつけ、ブランドンのモスカータ軽視を公然と批判するようになっていく。それらの皇国復活論者に、ヘンリーは頭を痛めていた。

力をなくしたかつての有力貴族や落ちぶれた商人達といった烏合の衆をまとめ上げ、一つの派閥に仕立てるような切れ者がいたことにも驚いた。

その年の晩秋のある日、いつもは夜が明ける前に自室へ戻るブランドンが朝になっても戻らず、心配したヨハンが北の塔を訪ねた。応対に現れたオフィーリアは、ヘンリーとヒョウセツを北の塔に呼ぶようにと言った。

何事かとヘンリー達が駆けつけた部屋には、青ざめたブランドンと穏やかな表情をしたオフィーリアの姿があった。

二人の異様な雰囲気に、ヘンリー達にも緊張が走る。オフィーリアはにこりと笑い、一束の書類をヘンリーに差し出した。

「これは、反ブランドン派の主だったメンバーと謀反(むほん)の計画書。そして……私が謀反のリーダーです」

彼女の言葉に、部屋中が静まり返った。

ヨハンはカタカタと震え、ヒョウセツは目を閉じたまま動かなかった。脂汗(あぶらあせ)をにじませたヘンリーは、まじまじとオフィーリアを見つめる。

「……なんと、おっしゃいました？」

「私がブランドン殿下を殺し、モスカータの栄光を取り戻そうとした謀反人だと言ったのです。この謀反に参加表明をした者達と一緒に、処刑していただけないかしら？」

天気の話でもするように、穏やかな口調でオフィーリアは言った。

「……やめろ、やめてくれ、……お願いだ、オフィーリア、やめてくれっ！」

取り乱し、オフィーリアのスカートの裾にすがりつくブランドンの背を、彼女はそっと撫でる。

「……私どもにもわかるように、説明いただけないでしょうか？」

真剣なヨハンの目に、オフィーリアは首をかしげた。

「私の命はもう長くありません。もともと心臓を患っておりましたが、どうやら春まで持たないみたいです。自分でも、それは薄々感じておりました……。それならば、ブランドン様の役に立って死にたいと思いました。彼のために何かできないかと思い、反ブランドン派の一掃を思いついたのです。私がブランドン様に差し上げられるもの、それは反ブランドン派の首です。私の名を使えば、たやすくブランドン様の敵が集まりましたわ。どうぞ、私ごと彼らを斬っていただけないかしら？　首謀者が死罪なら、追随した者もそれなりに重い罪に問えるでしょう」

薄い笑みを浮かべながら、自分の死を淡々と彼女は語る。

重く冷たい空気の中、ヨハンが震える声で沈黙を破った。

「どうか、考え直してください。ブランドン様はあなた様を家族として愛しているのです。死が避けられないとして、それを早めてなんになりましょう。最期の時まで側にいる、それではいけませんか？」

「愛しているから、ブランドン様の行く先を脅かすものを排除したい。彼の敵はすべて私の敵です」

彼女の答えを聞き、滅多に喋らないヒョウセツが口を開いた。

「人をそそのかし、罪に堕とす者は鬼になる。……その覚悟はできているのか？」

重いヒョウセツの問いに、オフィーリアは少し笑った。

「私は六年前のあの夜、鬼になりましたのよ？　今さら、覚悟なんて必要ありませんわ。どれほど血が流れようとも、それがブランドン様のためなら何も感じません。私はそういう恐ろしい女なのですよ」

ヒョウセツはわずかに眉を寄せ、そうか、と呟いた。

ブランドンはオフィーリアにすがりつき、嫌だ嫌だ、と小さな声で唱え続けている。

「いつまでも側にいると……必ず側にいると約束したはずだ！　お前は俺を裏切るのか!?」

オフィーリアは優しく微笑み、ブランドンの頬をそっと撫でた。

「約束を破る私を許してちょうだい、ブランドン。あなたと生きられないのなら、あなたのために死にたいの。私のすべてを、あなたのために使いたいのよ」

その美しい女はうっとりとした表情で、すがりつく夫の頭を抱いた。

「ねぇ、ヘンリー様。あなたならうまくやってくださるでしょ？　ブランドン様に仇なす者達を一息に潰せば、政策もずっと進めやすくなる。あなたはいつも、ブランドン様に王位を押しつけたことを後ろめたく思っている……違いまして？　この国が安定すれば、ブランドン様を王から解放して差し上げられるわ」

　ヘンリーは震えながら、首を横に振った。

「……一週間後、ブランドン様の暗殺が実行される予定なのです。ブランドン様の死後は、ムリガニーのイメルダ様が王位を継ごうとされています。もう、時間はありません。どうか、私を罪人として処刑してください。ブランドン様のために、私を斬って」

　それまでうつむいていたヨハンは、オフィーリアに歩み寄って彼女の頬を打った。

「あなた様のなさることは、ブランドン様から愛する妻を取り上げる行為です！　今までの思い出を踏みにじり、ブランドン様の心を殺す行為です!!」

　とっさにヨハンに掴みかかったブランドンを、オフィーリアは後ろから抱きしめる。

「……ごめんなさい、ヨハン様。私、この人を残して死ぬのが怖いの。何かしておかなくちゃ、怖くて怖くておかしくなりそうだったのよ……」

　ブランドンはその場に崩れ落ち、大声をあげて泣いた。

　一週間後、ブランドン暗殺は直前で阻止された。

偶然にも暗殺犯が持っていた指令書から関係者達が芋づる式に判明し、謀反の首謀者オフィーリアまでしっかりと辿り着いた。

王の妻であるモスカータ女帝の謀反に、国内は騒然とする。

「私は夫であるブランドン王の暗殺を計画し、モスカータ再興を企てました」

裁判にかけられたオフィーリアは証言台で淡々と語り、彼女には反逆による死罪が言い渡された。裁判の間ブランドンは何も言わず、ただ前だけをまっすぐ見つめていた。

ヘンリーの妻カトリーヌは、オフィーリアの処遇が軽減されるよう走りまわったが、本人がそれを拒否したこともあり徒労に終わった。

「アンタなんか友達じゃない！　こんな終わり方、認めないから！　私、アンタのこと許さないから!!」

泣いて取りすがるカトリーヌを、オフィーリアは抱きしめた。

「ごめんね、カトリーヌ」

ヘンリーはこの時、カトリーヌの泣き顔をはじめて見た。

処刑の日の朝、オフィーリアは大司教とヨハン、ヒョウセツ、ヘンリーを控え室に呼んだ。彼女は彼らの顔を見ると深く頭を下げた。

「皆様には多大なご迷惑をおかけして、本当に申し訳ありませんでした。これからもブランドン様の治世を支え、ブランドン様の平穏な退位が一日でも早く訪れるよう、どうかご助力ください。お願いします」

　黙り込んだヘンリー達は、じっとオフィーリアの姿を見つめていた。

「これからもあの方の人生は続きます。生きていれば、きっと生きていてよかったと思える日が来るはずだから。いつか、そんな日が来る……勝手ではありますが、ブランドン様がちゃんと生きていくよう励ましてやってください」

　オフィーリアは微笑みながら言葉を続けた。

「私はあの方と出会ってからずっと幸福な夜を過ごしていました。あの方を想って、毎夜、今日の幸せと明日の幸せに包まれて眠りました。ブランドン様にも、幸福な夜を過ごしていただきたかった。でも、あの方はいつも朝の訪れに怯えていました。私との別れを恐れ、朝が来ないよう祈っていました」

　オフィーリアは遠くを見つめる。

「これで、私との別れに怯えなくてすみますわ。これからは、あの方にも幸せな朝を待ち望む、幸福な夜が訪れることを願っています」

　オフィーリアはもう一度ヘンリー達に頭を下げた。

「どうか、ブランドン様に幸福な夜がやってくるよう、支えてあげてください」

ヨハンは涙ぐんでうなずくと、優しい声で返事をした。

「……承知いたしました」

ヘンリーと大司教もうなずいたが、ヒョウセツは黙ったまま動かなかった。

刑場に引き出されたオフィーリアがまとっていたのは質素なドレスだったが、神々しいまでに美しかった。穏やかな表情で処刑台に上がると、銀髪をかきあげて跪き、断頭台にそっと頭を載せた。

ブランドンは斧を持つ処刑人を下がらせ、自ら剣を持って処刑台に上がる。

「ありがとうございます、ブランドン様」

ブランドンは「あぁ」と短く返事をすると、静かに剣を振り上げた。

とても静かで、永遠にも感じられる一瞬だった。

剣の刃は冷たく光を反射させ、あっという間に振り落とされる。ゴトンという音を立てて女帝の美しい首が転がり、王は無表情のままそれを掴み上げ、用意されていた銀盆に載せた。

「皆もよく見るといい、これが俺に逆らった者の末路だ」

彼の声は刑場に響き渡り、処刑を見ていた観客達は静まり返る。

ブランドンは銀盆を持って踵を返し、刑場を後にした。

その夜、ブランドンは自室でオフィーリアの首を抱いたまま動かなかった。

翌朝、オフィーリアの首を抱きしめてうずくまるブランドンをヒョウセツは無理やり立たせ、北の塔（とう）に連れていった。

北の塔では、ヘンリーとヨハンが白薔薇（しろばら）の根元に穴を掘って待っていた。

この白薔薇は、モスカータの宮殿でブランドンとオフィーリアが眺めていた薔薇を移植したものである。伝説と謳（うた）われたモスカータ初代神官が最初の奇跡を起こした時に、灰から生まれたという聖なる薔薇。

「美しいうちに弔（とむら）うのも、残った者の役目だ」

ヒョウセツは嫌がるブランドンからオフィーリアの首を取り上げた。ヨハンは血に汚れたオフィーリアの顔を綺麗に拭（ぬぐ）い、ヘンリーは白薔薇を摘み取って絹布（けんぷ）に敷きつめ、その上に彼女の首を置く。

「……ブランドン様、どうぞお別れを」

呆然と座り込むブランドンの背に、ヨハンがそっと触れた。ブランドンは子供のように嫌々と首を振りオフィーリアに覆いかぶさる。

「やめろ、やめてくれ……埋めるなんて、嫌だ。側にいる、側にいるんだ!!」

ヒョウセツは泣き叫ぶブランドンをもう一度引き離し、首を薔薇ごと絹布で包んだ。

穴の中に彼女の首を安置すると、ヨハンが祈りを捧げ、ヘンリーとヒョウセツが土をかけていく。

埋葬の間、ブランドンはやめろ、と悲しく叫び続けていた。

暗く厚い雲に覆われた空には、一片の光も差し込まない。薄暗い昼下がり、魔女とも聖女とも呼ばれた女の寂しい葬儀が男達の手で行われた。

この出来事を境に、ブランドンは感情をなくし、ただ王として生きるようになった。

北の塔の白薔薇も、この冬を最後に花をつけなくなる。

オフィーリアの死から十五年後、ブランドンは新しい妻を迎えたが、王としての感情しか持てず、王子が生まれてもそれは変わらなかった。

ブランドンはかつて持っていた人間らしさを、オフィーリアの首とともに、白薔薇の根元に埋めてしまったようだった。

「今の王妃やラウル殿下の境遇は全部、四十年前のオフィーリア陛下の死につながっている。ブラントはオフィーリア様を忘れられないんだ」

ヘンリーの長い昔話は、そう締めくくられた。

苦痛に満ちた過去の一幕を聞かされたアストルは、黙ってうつむくことしかできなかった。

5　侍従サマの疑問

「……どうして……そんな悲しいことを」

息苦しいほどの空気に耐えかねて、アストルは呟く。

王が北の塔で叫んだ名前を思い出し、アストルは信じられない気持ちだった。悲劇の女帝オフィーリア・ニケアローズ・モスカータ。彼女とブランドン王は不仲であり、それゆえの謀反だったと知られている。彼女の数奇で悲劇的な運命に、この国では女の子が生まれても、「オフィーリア」という名づけは避けられる。

そんないわくつきの名を愛しそうに叫んでいたブランドン。王が呼んでいた「オフィーリア」は、本当にあの「オフィーリア」だったのだ。それに……

「おじい様、ヒョウセツって方はひょっとして……？」

「……あぁ、アスちゃんのお母さんを育てた、森番のヒョウセツのことだよ。アイツはオフィーリア陛下の処刑後、将軍職を辞してただの傭兵に戻った。王宮にいるのが嫌だと言って出ていったんだ。そして戦場を転々としてから、君のお母さんのディアナを連れて帰ってきたよ。……絶望よりも希望を育てたいってね」

皮肉を含んだ笑みを浮かべ、ヘンリーは呟く。

「ホント、勝手な男だよ。勝手に出ていって、勝手に帰ってきて。そのくせちゃんと光を見つけて、希望を繋いだ……」

ヘンリーの言葉にアストルが首をかしげると、老人は笑った。

「なんでもないよ、今のは忘れてくれ」

「……おじい様。私、この王宮がこんなにも暗く寂しい理由がわからなかった。王と王妃……王子もみんなも、どうして愛し合うことができないのか。お話を聞いた今でも、正直わからないわ。……辛いなら、苦しいなら助け合えば……穏やかな気持ちで分け合い、温め合えば……。それが、どうしてできないの？」

言葉を探しながらぽつぽつと語る少女を、ヘンリーは眩しそうに見つめた。

「……本当にそうだね。苦しくても慈しみ合えば、こんなにも長く苦しみは続かなかっただろう。でもね、ブラントもオフィーリア陛下も、それを知らなかった。多分、イザベル王妃も知らない。そしてラウル殿下も……悲しいことだね」

ヘンリーはこれまでを振り返り、自分のできたこと、できなかったことを頭の中で並べる。

「僕は宰相としてブラントを支えた。国を治めるのを手助けしながら、彼を見守り続けた。でも、見守るだけだった。結局、苦しみからは救い出せなかったよ。ボロボロになっていくブラントを、見ていることしかできなかった」

図書室で、北の塔で見た王の姿を思い出し、アストルはわずかに震える。寂しくて悲しい影が王にのしかかり、ギリギリと彼を押し潰そうとしていた。王と同じ色の影は、ラウルにも付きまとい、離れようとしない。

――嫌だ、こんな悲しい過去に王子を奪われたくない。

アストルは唇を噛みしめ、意を決してヘンリーを見た。

「おじい様は私に何をさせたくて、この王宮に入れたの？　おじい様は、何をなさりたいの？」

アストルがずっと知りたかったこと――それは自分がここにいる本当の意味、ここでの自分の役割だ。

しかし、もしそれが王子をもっと深い闇に落とすようなことだったら……そう思うと、怖くてたまらない。裏切り者、というウォルドの声が頭の中に響く。

それでも――アストルはうつむきそうになる顔を必死に上げた。

「私は王子を、ラウル殿下をお助けしたい」

どんなに怖くて苦しくてもラウルだけは守りたい。アストルは懸命に言い募った。

「こんな悲しいところに王子は一人ぼっちなの……何も悪くないのに。王子には笑っていてほしい、生まれてきてよかったって思ってほしい。そんな当たり前のことを、私は王子に教えてあげたいの。……私は王子の側にいたい。だから、私がここにいる本当の理由を教えてください」

アストルを見て、澄んだ瞳だとヘンリーは思った。婚礼の日に見たブランドンとオフィーリアのような――

「……君には、この王宮の真実を知ってほしかったんだ」

まっすぐなアストルの瞳に映る自分を見つめながら、ヘンリーは答えた。

「侍女や女官では、政治の中枢まで覗き込めない。王や王子に付き従い、この国を動かす人々を君の目でちゃんと見てほしかった。この国がどうやって動いているのかを教えたかったんだよ」

わずかな沈黙が訪れた。アストルはじっとヘンリーを見つめ、乾きはじめた唇を動かした。

「……なぜ、私がこの国の中枢を知らなくてはならないのですか？」

その時、ヘンリーの懐中時計が自動時打ち(ソヌリ)の涼(すず)やかな音を響かせた。彼は少しだけほっとしたような顔をしてから、アストルに微笑(ほほえ)む。

「もう時間だよ? アスちゃん、君も王子のもとに行く時間でしょ」

さっと立ち上がるヘンリーに、アストルは慌てて声をかけた。

「待って、おじい様! まだ、聞きたいことが!!」

「ごめんね、アスちゃん。また今度ゆっくり話そう。今は君なりに、自分がココにいる意味を考えて。答えを自分で探すことも、君に与えられた役割の一つだから」

ヘンリーは物言いたげな表情のアストルに優しく微笑んだ。

「……それでは、ごきげんよう。アスちゃん、お仕事がんばってね」

小さな音を立てて閉じられた扉を、アストルはしばらくじっと眺めていた。

夜の王宮の物寂(ものさび)しさは格別だ。蝋燭(ろうそく)の照らす明かりと、その影。光と闇が入り混じる濁(にご)った色は、現在のこの国の姿のようだ。

ヘンリーは暗い表情を浮かべて、王宮図書室に向かう。

少女は、澄んだ瞳で「王子を守りたい」と言った。それに比べて、自分の薄汚いことと言ったら……

ブランドン暗殺にかかわった貴族や商人達は次々と処刑され、爵位の剥奪と領地の没収により、ガリカの貴族名簿は大幅に書き換えられた。

貴族の再編と領地の再分配。ガリカとモスカータを再建するため、ブランドンに味方した者達に恩賞を与える。それがオフィーリアの考えた筋書きだった。

そしてアストルに語った昔話において、あえて語らなかったこともある。それこそ、少女を嵐の中心に叩き落とした問題の本質なのだ。しかし――

「まだ、すべてを教えるわけにはいかないんだよ」

ヘンリーは口の中だけで呟く。

――今度は失敗しないよ、ブラント。今度こそ、君を助けてあげる。王位、オフィーリア、この王宮、そして君を縛りつける僕達……すべてのしがらみから、君を切り離してみせる。

ヘンリーは王の待つ王宮図書室に向かって、静まり返った回廊を急いだ。

冷たい水で顔を洗ってから、アストルはラウルの部屋に向かった。

先ほどヘンリーから聞いた昔話の重苦しさにため息をつき、あれこれ考え込んでしまう自分を戒めた。

今から仕事だ、ちゃんと気持ちを入れ替えなくては……。アストルは自分に言い聞かせて、回廊を急いだ。

アストルは、いつもよりも明るい声をかけて扉を開ける。

「遅かったじゃないか、早くこっちに来い！」

ラウルはうれしそうに笑いながら、アストルを呼び寄せた。そして机の上に置かれていた小さな箱を手に取り、アストルに差し出す。

「な、なんですか？」

突然のことに戸惑ってアストルが首をかしげると、ラウルはその小箱をアストルの手に押しつけた。

「いいから、開けてみろ」

幼い子供のようにワクワクした表情のラウルを訝しがりながら、アストルは箱の蓋をそっと開けた。

「……これって……」

小箱に入っていたのは、小さな黒スグリの実と木苺だった。艶やかな濃紫と赤の小さな果実が並べられ、まるで宝石のように輝いている。

アストルが思わずラウルを見上げると、彼は少し得意そうな顔をして語りだした。

「庭師に聞いたら、王宮の庭にも黒スグリがあるそうだぞ。木苺もあったから一緒に摘んできた。お前、黒スグリが好きなんだろ？　懐かしいかと思って……」

ラウルが話し終えるよりも先に、アストルは腕で顔を隠し、うつむいた。

「……おい、何か気に入らなかったのか？」

心配そうなラウルの声に、アストルは力いっぱい首を横に振る。

アストルはうれしくて苦しくて、涙が止まらなかった。

一言「欲しい」と言えばなんだって手に入る王子のラウルが、ただの侍従であるアストルの思い出話を気にかけて、黒スグリを摘みにいってくれたのだ。

小箱に詰められたラウルの優しさに、アストルの胸は張り裂けそうだった。

「……黒スグリはそれじゃなかったのか？」

ラウルは、顔を隠したままのアストルの頭をおそるおそる撫でた。

アストルの肩は少しだけ震えたが、ラウルの手を拒絶することはなかった。

「……これ、黒スグリです。昔、父と一緒に山で採ったのと同じ……」

ラウルは少し困惑しながらも、優しい声でアストルに尋ねる。

「なんでお前はいきなり泣き出したんだ？」

いつも冷たい表情を浮かべてまわりから距離を置き、「氷の王子様」と呼ばれるラウル。

しかし冷たい王子の仮面を外せば、繊細で不器用な、とても優しい若者なのだ。

そんな彼が、大人たちの事情によって傷つけられている。

先ほどヘンリーから聞いた昔話は、悲しくて辛いものだった。でも、その悲しみをラウルに背負わせることは、どう考えたって間違っている。

「……うれしくて……、大好きだから……、すごくすごく好きだから……」

――王子、私はここにいてもいいですか？　嘘つきな私だけど、側にいてもいいですか？

言葉に出せない問いかけを胸の中で繰り返しながら、アストルは涙で濡れた顔を上げてぎこちなく微笑んだ。

「……本当に好きだから……うれしくて泣いてしまって……ごめんなさい」

アストルの頬をそっと撫で、ラウルは顔を赤らめる。

「……びっくりさせるなよ……、そんなに黒スグリが好きだったのか？　泣くほど好きだなんて、お前ってやっぱり変な奴だな……。明日、スグリの茂みがどこにあるか教えてやるよ。夏の間はずっと採れるらしいから、よかったな」

ラウルの優しい声にアストルはうなずき、幸せそうに笑った。

ようやく涙が止まったアストルはラウルに詫び、お茶の用意に取りかかった。

「そういえば、俺は黒スグリの実を見るのは、はじめてだ」

少し恥ずかしそうにお茶を差し出すアストルに、ラウルは笑いかける。

「そうだったんですか？　黒スグリは傷みやすいので、ジャムやドライフルーツにして保存しますが、生の黒スグリも、結構おいしいんですよ。甘酸っぱくて、ちょっと苦くって」

アストルはラウルからもらった小箱の中の黒スグリを取り出し、皿に並べた。

「せっかく採ってきていただいたのだから、王子も少し食べてみてください」

皿を差し出すアストルを見ながら、ラウルは小さな濃紫の実を摘み、おそるおそる口に入れる。

「……っ！　思った以上に酸っぱくて苦いぞ!?」

微妙な顔をしたラウルを見て、アストルはコロコロと笑った。

「笑うなよ！」

顔を赤くして怒るラウルに、アストルは笑いながら謝った。

「ごめんなさい、だって王子、ものすごく酸っぱそうな顔するから……。ダークチェリーみたいな甘さはないけど、それはそれでおいしくないですか？」

少しへそを曲げたラウルに向かって、アストルは微笑む。

「黒スグリはジャムにするとすっごくおいしくなるんですよ！　今度、作りますから、王子も食べてくださいね。楽しみにしていてくださいね」

「あぁ、あまり期待せずに待ってるよ」

憎まれ口を叩きながらもうれしそうに返事をするラウルに、喜びと切なさでアストルの胸は痛んだ。

——母様が作ってくれたような、甘くておいしい黒スグリのジャムを作ろう。そのジャムでフルーツケーキを焼いて、王子の誕生日に贈ろう。あなたが生まれてきたことがとってもうれしい、そう王子に伝えたい。

アストルは頬を染めて小さく笑った。

仕事を終えて部屋に戻ったアストルはベッドに座り、ラウルからもらった小箱を開けた。小さな黒スグリの実を一粒摘み、口に入れる。口の中に広がる夏の味を噛みしめながら、自分が王宮にいることの意味を考えた。

この国の中枢を知るため——ヘンリーの言った「ここにいる意味」は、アストルをさらに困惑させた。

ただの羊飼いだった田舎娘のアステリアが、名を変え性別を偽ってまで政治の中枢を知る意味がわからない。この国の行く末を担う次の支配者か、それに準ずる次期宰相か、そのような立場の者ならばわかるが、自分は元羊飼いの侍従でしかない。国を動かす立場とは程遠い身分だ。

このままラウルの侍従として彼を支え続けていくのなら……。そこまで考えて、アストルは苦笑した。

このまま彼の側に居続けることが難しいと、自分が一番わかっていた。ラウルに嘘をつき、彼から優しくされることに、苦痛を感じている。

今はまだこの痛みに耐えられているが、それがいつまで続くかはわからない。今すぐラウルの部屋に行き、真実を打ち明けて許しを乞いたい。しかし、ラウルの傷ついた顔が浮かび、それもできない。

「……いいえ、それも嘘だわ」

傷つきたくないのは自分自身だ。ラウルに拒否されたら、許してもらえなかったら、そう思うと、真実を打ち明けることなんてできない。

恐ろしく利己的な自分にアストルは小さく息を吐く。

――結局、私は王子のためと言いながら、自分かわいさに嘘をつき続けているのね。

悲しい気持ちで、小箱の中の黒スグリをもう一粒口に入れた。黒い果実は、先ほどとは比べものにならないほど苦く、アストルの顔を曇らせた。

アストルが暗い表情で考え込んでいると、ヒューイが部屋に戻ってきた。アストルはとっさに明るい表情を浮かべ、ヒューイに笑いかけた。

「ヒュー兄様、おかえりなさい。今日は帰ってこられたのね」

ここ数日仕事が忙しいらしく、ヒューイはほとんど執務室から帰ってこなかった。アストルはヒューイの疲れた顔を見て、急いでお茶の用意に取りかかった。

「ただいま、アス。でも実は、着替えを取りに戻っただけなんだよ。まだ仕事が山積みで、今夜も執務室で寝るよ。アスは、先におやすみ」

ヒューイの頬は、疲れのためか、やつれて見えた。

「待ってヒュー兄様、せめてお茶だけでも！」

アストルは返事も待たず、強引にティーセットを並べる。

「それじゃ、お言葉に甘えて……」

ヒューイは自分を気遣うアストルを見て微笑み、ソファーに深く腰かけた。

「カモミールのお茶を淹れたの、どうぞ」

アストルが差し出したティーカップからは、林檎に似た優しい香りが広がる。ヒューイは目を閉じて、穏やかな香りの湯気をゆっくりと吸い込んだ。

「あぁ、いい香りだね。いただくよ」

ヒューイの笑顔に、アストルもホッとした。

「ヒュー兄様、私の母様が作った黒スグリのジャムを覚えてる？」

そう話を切り出したアストルに、ヒューイは首をかしげた。

「……あぁ、もちろん覚えてるよ、ディアナの作ったカシスジャムは、ウチの料理人が作ったジャムより格段においしかったよな」

ヒューイは懐かしそうに答えた。ふいにディアナの作ったカシスジャムの甘酸っぱい味が、ヒューイの口の中に蘇る。

「ねぇ、ヒュー兄様。あのジャムの隠し味がなんだったか、知りませんか？　夏になるたびに私も作っているんだけど、母様と同じ味にならないの。母様が何を入れていたか、父様も知らないのよ」

アストルの真剣な目を見て、ヒューイは恥ずかしくなるほど一途だった昔の自分を思い出した。

「……確か、砂糖と蜂蜜で甘さを出していたような……。レオラはレシピを知ってるはずだよ」

ヒューイの答えにアストルは顔をパッと明るくし、何度も礼を言った。

ディアナが作ったカシスジャムは、ヒューイにとって初恋の味だった。

漆黒(しっこく)の絹のような髪と、金に近い榛色(はしばみいろ)の瞳。並の騎士よりもずっと強く、野生の狼(おおかみ)に似た気高いオーラを持つ、孤高の女。

ヒューイは三つの頃から、十九も年上のディアナに恋をしていた。幼かったがヒューイは真剣にディアナを愛し、いつか、この人と結ばれるのだと勝手に思い込んでいた。

思い出すと切なさで胸が締めつけられる。彼女は死んでしまった今でも、ヒューイの女神だった。

「今年もカシスジャムに挑戦するの？　黒スグリの実を売ってるところでも見つけたのかい？」

ヒューイが尋ねると、アストルは頬を赤くした。

「うん。王宮の庭に、黒スグリの茂みがあるんですって。明日の朝、王子が場所を教えてくれるのよ！　その実でジャムを作るの。おいしくできたら、ヒュー兄様も食べてくださいな！」

喜びに顔を輝かせるアストルを見て、ヒューイは胸にチクリとした痛みを覚えた。

恋に破れる痛みを知る自分が、他者の恋を踏みにじる。アステリアとラウルが思いを寄せ合っているのを知りながら、もうすぐ自分は二人を切り裂く。

「……それは楽しみだ、あのディアナのジャムを超えられることを祈ってるよ」

えへへ、と笑うあどけないアストルの頬は、ヒューイを後ろめたい気持ちにさせた。

――ディアナ、俺は君の大事な娘を守りたいだけなんだ、信じてくれ。

目の前で笑う少女ではなく、死んでしまった女に言い訳をする自分に、ヒューイは思わず呆れた。

「……でもね、王子は酸っぱいものが苦手みたいなのよ。王子は喜んでくれるかしら？」

少し憂いを帯びた表情になったアストルに、ヒューイはドキリとする。

「ねぇ、ヒュー兄様。王子はどうしたら笑っていられるのかしら？　たくさんの理解者ができて、立派な王になれたら、王子は幸せになれるのかしら？」

「……アス？」

アストルは真剣な目で机の上に置かれた小箱を見つめ、言葉を続ける。

「……立派な王になって、綺麗なお妃様を迎えて、子供が生まれて……仲良くみんなで暮らしたら、王子に幸福な夜が来るのかしら？」

ヒューイは訝しみ、アストルの暗い瞳を覗き込んだ。

「……何かあったのか？」

アストルは首を横に振ると、傷ついたような顔で笑った。

「ううん、なんでもないわ……ただ、私はいつまでアストルでいられるのかなって思っただけ」

「……辛いのかい？」

思わず出た愚(おろ)かな問いに、ヒューイは自分を殴りたくなる。

辛いに決まっている。嘘をついて人を騙(だま)すなんて、アステリアの最も嫌がることだ。

それを無理やりやらされ、まして騙すのは恋する相手。

「……そうね、辛いわ。……私、なんで男の子に生まれなかったのかしら？　それだったら、いつまでもアストルのまま、王子のお側にいられるのに……」

寂(さび)しそうに呟(つぶや)いたアストルに、ヒューイは何も答えられなかった。

沈んだ顔のアストルから逃げるように、ヒューイは着替えを持って部屋を出た。

執務室に着くと、机にうずたかく積まれた資料を横目に大きなため息をつく。

「……ごめんよ、アス。本当にごめんよ」

うなだれたアストルの姿を思い出し、ヒューイの決心は鈍(にぶ)る。

ヘンリー、ウォルド、そして王——三人の目的のどれもが、アステリアの犠牲を必要としている。事実、自分達の望むアステリアの身の安全も、彼女の気持ちを殺してしか確保できない。

誰の味方をしようと、アステリアの心は踏みにじられる。

いっそ、ラウルと手を組みアステリアを……そこまで考え、ヒューイは頭を振った。

アステリアとラウルの恋を成就させても、破滅しか招かない。かつてのブランドンとオフィーリアがそうであったように。

「お前の幸せを祈れない俺を許してくれ……」

ヒューイはアステリアの悲しい姿を思い、懺悔の言葉を呟いた。

6　財務事務次官補の困惑

その晩、夜も更けてから、ヒューイの執務室に兄のコンラッドが訪ねてきた。

ヘンリーに頼まれた「調べ物」の結果に齟齬がないかを確認するため、コンラッドは人目の少ない時間にやってきては、ヒューイと互いの資料を見せ合っていた。

ウォルドからの資金を受けた者、ウォルドと急速に親しくなった者は、ブラバント公爵を介した人脈で繋がっていた。それらの人脈を繋いでいくと、奇妙な形が浮かび上がる。

ちなみにブラバントは、ガリカ先王の正室の生家である。ムリガニーに嫁いだブランドンの姉は、この正室の子だ。

「この資料の人物達は、四十年前の『謀反』で処罰から逃れた関係者の親族ではありませんか」

コンラッドは難しい顔をして、紅茶を一口飲んだ。

「あぁ。今回の爺さんの目的は、四十年前にもやった貴族の選別だと思う。だから、ウォルドに餌をまいてガリカで泳がせた。ウォルド派を形成させて一気に叩く気だ。四十年前、皇国復活論なんてのを流行らせたのと同じやり方だよ」

眉をひそめながらヒューイが兄の作った資料に目を通すと、そこそこ名家の者達が名を連ねている。

「四十年前取り逃がした奴らを餌を変えておびき寄せるなんて、あの人らしく嫌な手だな……」

感想を付け加えて、ヒューイも紅茶を飲んだ。

四十年前、モスカータ女帝とともに処刑された貴族達は、ブランドン暗殺計画にかかわっていた者達の一部に過ぎない。

事実、ブラバント公爵家も、謀反の罪を咎めないかわりにブランドン王へ絶対の服従を誓い、処刑を逃れている。

女帝と有力者達の処刑はブランドンの冷酷さを広めるとともに、影響力のあった名家により強い服従を誓わせて、絶対王政を強力なものとした。大貴族の権力は弱まって中央官僚の力が増し、荒廃したガリカの再建が進めやすくなった。

紅茶をじっと見ながら、コンラッドは小さく息を吐く。

――今回の騒動が仕組まれたものだとして、しかし、今頃になってなぜ？　ブランドン体制は、どこにもかげりはない。まさに円熟期と言ってもよい今、わざわざ波風を立てるようなことをあえてする意図は？

コンラッドの疑問は尽きない。そもそも、この騒動は隣国のムリガニーの王位継承に絡むお家騒動からはじまっている。偶然にも、時を同じくして官僚達の代替わりもはじまっており、コンラッドは次期宰相の有力候補などと騒がれている。

確かに、ブランドンはもう若くない。後継者にバトンを渡す準備をはじめても、おかしくはない。しかし、今回のようなやり方はうまい手とはいえないだろう。

現王の力が行き届いているならば、緩やかに次期王に権力を譲渡すればよいだけのこと。次期王のラウルを傍らに置き、王自らラウルへの政権移譲をアピールして反対派を削っていくほうが確実だ。一気に片をつけようとして失敗すれば、何かと不安材料を作ってしまう。

「……一体、お爺様は何をこんなに急いでいるのですか？　王の健康に不安でも？」

コンラッドの呟きに、ヒューイは首を横に振った。

「……いいや、王の体調に異常はないよ。ついでに爺さんも健康そのものだ。忌々しいことだよ」

ヒューイは軽く肩をすくめ、ぼやいた。

「では、なぜ？　ヒュー、あなたは何を知っていて、何を隠しているのです？」

兄のまっすぐな眼差しから、ヒューイは視線を逸らした。

「ムリガニー王はどこまでこの件にかかわっているのです？　私の目には、ムリガニーがこの騒動の速度を決めているように見えます。いくらお爺様とはいえ、他国の王宮の内情を知りすぎています。ウォルドと敵対する者……すなわちムリガニー王が最初の情報をリークした、そうだとすれば、お爺様の動きの迅速さに説明がつきます。ウォルドと王太后イメルダの目的は、ムリガニー王位継承以外のなんなのです？」

弟の気まずそうな顔を睨みつけて、コンラッドは続けた。

「……今、社交界で流れるあの噂は、ウォルドが流したものですよね」

コンラッドの強い視線に、ヒューイはため息をつく。あの噂とは、ラウルの王位継承を疑問視する類のものだ。

「……ああ、兄さんの言う通りだよ。奴らの狙いはガリカの王座、この国そのものだ」

ヒューイが言うと、重い沈黙が生まれた。

ブランドンの異母姉であるムリガニー王太后イメルダには、ガリカの王位継承権がある。つまりその孫であるウォルドも、順位は低くとも王位継承の資格を有する。

現在、第一位の王位継承権を持つラウルが死亡したり廃嫡されたりすれば、ウォルドにもチャンスがめぐってくるということだ。

「……やはり。しかし、なぜこんな噂が有効だとウォルドは思ったのです？　いくら貴族達が噂に踊らされてラウル殿下の資質や王位継承の正統性を騒いでも、王が次期王として扱えばよいだけでしょう。ウォルド派、いえ、反王家派を勢いづかせるため？　そもそも、反王家派をあぶり出さなければならないほど、次のラウル政権は不安定だと？」

コンラッドには、ラウルが暗君になるとは思えなかった。

まだまだ甘いところはあるが、彼には他者の言葉を聞こうとする姿勢と、自分の頭で考えようとする気概がある。努力を惜しまないところも、コンラッドは評価している。まわりが支えていけば、賢王となる資質がある。

もしもラウルが王となった暁には、その王政を支えていく心づもりがあった。ほんの少し前までは、気位ばかり高い無能な王子だと考えていた。しかし、何があって心を入れ替えたのか、ラウルは王になる気構えを持ち、懸命に努力している。明日を切り開くためにもがきはじめた若者を、コンラッドは少しくすぐったく感じながらも応援しているのだ。

「……なぜ、あなたもお爺様も、それほどまでにラウル殿下に対して信頼が薄いのです？　確かに、アスに対する態度はいささか腹立たしいところはありますが、それとこれは別でしょう？」

眉を寄せたまま疑問を投げかける兄に、ヒューイは返事もしない。答えたくないという意思表示なのか、彼はティーカップの模様ばかりを見て視線さえ合わせなかった。

「……兄さん。レオラにさ、昔ディアナが作っていたカシスジャムのレシピを教えてくれるように頼んでくれない？　アスがカシスジャムを作りたいんだってさ」

ヒューイはようやく口を開くと、そう言った。

——話を逸らしているのか？　コンラッドが睨みつけると、ヒューイは寂しそうな表情を浮かべた。

「俺、ディアナのカシスジャムが大好きだった。ディアナのことが大好きだったからかな。彼女がレイン叔父さんみたいなボーっとした男と結婚するなんて、今でもショックだよ。なんであんな研究しか興味のない奴を選んだんだろうって……」

「……ヒュー？」

「レイン叔父さんって稼いだ金全部、本と研究に使っちまうような奴だったじゃん。顔は良かったけどいつもニコニコしてるだけで、ディアナみたいな女が心を捧げるほどの奴には見えなかった。俺さ、ディアナに一回だけ、なんでこんな駄目な奴が好きなんだって聞いたことがあるんだよ。……子供って馬鹿で怖いよな」

ヒューイの寂しい表情に影が差す。

「……そしたら、ディアナは笑って言ったんだよ。レインは自分の辛い運命も他人の暗い過去も、なんでも受け入れられる強い男だから好きなんだって」

コンラッドは弟の語りだした昔話に困惑した。少年時代の甘酸っぱい初恋と失恋を語るにしては、彼の表情は暗すぎた。

「……なぁ、兄さんは不思議に思ったことはないか？　ディアナとレインの二人について。森番で狩人だったディアナは、どうしてケンティフォーリアの屋敷で俺達に剣を教えてくれたんだ？　レイン叔父さんは、どうして養子から外されたんだ？」

コンラッドは困惑の表情を浮かべ、詰まりつつ答えた。

「……それは、レイン叔父様がディアナとの結婚を反対されて……？　いや、山にこもって薬草の研究をしたいから……」

　答えながら、コンラッドも首をかしげる。

　レインとディアナの結婚式は、コンラッドも覚えている。家族も使用人達も皆が喜び祝福する、微笑ましい式だった。誰も反対する者はいなかったように見えた。

　レインの研究だって、誰も咎めてはいない。レインの開発した新薬は数多くの成果を挙げ、ケンティフォーリア領の医療向上に役立っている。結婚して山にこもってからも、冬の間は村に降りてきて、実家であるケンティフォーリアの屋敷と交流していた。

　ケンティフォーリアの養子から外れ、ノワゼットの姓を名乗るようになったのは二十年近く前。ディアナと結婚して山にこもりだした頃と同じ時期だが、結婚が原因とは考えにくい。

　そもそも、なぜ彼は養子から外れなければならない？　野心の欠片もないようなレインは、新薬開発でケンティフォーリアに貢献はしても、悪影響を及ぼすような男ではない。頭は良いが、生活のすべてがおろそかになりがちな、研究者肌の頼りない男。ニコニコと植物について語り、幼いコンラッド達の家庭教師のようなことをしていた、優しく穏やかな叔父。

「なぁ、兄さんはレイン叔父さん達が住んでいる村のことを知ってるか？」

ヒューイの問いかけに、コンラッドの疑問は深まっていく。

「……現役を引退した密偵達が、新たな名を名乗り余生を過ごす隠れ里」

あの村は、表向きは山の麓の小さな村。しかし、本当は引退した密偵達が身を隠して住まう、ケンティフォーリアの暗部を知る者達の「終の棲家」である。

「なんで、あそこに密偵でもないディアナ達が住むんだ？　珍しい薬草が採れる山なら、他にいくらでもある。どうして町を離れ、密偵達が目を光らせる村の奥の山に、まるで身を隠すように暮らしているんだ？　兄さんは気になったことはない？」

暗く光るヒューイの目が、コンラッドには恐ろしいものに見えた。

ディアナは、森番のヒョウセツが戦場で拾ってきた戦災孤児。

レインは、ヘンリーが宰相時代に関係を持った娼婦の生んだ、父親のはっきりしない私生児。祖母カトリーヌに不実をなじられながらも養子にした、コンラッド達の母マーガレットの異母弟である。

「……その話は、この騒動と関係があるとでも言うのですか？」

コンラッドがヒューイを見ると、彼は皮肉な笑みを浮かべて兄を見返した。

「……いいや、ただの思い出話だよ。俺がディアナの気持ちを掴みたくて、必死にレイン叔父さんのアラを探していた頃の思い出話。……兄さん、カシスジャムのレシピよろしくね」

それだけ言うと、ヒューイは立ち上がった。執務机に向かって書類を広げ、無言で兄に退室を促す。

「……ヒュー、何を知ったのか知りませんが、重すぎるならば荷を降ろしなさい。私もウィンも、それを見て見ぬふりをするような薄情な兄弟ではありません」

兄の優しい言葉にもヒューイは返事をせず、書類を作成する手を止めなかった。

7 侍従サマのジャム

いつもより早く目覚めたラウルはベッドから飛び降り、急いで身支度を整えた。ラウルは、アストルに黒スグリの茂みがある場所を教える約束をした。今日の朝食の前に、散歩がてらそこへ案内することになっている。

昨夜、黒スグリを受け取ったアストルはとても喜んでくれた。ラウルはうれしくて照れくさくて、思い出しただけでも心が浮き立つ。

　アストルは王子の立場ではなく、ただのラウルが手に入れたちっぽけな贈り物を喜んでくれた。本当の自分は、何も持っていない。ラウルはいつもそう思っていた。実力も才能も何もかも、王子という肩書きがあってやっと評価される程度。そんな自分に、アストルは価値を見出してくれた。本当のラウルを見てくれる、大事な大事な友達。

「……駄目だ、やっぱり好きだ」

　アストルの喜ぶ顔のためなら、なんでもしたくなる……そんなラウルの気持ちは、確かに恋だった。

　この恋心を押し込めようとするたびに、愛しさに壊れたウォルドと同じ顔をする、もう一人の自分が騒ぎ出す。

　アストルといると、どんどん好きになる。

　穢れのないアストルの白い頬を思い浮かべ、ラウルは自分を強く諫めた。穢してはいけない、想うだけなら、側にいられる。そう強く念じて、自制する。

　ラウルの側にアストルがいる。それだけで自分は満足しなくてはいけない。アストルは、空っぽだった自分に「希望に満ちた夜明け」をくれた大事な人なのだから。

「アストルは友達、俺の大切な友達」

　ラウルは顔を洗い、鏡に映った自分にそう言い聞かせた。

「王子、朝にございます」

アストルはいつも通り、ワゴンを押して寝室に入ってきた。ラウルを見やり、少しはにかみながら紅茶の用意をはじめる。

「王子、何か軽く食べますか？　まだ時間は早いですから、そんなに急がなくても……」

アストルに差し出された熱い紅茶を慌ただしく飲むラウルに、アストルは苦笑しながら尋ねた。しかし、ラウルは首を横に振った。

「いや、いらない。それより急ごう。時は金なりって言うんだぞ！」

「そんなに急がなくても、黒スグリは逃げたりしませんよ？」

アストルは少しいたずらっぽい笑みを浮かべて、ラウルに釘（くぎ）を刺す。しかし、彼は熱さに顔をしかめつつも紅茶を喉に流し込んだ。

それからラウルはいそいそと立ち上がり、片付けをしているアストルの手を強引に引く。

「片付けなんかいいから、早く行くぞ！　腹をすかせた小鳥が全部食べてしまう」

顔を赤くして恥じらうアストルをわざと無視し、ラウルは自室を後にした。

「……は、恥ずかしいから……その、手を繋ぐのはちょっと……」

真っ赤な顔で抗議されて手を離したが、ラウルは後ろに従おうとするアストルを真横に来させ、友人のように並んで歩く。途切れ途切れにお喋りをしながら、二人は王宮の北にある森に続く庭へと向かった。

緑の中を進む二人の靴は、朝露で濡れた。踏みしめた下草からはなんともいえない清々しい香りが漂い、二人の頬を自然と緩ませる。

森の少し手前でラウルは立ち止まり、茂みを指差した。

「アレだ、あのあたりに黒スグリがあるぞ」

そこには葡萄のような葉をつけた低木が生い茂り、葉の隙間から黒く輝く果実が覗いていた。

「わぁ〜!!　すごい！　結構大きな木ですね、たくさん実がついてるし！　この木、良い木だ!!　山でもこんなに大きい黒スグリの茂み、あんまりないんですよ!!」

アストルは興奮した様子で茂みに駆け寄り、さっそく実を摘んでラウルに差し出した。

「これは熟して落ちる前の実だから、甘いはずですよ！」

ラウルはアストルの白い掌から実を受け取り、昨夜の酸っぱい味を思い出しつつも、おそるおそる口に入れた。

「……ほんとだ、これは甘いな」

「でしょ！」

褒められた子供みたいに自慢げに笑うアストルの姿は、ラウルの頬をますます緩ませた。

二人でしばらく庭を散策し、木苺や小さな花を見つけて摘んでいると、朝食の時間になってしまった。二人は、慌てて部屋に向かって走る。

部屋の前で朝食のワゴンを持ったヨハンと鉢合わせし、ラウルとアストルは少しだけお小言をちょうだいした。

「その、……爺にも土産だ」

朝食を並べるヨハンに、ラウルはハンカチに包んだ小さな果実と草花を差し出す。ヨハンは驚いてから満面の笑みを浮かべ、うやうやしく受け取った。

「ありがとうございます、若様。爺はこのようにうれしい贈り物ははじめてです」

ヨハンの大げさなほどの喜びようにラウルは少し面食らい、面映ゆくなりながら窓の外に広がる青空に目を向けた。

――爺もアストルも、俺のことを大事にしてくれる。大切にされるって、こんなにもうれしいことなんだ。

当たり前のことなのかもしれないが、最近になってやっとそれがわかった。ラウルは赤くなった頬をごまかすように、アストルの淹れてくれた紅茶に口をつけた。

朝の仕事を終えたアストルは、微笑むラウルとヨハンに挨拶して王のもとに向かった。

指先からわずかに香るカシスの甘酸っぱいにおいに頬を緩め、侍従詰め所の扉を開く。

詰め所は、申し送りをする文官と交代待ちの武官達で賑わっていた。

アストルがインクの補充をはじめると、ヒューイが現れて、今日の仕事の割り振りをする。

「本日午前、地方領主と面会された後、王は午後の執務を休まれるとのことです。急ぎの案件以外はこちらで処理しますので、皆さんそのおつもりで。それでは、貴族院議事録のまとめを……」

王が執務を休むことなど滅多にないため、文官達は顔を見合わせている。少しざわつく部屋を見回し、ヒューイはにこりと笑った。

「王の体調ならば、問題ありませんよ。お一人で政策をまとめたいとのことですので」

それからスケジュールと仕事の説明が続き、部屋の雰囲気はいつも通りになった。

アストルに割り振られた議事録の清書は、思いのほか早く終わった。午後には清書をする書類もなくなり、いつもより早く文官の仕事は切り上げられた。

まだ日が高いうちに仕事から解放されたアストルは、その足で庭師のもとに向かう。事後承諾にはなってしまったが、庭のスグリを摘んだことへの許可をもらい、薔薇（ばら）についても聞くためだ。

北の塔（とう）で見た花をつけない薔薇のことが、アストルはずっと気にかかっていた。花に詳しい老庭師なら、咲かせる方法を知っていそうだ。あの薔薇がもう一度咲けば、何かが良い方向に変わるのではないか。甘い考えかもしれないが、何もせず悲しみを受け入れ続けるこの状況に慣れたくはなかったのだ。

小屋を訪ねると、老庭師はニコニコとアストルを出迎えてくれた。

テーブルにはティーカップが二つ置かれていたが、小屋には庭師しかいない。先客がいたのに邪魔をしてしまったのだろうか。アストルが謝って帰ろうとすると、老庭師は笑顔で引きとめた。

「ええですて。お客さんと言っても、ただの昔なじみ。庭でも見て、待っててくださる」

優しい言葉に、アストルは遠慮しながらも椅子に座った。

「あの、まずは、ごめんなさい。今朝、庭の黒スグリを勝手に採（と）ってしまいました。そしてまた今度、黒スグリの実を収穫したいのです、ジャムができるくらいに。……よろしいでしょうか？」

頭を下げるアストルを見て、老庭師はクスクス笑いつつ立ち上がった。

「少し待っていなされ」

彼は部屋の奥にあるドアを開け、中に入っていった。ほどなく老庭師はアストルのいる部屋に戻ってくると、にっこりと笑って答えた。

「構わんですよ。もう誰もあのスグリの実を食べる者はおりませんからなぁ。いくらでも採ってくだされ」

アストルはパッと明るい表情になり、何度も礼を言いながら頭を下げた。

「あと、もう一つお聞きしたいのです」

アストルは言いにくそうに質問する。

「……あの、あるところに、その、なかなか花をつけない薔薇（ばら）の木がありまして。綺麗に整えられているし、虫がついているようでもないのですが、ずっと花が咲かないそうです。どうしたら花がもう一度咲くのか、知りたくて……」

老庭師は首をかしげたが、すぐに何かに気づいたような顔をすると、悲しげに眉を寄せた。

「……アストル様、植物はなんでもよく知っている。枯れておらず、手入れもされているのに花をつけないのなら、それは『まだ咲く時でない』と薔薇が言っておるのでしょう。……薔薇は弱く見えて、本当はとても強い。枯れていないなら、また何度でも咲きますよって。待っててやってはくださらんか？　いつかは咲きたくなって、蕾をつける日がくるでしょう」

優しい声で答える老庭師の顔をじっと見つめ、アストルは悲しそうに再び問う。

「薔薇は、何をしたら咲きたくなるのですか？　その薔薇が咲くのをずっと待ってる人がいるのです。とても大事な薔薇なのです。また咲いたら……きっとその人の心も少しは癒されるから」

うつむいたアストルに、老庭師は穏やかに諭した。

「人も花も弱く見えて、実は驚くほど強いもんです。咲くも咲かぬも、強いてはいかんのです。無理やり咲かせた花はすぐ枯れますが、咲きたくて咲いた花は美しく咲き誇る……。……見守ることも必要ってもんです」

アストルは少しの間、考え込んでいたが、やがて顔を上げてうなずく。

「……ありがとうございます。私も待ってみます。早く薔薇が咲きたくなるよう祈りながら、見守ることにします」

アストルは何度も礼を言いながら、庭師の小屋を後にした。

「……優しい子ですなぁ、あの子は」

老庭師が呟くと、部屋の奥のドアが開き、一人の男が出てきた。老庭師は振り向きもせず、出てきた男に話しかけた。

「庭のスグリは譲ってしまってよかったのですかな？　お小さい頃、『この木は俺の木だ』とよく言っていましたからのぉ」

庭師が若い頃、森の下草を刈りに行く時、ついてきては森で遊んでいた小さな男の子。誰にも世話をされない捨て子同然の彼は、侍従のヨハンが来るまで、下働きの者達に育てられた。気の優しい少しやんちゃな少年の姿を思い出し、老庭師はやわらかく微笑んだ。

「さすがに俺も、もうスグリをポケットに詰めには行かないぞ？　……まだあのスグリの茂みはあったのか……」

彼は感慨深げに呟き、いつもは硬い表情を少しだけ緩めた。

幼い頃のおぼろげな記憶の中で、自分は黒スグリの実を頬張り笑っていた。今となっては、なぜあれほどに笑うことができたのか思い出せない。

「あの子に話した通り、花は咲きたくなったら勝手に咲くものです。薔薇の気持ちに任せておけばいい。あなた様の手入れは完璧です、もっと鷹揚(おうよう)に待っていなされ。薔薇にも薔薇の都合がありましょうからなぁ」

男は黙って老庭師の言葉に耳を傾ける。胸元の隠しポケットに入れられた小箱には、枯れた白薔薇と紫水晶(アメジスト)の指輪がおさめられている。彼は無意識のうちに小箱を取り出し、表面をそっと撫(な)でた。

「……デヴィッド、それでも俺は、もう一度あの薔薇が見たいんだ。もう一度、日の光の下で」

悲しみを帯びた低い呟(つぶや)きに、老庭師デヴィッドは目を閉じ、うなだれた。

「人も薔薇も、いつか萎(しお)れる。それを恐れては、花を育てられますまい。種を植え続ければ、何度でも何度でも花は咲きましょう」

デヴィッドは振り向き、小箱を撫でる憐(あわ)れな男に語る。

「薔薇は美しいものです。萎れた姿ばかり思い出してやりますな。薔薇とて不本意なことですよって。美しい姿を思ってもらってこそ、薔薇は恥じずに咲けるのかもしれませんよ、なぁ、ブランドン様」

老いて丸みを帯びたデヴィッドの優しい声を聞きながら、ブランドンは窓の外に目を移した。

窓の外では昼の光を浴びて、色とりどりの薔薇が美しさを競っている。

美しく咲く花々の中に、求め続ける白薔薇だけがない。記憶の中にしかない清らかなそれを思い出しながら、ブランドンは昼の光を見つめ続けた。

部屋に戻ると、机の上にアストル宛の包みが置いてあった。中には、砂糖や蜂蜜などと一緒に、一通の手紙が入っている。それは、レオラがしたためたジャムのレシピだった。丁寧な筆跡で、細かい手順などがわかりやすく記されている。

レシピの最後は、こう締めくくられていた。

「ディアナ様は鍋を混ぜる時に、『おいしくなーれ、うれしくなーれ』と唱えられていました。その呪文がおいしくなる大事な秘訣だそうですよ」

母の声を思い出し、アストルの胸はポカポカと温かくなる。さっそくレオラへお礼の手紙をしたためながら、アストルは愛に包まれている自分の幸せな境遇をしみじみと噛みしめた。

悲しいことばかり聞かされて落ち込みがちだったが、そんな自分を励ます。

この世界には悲しいことも多いかもしれない、でもそれ以上にうれしいことがある。

「おいしくなーれ、うれしくなーれ」

母の口調を思い出しながら、アストルは呟いてみる。呪文は、アストルの胸を穏やかな気持ちで満たしていった。

アストルは立ち上がり、善は急げとばかりに、調理場に向かった。そこに材料を置かせてもらうと、今度は急いで庭に行く。

――早く王子にジャムを食べさせてあげたい、幸せな気持ちのいっぱい詰まったジャムを食べて、王子にもうれしくなってほしいの。

アストルは楽しそうに黒スグリを摘む。指先を黒くし、籠を黒スグリで一杯にした頃には、あたりが薄暗くなりはじめていた。アストルは慌てて庭から帰り、ジャム作りの下準備をはじめる。

忙しく動いていると前向きになれる。黒スグリに砂糖をまぶしながら、アストルはラウルの喜ぶ顔だけを考えていた。

「おいしくなーれ、うれしくなーれ」

黒スグリを煮詰め、焦がさないように鍋をかき混ぜながら蜂蜜を入れる。クツクツと煮立つ音に合わせて、歌うようにアストルは呪文を繰り返した。

「おいしくなーれ、うれしくなーれ」

おいしくなれば、うれしくなる。あなたがうれしくなれば、私は幸せになれる。母の呪文は、今のアストルの気持ちそのものだった。

出来上がったジャムの味見をすると、母の作ったジャムと同じ味だった。アストルは満面の笑みを浮かべ、ジャムを瓶に詰めていく。ラウル用の大きめの瓶が一つ、そしていくつかの小さめの瓶に小分けにする。夜のお茶の時間にラウルに見せるため、小皿にも少しだけ取り分けた。

——王子に見せたら、なんて言うだろう？　おいしいって言ってくれたらいいな……

ラウルの部屋に持っていくワゴンにティーセットとジャムの小皿を載せ、アストルは弾む足取りで彼のもとに向かった。

「王子！　今朝の黒スグリ、ジャムにしましたよ!!」

部屋に入るなりアストルは駆け寄り、小皿に載せたジャムを見せた。

少し得意そうなアストルの笑顔は、上気していた。うれしくて、褒めてほしくて。そんな子犬のようなアストルの姿に、ラウルは思わず笑ってしまった。

「お前って、思い立ったらすぐ実行なんだな」

意地悪く笑ってみせたが、ラウルの鼓動はうるさいほどに騒いでいた。アストルの身体中から自分への好意がにじみ出ているように感じ、ラウルの胸の内は乱される。

——俺は馬鹿か。アストルの好意は友情によるものだ。変な勘違いするな!!

自分の前向きすぎる勘違いをなじりながらも、ラウルの頬は赤く染まっている。

「……食べてみて、ください」

緊張と期待が入り混じった声で、アストルはスプーンを差し出した。

どこか不安そうなアストルの表情を見ていると、ラウルも緊張する。自分を見上げるアストルの瞳は潤んでいて、それはとても扇情的だった。ラウルの喉は渇きを覚え、思わず唾を呑み込む。

アストルからスプーンを受け取り、ジャムをすくって口に入れる。すると、口の中に甘さのある酸味が広がった。

「……美味いな、コレ」

なんのひねりもない感想だったが、アストルの顔はパッと明るくなった。

「本当ですか？　気遣いとかじゃないですよね？　王子の口に合いましたか？　酸っぱすぎないですか？　……この味、好きですか？」

矢継ぎ早な質問に、ラウルはうなずく。

「あぁ、俺はこの味が好きだ。……すごく好きだよ」

――お前のことが。心の中だけで、ラウルはそう続けた。

今にもあふれだしそうな想いをなんとか胸にとどめ、ラウルは優しく微笑んでみせる。

アストルは安心したように大きく息を吐き、笑みを浮かべた。

「よかった……おいしいって言ってもらえたぁ～」

本当にうれしそうなその表情に、ラウルも頬を緩める。

それからアストルがお茶を淹れ、二人は今日あった出来事を報告し合いながら、取りとめのないお喋りをした。

「そのジャム、作る時に呪文を唱えるんです。『おいしくなーれ、うれしくなーれ』って。そうすると、本当においしくなるんですって！　今回は私もちゃんと言いました。だから、そのジャムは今までで一番おいしく作れたんだと思います」

「呪文でおいしくなるわけないじゃないか。多分、火加減とか、そういうのがうまくいったんだろ？」

皮肉っぽくラウルが答えると、アストルは少しむくれて言い張る。

「本当なんです！　絶対、母様の呪文が隠し味だったんです！」

穏やかな夜の時間に、ラウルの頬は自然と緩む。アストルへの片想いは苦しく、叫びたくなるほどだったが、どうしてもやめられない。どんなに苦しくても、アストルのもたらす平和な時間は、自分を優しく包み込むのだ。

――いっそ、苦しいばかりなら諦められるのかもな。

楽しそうにジャム作りの話をするアストルを眺め、ラウルは幸せな痛みを感じた。


二人の穏やかな時間は、激しいノックの音に打ち破られた。

アストルが急いで応対に出ると、青ざめた侍従が硬い声で報告する。

「イザベル王妃が激しい発作を起こし、自傷したとのことです」

報告の内容に、ラウル達も青ざめた。

「……それで、母上の容態は？」

ひび割れたような声で問いかけるラウルに、侍従は困惑しながら返答する。

「命に別状はないそうですが……意識の混乱がひどく、王子との面会を求めて暴れ、手当てもできないそうでして……」

侍従はおどおどとラウルの顔色をうかがいながら、無言のうちに離宮に行くよう求めた。ラウルは大きなため息をつき、投げやりに答える。

「……わかった、離宮へ行く。馬車の準備を」

かしこまりましたと返事をして、侍従がラウルの前から去ると、アストルはラウルの服の袖をぎゅっと掴んだ。

「……私も連れていってください」

青い顔でラウルを見上げるアストルの目は、強い決意に満ちていた。

「……あぁ、ついてきてくれ」

ラウルの袖を掴むアストルの手は少し震えていたが、ラウルにはどんな騎士よりも心強い守護者に見えた。

8　金狼殿下の対決

揺れる馬車の中、ラウルの頭は母のことで一杯だった。

こんなにも母を追いつめてしまっていることを恨む自分と、どうしてそのまま死んでくれないのかと思う自分。母の無事と死を同時に祈る自分がいた。

離宮へと向かう馬車は激しく揺れ、ラウルは気分が悪くなった。青ざめた顔を下に向け、強く握りしめた自分の拳を見つめていると、アストルの白い手がそっと重ねられた。

「大丈夫です」

ラウルが顔を上げると、アストルは笑みを浮かべてそう言った。

穏やかなアストルの声は小さかったが、車輪の音にかき消されることもなく、ラウルの耳にしっかりと届いた。

母の容態のことなのか、母に対する恐怖心のことなのか、それとも母の死を望んでしまう暗い気持ちのことなのか。

何に対しての「大丈夫」なのかをアストルは言わなかったが、その静かな声に、ラウルは安心した。

「……あぁ、そうだな……」

アストルの温かな手は、ラウルの握り拳を包む。揺れる馬車は、離宮へと夜道を急いだ。


離宮に着くと、慌てた様子の女官がラウル達を迎えた。

女官はラウルが連れてきた侍従のアストルを見咎めて入室を拒んだが、ラウルはそれを退けた。

「コイツの入室を拒むなら、俺はこのまま帰る」

女官は冷たく言い放ったラウルに非難の目を向けたものの、ラウルはアストルを引き連れたまま、強引にイザベルの部屋の扉の前に立った。

緊張で顔を強張らせるアストルを振り返り、ラウルは申し訳なさそうな顔をした。

「……すまない、アストル。最初に謝っておくが、母の調子はかなり悪いと思う。怖い思いをさせるかもしれない。ここまで連れてきておいてなんだが、何かあったら逃げてくれ」

そんなラウルを見つめ、アストルは少し表情を緩めた。

「……本当に、ここまで来ておいて、ですよ。私は怖かったら逃げます。ただ、その時は王子も一緒ですよ」

アストルは引きつった笑顔を作ると、ラウルの腕にそっと触れた。

「一緒に逃げるんです。王子だけ置いてはいきません。怖かったら、王子も一緒に逃げるんです」

アストルの強い眼差しに、ラウルはうなずいた。

扉を開けると、部屋の中はひどい有様だった。引き裂かれた布、クッションの中身と思われる羽毛や綿、陶器やガラスの破片が散らばっている。窓にかかっていたカーテンも切り刻まれ、なんとか吊られているだけ。いつもは綺麗に並べられていた人形達も床に転がって、足の踏み場もないほどに部屋は荒らされている。

あまりの惨状に、アストルは息を呑んだ。

「この奥の寝室にいる。多分、そこはもっとひどい」

ラウルは硬い顔をしてアストルを見た。アストルはうなずき、ラウルの服の袖を握って奥の寝室に進んでいく。

扉をノックし、ラウルが返事も待たずに開けると、部屋の真ん中にあるベッドには中年の女が座っていた。身にまとっている薄紅色の少女じみたドレスはところどころに血がつき、左の手首を傷つけたのか、左袖が真っ赤に染まっている。

王妃イザベルはベッドの天蓋の美しい装飾を見上げ、ブツブツと何か呟いていた。

「……傷の手当てだけでもしましょう」

ラウルが声をかけると、イザベルはゆっくりと彼のほうを見た。

「……あなた」

濁った目をラウルに向け、彼女はこちらに駆け寄ってくる。

「あなた、あなた！　やっと来てくださった！　どうしてもっと早く来てくださらないの？　わたくし、あなたがいないと死んでしまうわ!!」

こけた頬に土色の顔、焦点の合わない目は不気味に輝いている。髪は乱れて、唇だけが不自然なほど赤い。

明らかに正気ではないとわかる王妃の姿に、アストルは思わず一歩下がった。

それに気づいたイザベルは、アストルにギラギラした目を向けた。

「……誰？　この人」

二人が何も答えないでいると、彼女の声は次第に調子が外れてくる。

「……ねぇ、誰？　誰？　だれだれだれだれだれだれだれだれ……」

イザベルがゆらゆらと手を伸ばした瞬間、ラウルはとっさにアストルを自分の背に庇った。するとイザベルはじわじわと怒りの表情を浮かべ、憎悪に満ちた目をラウルとアストルに向ける。

「ねぇ、どうして？　どうしてわたくしとの逢瀬に他人を連れてくるの？　わたくしのこと、愛しているならその人を追い出してくださらない？　……ねぇ、追い出してちょうだい!!」

「……嫌です」

イザベルの口調は丁寧だったが語気は荒く、言葉の最後は悲鳴のようだった。

ラウルは、はじめて母に対して否定の言葉を口にした。抑揚はないが、強い意思のこもった声だった。

イザベルは不思議そうな顔をして彼を見上げる。

「……わたくしの願いなのよ？」

イザベルの問いかけに、ラウルはもう一度きっぱりと言った。

「母上の願いでも、嫌なものは嫌です」

ラウルはイザベルを見下ろした。イザベルは首をかしげながらラウルを見つめ、それから彼の背に庇われているアストルに顔を向ける。

イザベルの顔は、憎悪と恐怖に歪(ゆが)んでいく。

「……魔女。あなた、魔女でしょ!! 魔女がまたわたくしのモノを奪いにきたのね!!」

金切り声をあげ、イザベルはアストルに掴(つか)みかかる。

「やめろっ!!」

錯乱(さくらん)状態になったイザベルをラウルが突き飛ばしてアストルを守ると、イザベルは床に倒れ込んだ。

「またわたくしの愛する人を奪うつもり!? 今度はさせないわ!! この人はわたくしのモノなのよ、邪魔はさせない!! 早く消えてちょうだい、あんたはもう死んでるのよ!! 死人のくせに!! 魔女め! 魔女め! 呪われろ呪われろ呪われろ呪われろ呪われろ……!!」

イザベルは叫びながら身を起こし、手元にあった人形をいくつもアストルに投げつける。

「もうやめてくれッ!!」

人形を振り払いながら、ラウルは母を睨(にら)みつけて大声で怒鳴(どな)った。

「もう、たくさんなんだよ！　お前に付き合うのは!!　お前の妄想に付き合うのも、お前に罵倒されるのも、もう嫌なんだよ!!　一人でおままごとでもなんでもしてろよ！　俺にかかわるな!!　お前こそ消えろ!!」

「や、やめてください、王子、そんなこと言っては駄目です!!　何があろうと、母親にそんなこと言っては!!」

大声で母を罵倒するラウルを、アストルは必死で止めた。

イザベルは顔を青くし、ラウルの足にすがりついて泣き出した。

「いや、いや、捨てないで、わたくしを捨てないで!!　騎士様、あなたはわたくしの騎士でしょ!?」

イザベルは媚を含んだ目でラウルを見上げ、なおも嘆願を続けた。

「ねぇ、お腹にはあなたの子供もいるのよ？　ねぇ、知ってるでしょ？　一緒に魔王のもとから逃げて親子三人で暮らしたいのよ。お腹の子はあなたの子よ！　魔王の子なんかじゃないわ!!」

イザベルの妄言に、ラウルの顔色は悪くなる。

「……気持ち悪いこと言うなよ、お前との子供なんか、できるわけないだろ!!」

足にすがりつくイザベルを振り払おうと、ラウルは腕を伸ばす。しかし、イザベルはその腕にもすがりついた。狂気に支配された女の力は信じられないほど強い。

「離せって言ってるだろ!!」

イザベルに拳(こぶし)を振り上げると、アストルはラウルの腕に抱きついた。

「駄目!!」

ラウルに怯(おび)えたイザベルは、悲鳴を上げながら身を丸め、自分の腹部を庇(かば)う。

「信じて、エリック!!　お腹の子はあなたの子なのよ!!　ブランドンの子なんかじゃないわ!!」

イザベルの叫び声に、ラウルとアストルは固まった。

「…………エリック?」

表情をなくしたラウルが、おそるおそる母を見下ろす。イザベルは顔を上げると、うっとりと笑った。

「そうよ、愛(いと)しいエリック。お腹の子はあなたとわたくしの子、二人の愛の結晶なのよ……」

呆然とするラウルに、イザベルは再び絡みつく。不気味な蔦(つた)が若木(わかぎ)に巻きつくように、ラウルの身体中に手を這(は)わせ、イザベルは自分の身体をすり寄せていく。

「や、やめてください!!」

アストルは青ざめ、イザベルの身体を引き離そうと後ろから引っ張る。イザベルはラウルとの抱擁を邪魔され、怒りに顔を歪めた。そして金切り声をあげながらアストルに飛びかかって押し倒し、その上に馬乗りになった。

「邪魔するなぁ!!　魔女がぁぁぁぁ!!　死人のくせにぃぃぃ!!　顔を変えてもわかるのよ、アンタが魔女だってことぐらい!!　わたくしのエリックを奪いにきたのでしょ？　わたくしの幸せを、また壊しにきたのでしょぉぉぉ!!」

顔を赤黒く染め、イザベルはアストルの首を絞める。くぐもった声をあげながらアストルも抵抗するが、イザベルの手は緩むことがない。

それまで抜け殻のように立っていたラウルは、アストルの呻き声を聞いてようやく我に返り、アストルの首に手をかけているイザベルを殴り飛ばした。

イザベルの身体は鈍い音を立てて床に倒れ、ぴくりとも動かない。倒れた母には構わず、ラウルはアストルを抱き起こして背を撫でた。

「……お、王妃、さまは？」

涙目でむせ込むアストルに問われ、ラウルはイザベルに目を向けた。

「……気を失っているだけだ」

感情のこもらない声で答えるラウルに、アストルはよろよろと立ち上がり、倒れたイザベルを覗き込む。確かに、イザベルは気を失っているだけでちゃんと息をしていた。

「……今のうちに傷の手当てをしましょう」

アストルの唇はがたがたと震え、顔色は青を通り越して白くなっていた。

その後のことは、ラウルもアストルもあまり覚えていなかった。

アストルが倒れた王妃の手首の傷に包帯を巻き、二人で意識のないイザベルをベッドに運ぶ。それから女官を呼び、二人はそのまま離宮を後にした。

馬車に乗り、無言のまま互いの手を強く握りしめ、黒一色の風景をじっと見ていた。


あるところに、赤毛のお姫様が住んでいました。

赤毛のお姫様は優しいお父様にお母様、お兄様お姉様達に囲まれ、綺麗なお城で幸せに暮らしていました。

ところがある日、お姫様に大変な不幸が訪れます。年頃になったお姫様に、隣の国に住む王様が結婚を申し込んできたのです。

隣の国の王様は戦争が大好きな方で、まわりの人々は魔王と呼び恐れるほど。お姫様は悲しんで結婚を嫌がりましたが、そんな残虐な王に逆らえるはずもなく、泣きながら隣の国にお嫁にいきました。

お姫様を迎えた魔王はその名にふさわしく、冷たく情のない人でした。

お姫様は泣いて暮らしていましたが、ある日、魔王の秘密を見つけてしまいます。

魔王はもともと大変美しくて優しい、素敵な王様でしたが、魔女に呪いをかけられて魔王となっていたのです。

お姫様はそんな魔王を憐(あわ)れに思い、魔女の呪いを解こうとがんばりました。しかし呪いの力は強く、解くことができません。

悲しみに暮れるお姫様のもとに、金色に輝く美しい騎士様が現れてこう言いました。

「泣かないで、美しいお姫様。私があなたをお助けしましょう」

金色の騎士様はお姫様を抱き上げ、魔王の城から連れ出しました。

魔王は追いかけてきましたが、騎士様の馬は風のように駆け、あっという間に魔王の城から逃げ出すことができました。

喜ぶお姫様と騎士様は結婚し、二人仲良くいつまでも一緒に暮らしました。


赤毛のお姫様、魔王、とうもろこし頭の騎士、顔の潰(つぶ)された白髪の魔女。

あの人形達のお話は、ただの人形遊びのための童話。ラウルはずっとそう思っていた。

母イザベルの髪は赤毛のお姫様と同じ色で、魔王の人形の髪は父ブランドンと同じ鳶(とび)

色。とうもろこし頭の騎士の人形は、自分と同じ黄色い髪と緑の目。それらに何か意味があるなんて、考えてもみなかった。目をえぐられた赤ちゃん人形の瞳の色は、多分緑だったのだろう。赤ちゃん人形のルーは、赤毛のお姫様ととうもろこし頭の騎士の子供。ルーは魔王から逃げた赤毛のお姫様と騎士と一緒に暮らす、幸せな子供。

ラウルは馬車に揺られながら、ぼんやりと窓の外を眺める。そこには人々の暮らす町があり、家や店が立ち並んでいるはずだ。しかしラウルの目には暗い闇ばかりが映り、何も見えない。

強く握り合った手。その感触だけが、ラウルの生きている証のように感じた。アストルと繋がっている右手以外は、死んでしまったように温度が感じられない。

――はなさないで、はなさないで、はなさないで。このままずっと、はなさないでいてくれ。

闇を見つめながら、ラウルは心の中で何度も繰り返した。「話さない」なのか「離さない」なのか自分でもわからなかったが、馬車の中でアストルはずっと「はなさず」にいてくれた。

「今夜はもう休みたい」

そう言うと、アストルは泣きそうな顔でラウルを見上げ、躊躇いながらもうなずいた。

「お休みなさいませ」

挨拶の声とともに閉められた扉に背を向け、ラウルはベッドに倒れ込んだ。

顔を枕に埋めて目を閉じたが、瞼に焼きついている血だらけの母の姿からは逃れられなかった。

父と母の距離。父とも母とも似ていない自分。ブランドンとは似ても似つかない容姿にもかかわらず、母は自分を「愛しいあなた」と思い込んで愛を囁く。

この問題の「ラウルの父」をブランドンから別の男に変えるだけで、納得がいく。

それは、ガリカ国第一王子ラウル・ロサ・ガリカの存在を否定するものではあるが。

「……俺は、なんなんだ……」

泣きたい時は泣くことにする——アストルにそう言ったが、ラウルは泣けなかった。

泣きたい気分ではあったが、悲しいのか悔しいのか怒っているのか、自分の感情すらわからない。

誰もいない部屋のベッドの上で枕に顔を押しつけ、ラウルは叫び声をあげる。

くぐもった苦しい叫びは、誰の耳にも届かなかった。

――泣いちゃ駄目だ、泣いちゃ駄目だ。

アストルは涙ぐんでしまう自分を叱咤しながら、廊下を歩いた。自分が泣いてはいけない、泣くべき立場ではない。そう自分に言い聞かせたが、目頭は熱くなる。

大切な友達が傷つけられたのに、何もできなかった。目の前で傷つき苦しんでいたのに、慰めの言葉一つ浮かんでこない。ただ押し黙り、手を握ることしかできなかった。

何も知らなかった頃ならば、イザベルの口走った言葉は妄想の産物と言い切ってしまうこともできただろう。しかし、ヘンリーから王の過去を聞かされたアストルには、それができなかった。

オフィーリアの幻想に囚われている王と、王妃イザベル。二人の気持ちが重なるのは難しく、離れるのはたやすい。イザベルが王以外の誰かに愛を求めても不思議ではない。愛のない夫婦の間に生まれた、父親とは似ていない息子。その息子を「愛するあなた」と呼ぶ妻。心の壊れた妻と息子に興味のない夫。

不自然な家族の一員であるイザベルが口走った疑わしい「可能性」は、無視できるようなものではない。

アストルはヨハンの部屋へと急いだ。時間が遅いだとか、迷惑だとか、そんなことはもう考えていられなかった。誰でもいいから、ラウルを助けられる人物に会いたかったのだ。

——私は無力だ。何も知らずに、何もできずに、泣いて助けを呼ぶだけ。王子のためにできることが何もない。こんなの嫌だ、こんな弱い私なんて嫌だ。強くなりたい、もっと強くなりたい。

自分の無力さが悔しくて、アストルは歯を食いしばる。無力だが、無力なりに大切なラウルを助けたい。涙でにじむ目を手でこすり、ヨハンの部屋の扉を叩いた。

自分の顔を見るなり泣き出したアストルに驚き、ヨハンは居室に彼を招き入れた。深夜の来訪を詫びるアストルに温かいミルクティーを淹れ、落ち着くのを待つ。青ざめた頬を涙で濡らすアストルの肩はブルブルと震え、よほどのことが起きたのだとわかった。

「……イザベル王妃が、……王子のことを『エリック』って呼んで……」

アストルの声はうわずって聞き取りにくかったが、わかった単語だけで、ヨハンには何があったのか想像できた。

ヨハンは眉を寄せ、アストルを見つめる。

「……王子は、『もう休みたい』とおっしゃられて……私は何もできなくて……！」

そこまで言うと、アストルの喉がひゅっと奇妙な音を立てた。

「……ほ、本当なんですか？　本当なら、王子は、王子は……ヨハン様、王子を助けてください!!」

友を助けようと必死な若者を見て、ヨハンは昔を思い出した。

自分達も友のために苦しみ、のた打ちまわりながらも道を探し続けた。あの時の痛みをまだ覚えている。友の痛みを我がことのように感じ、歯を食いしばり前に進む。その道が茨の道だとしても、進んでいけた。

——臆病になってしまったものだ。傷つけることを恐れ、安全な道を示すことしかできない。

ヨハンはぼろぼろと涙をこぼすアストルの頭を、老いた手でゆっくりと撫でた。

「……アストル殿、これは若様の問題です。若様が受け止める問題なのです。私どもではどうにもできません。ただ、何があっても変わらず若様の友達でいてくだされ。それこそが一番の助けですぞ」

アストルの真っ赤な目を見て、ヨハンは優しい微笑を浮かべた。

「……明日、私が若様にすべてお話しします。何があろうと、若様は若様です。何も変わりはしません。ですから、私どもも何も変わらなくてよいのですよ」

に、ヨハンは悲しい眼差しを向けた。

嗚咽を漏らしながらも、アストルはヨハンの言葉にうなずいた。アストルの震える肩

翌日、朝の支度にはアストルでなくヨハンが現れた。カーテンを開けるヨハンの後ろ姿を見ながら、ラウルは少し笑った。つまり、そういうことなのだ。

「……そうだよな。爺は知っていて当然だな」

ラウルの言葉に、ヨハンは悲しい顔をする。

「……今日の予定は、すべてキャンセルにしてございます」

ヨハンの気遣いが伝わり、ラウルは寝不足の顔に困ったような笑みを浮かべた。

「午前だけでよい。午後の予定は戻してくれ。……それほど長い話でもないのだろう？」

ラウルの寂しい表情から、ヨハンはそっと視線を逸らした。

ヨハンの話は、ラウルの想定内だった。

結婚してからなかなか子供のできない国王夫妻に、側妃をすすめる声が高まっていく。妊娠ができることだけでも証明しなければ、側妃の輿入れはすぐにでも行われる。仮に側妃が男子を産めば、王の寵愛のないイザベル正妃の地位は危うい。焦ったイザベルの父、エグランテリア王は、とにかく妊娠さえすればと、王妃の不貞を見て見ぬふりをし

た。不貞でできた子は堕胎させるなりして、死産として処理すればよい。

ただし、事態はエグランテリアの想定とはかけ離れた方向に動き出す。ブランドンがイザベルの不貞を知りながら、その子供を我が子と認めて出産を後押しし、王妃の堕胎を徹底的に阻止したのだ。

その結果、生まれてきた子供は王とも王妃ともまるで違う髪と瞳の色を持つ男児だった。

「なぜ、父上……王は、俺を我が子として生ませたんだ？」

表情ひとつ変えずに尋ねるラウルに、ヨハンは少し言いよどんでから説明する。

当時、ガリカはエグランテリアではじまったばかりの大規模な灌漑事業に、技術と資金を提供していた。エグランテリア王女イザベルは莫大な資金の担保代わりに輿入れしたが、それでは足りないと王は判断する。王はイザベルの醜聞を盾に、エグランテリアからもう一つの担保を取ることにした。それはエグランテリアの王位継承権。もしも王がラウルを廃嫡しても、ラウルにはエグランテリアの王位継承権がある。ガリカはエグランテリアの王位に介入できる権利を有したのだ。

くしくもブランドンは、亡きモスカータ女帝の皇配。モスカータ女帝代理としての権利をいまだに持ち、ブランドンがエグランテリアの王を承認する立場に立っている。ブランドンが認めた者しかエグランテリアの王にはなれない。

エグランテリアがイザベルから王位継承権を取り上げれば王位は守れるが、国家予算をつぎ込んだ灌漑事業は頓挫する。国家の威信をかけた大事業が失敗すると、国の存続が危うくなる。

不貞の子を我が子とすることで、ブランドンはエグランテリアに首輪をつけることに成功した。

ラウルの王子としての立場は、王の考え一つでどうにでもなる。ラウルはそれを知らずに、今まで王子として生かされていたのだ。

「……金髪碧眼の『エリック』って男はどうなった?」

ラウルの問いに、ヨハンは沈痛な面持ちとなる。

「イザベル様の妊娠中に……事故でお亡くなりになりました」

「……そうか」

当たり前と言えば、当たり前だ。王妃を妊娠させた男は、消されたのだろう。ガリカ側からもエグランテリア側からも、邪魔なだけの存在だ。

ヨハンの話を聞き終え、ラウルは紅茶を一口飲んだ。自分の出生の秘密を聞かされたのに、驚くほど何も感じない。

悲しそうな表情で自分を見るヨハンに微笑(ほほえ)みかけ、フッと息を吐いた。

「……爺(じい)、俺はなんなんだろうな？　駒(こま)なら駒らしく、このままおとなしくしていたほうがいいのか？」

ヨハンは何も答えない。

「……アストルはこのことを知っているのか？」

「…いいえ」

ラウルはうつむき、硬い声で命じた。

「……アストルを呼んでくれ。……アイツには俺から話したい。構わないだろ？」

一礼し、かしこまりました、と去っていくヨハンの背を見送って、ラウルはぼんやりと窓の外を見た。

青く晴れ渡った空。こんな日に庭を散策したら、さぞ気分がいいだろう。昨日も、こんな風に晴れていた。それがとても遠い昔のように感じ、ラウルは少し悲しくなった。

目の前に座ったアストルの顔色は、悪かった。青ざめた頬と腫(は)れた瞼(まぶた)、寝不足とわかる目の下の隈(くま)。昨晩は、ラウルとイザベルのことで泣いていたのだろう。自分の事情でアストルを悲しませてしまう、ラウルはそれがとても辛かった。

ラウルが両手を机の上に置き、宣誓でもするように姿勢を正すと、アストルは充血した瞳をこちらに向けた。

「……すまない、アストル。お前も気づいたかもしれないが、どうやら俺は王の子ではないらしい」

そう切り出すと、アストルの目は少しだけ揺れた。

自分はエグランテリアへの牽制のための駒であり、いつまで王子の地位にいられるかわからないこと、そしておそらく自分は王にはなれないことを簡単に説明する。

「……だから、なんです？」

掠れた声でアストルが呟く。ラウルは気まずそうに話を続けた。

「……だから、俺は王子でなくなるかもしれない。このまま俺の侍従をしていたら、お前のキャリアに傷がつくだろう。俺には爺がいるから、早く俺の侍従を辞めて王の侍従文官に専念してほしい。そのほうがお前のためだ」

お前の輝かしい未来を邪魔したくない、ラウルはそう思った。

アストルは優秀だ。王の覚えもめでたく、今は見習いだが、すぐにでも侍従文官になれると言われているほどに。

宮廷内で地位を築くためには、失脚する者とかかわらないのが一番だ。これから失脚するだろう自分との繋がりは、早めに断ち切ったほうがいい。

不思議なもので、アストルが誰かと愛し合い家庭を築く未来を想像するのは耐えがたいのに、成功する未来はとても喜ばしい。己の独占欲の強さに辟易したが、アストルには幸せになってほしい。たとえその未来に自分が存在しなくとも。

「……お断りします」

しかしアストルは、低く冷たい声で答えた。驚いたラウルがアストルの様子をうかがうと、ブルブルと身体を震わせていた。

「そんなお話を聞かせるために私を呼んだのでしたら、もう下がらせてください」

アストルは立ち上がり、部屋を出ていこうとする。

「おい、ちょっと待てよ!!」

ラウルは慌てて立ち上がり、アストルの腕を掴む。

「……なんでそんな態度をとるんだよ？」

ラウルが強い口調で尋ねると、アストルは顔を真っ赤にして怒鳴った。

「あなたが馬鹿だからですよ!!」

「――――なっ？」

「王子が馬鹿だから!!　大馬鹿すぎて腹が立つ！　王子の馬鹿！　アホ！　わからず

やぁ！」

大声で喚いたかと思うと、アストルは泣き出した。

「な、なんなんだよ!?」

いきなり罵声を浴びせられて腹は立ったが、ラウルはとりあえず泣いているアストルの頭を撫でた。

「……おい、どうしたんだ？　いきなり……」

困惑気味にラウルが尋ねると、アストルはキッと彼を睨みつける。

「ヨハン様が言ったんです、何があろうと王子は王子だって。私たちは、何も変わらなくていいって。何も変わらないなら、私はあなたの友達で侍従です。あなたが王子であろうとなかろうと、辞令がない限り侍従は辞めません！　侍従も友達も辞めません！」

アストルは肩で息をしながら、悲しそうに眉を寄せた。

「私は侍従かもしれないけれど……友達でしょ？　友達は立場が悪くなったら、いなくなるものなのですか？　王子にとって私は、そういう友達なのですか？　王子が大変な時に側にいるのは、私ではいけないのですか？」

うつむいてしまったアストルを見つめ、ラウルは自分の思い違いがアストルを傷つけたことを深く恥じ、反省した。

それはラウルが一番恐れて、口には出せなかった言葉だった。

昨日の夜、アストルは自分の無力さにベッドの中で泣いた。泣きながらラウルのこと、ヨハンの言葉について懸命に考えた。しかし、考えても考えてもラウルを救う手立てなど思いつかず、悲観するばかりだった。

——私にとって王子は大切な存在。王子こそ、私の胸の中で一番に輝く星。

それが世間でなんと呼ばれる感情なのか、ちゃんと理解していた。それは、友達の間に生まれてはいけない感情。この感情は、隠さなければならない。けれど、それをなかったことにはしたくなかった。

——この感情は、私の力にする。王子を助けるため、暗闇が怖くても飛び込める勇気のもとにしよう。

自分にはラウルを思う気持ちがある。ラウルが辛い時には側にいて励まし、支えたい。少しずつ力をつけて、いつかはラウルを守れるように努力する。別れなくてはならない日が来るまでは、必ず側にいる。アストルはそう決心した。

なのに、ラウルから「侍従を辞めろ」と言われて、アストルは思わずキレてしまった。

けれども、ラウルのことは嫌いにはなれなかった。嫌いになれないどころか、より大切

「ごめん、アストル。俺はもっとお前に頼ってよかったんだな……」

小さな声で謝罪すると、アストルは顔を上げた。

「今日だって、王子の愚痴を聞きにきたのに……私になら弱音を吐いてくださると思って……思い上がっていたのに」

「……アストル」

ラウルはアストルの手を取り、両手で包み込むように握った。アストルの目は、静かで優しい色をしていた。その目は、ラウルの不安を受け止めたいと語っていた。

「……アストル、俺、怖いよ。どうなるんだろう？　どうしたらいい？　父上はやっぱり、俺のことが嫌いなのか？　どんな顔をして父上にお会いすればいいか、わからない。もし、俺が王子でなくなったら……俺はどこに行けばいい？　ここにだって居場所はなかったのに……怖いよアストル……」

胸の中を満たしていた不安は、言葉になってラウルの口から吐き出されていく。

「母上は俺のこと……『ラウル』のことを憎んでるのか？　もう『ラウル』は消えて『エリック』しかいらないのか？　俺には家族は最初からいなかったのか？」

ラウルは、絞り出すような声で続けた。

「……俺は……俺は……誰にも望まれない子なのか？」

だと感じた。

ラウルの言葉を受け止め、アストルは彼の手を握り返す。彼の不安はとても重く心にのしかかったが、アストルはそれに耐えた。

――私には王子を助ける知恵はない。後ろ盾になれる地位も権力もない。王子を助けたいって気持ちしかないけど、それだけが私の力だから。

「それでも、私はあなたがいてくれてうれしい」

アストルは伝えられるラウルへの気持ちを言葉にする。アストルは、優しく穏やかな微笑みを浮かべた。

しばらくの間ラウルは黙ったままアストルを見つめ、微動だにしなかった。

長い沈黙の後、ラウルの唇はゆっくりと動いた。

「……ありがとう」

少し掠れてはいたが、ラウルの声は穏やかだった。

9　侍従長の恭順

侍従達に仕事の指示を終え、ヒューイが執務室で溜まった書類の決裁に取りかかると、血相を変えたコンラッドが部屋に飛び込んできた。

「人払いを！」

ヒューイが口を開く前に、兄は硬い声で命じた。部屋にいた文官達はコンラッドの厳しい表情に恐れをなし、ヒューイの命を待つよりも先に部屋を出ていった。

「……今朝早く、屋敷にこんなものが投げ込まれていました」

コンラッドが差し出したのは一通の手紙。文面を確かめると、怪文書ともとれる内容だった。

「これは……兄さん以外に中を見た者は？」

「……宛名は私になっていたので、レオラだけです」

そうか、とヒューイは呟いて再び手紙に目を落とす。そこに書かれていたのは、ラウルの出生にまつわる醜聞だった。

「よくある内容と言えばそうですが……、あまりにも……」

王妃イザベルの二十年前の乱行と不倫、不倫相手の近衛兵の実名と、その男の不可解な死。王子ラウルの誕生前後に行われた王妃付き側仕えの異動と退職。何より生々しいのは、ラウル誕生の二年も前から、王と王妃の間では夫婦生活が行われていないとの暴露。果たしてラウルは、王の御子という意味での「王子」であるのか——手紙はそう締めくくられていた。

押し黙ったヒューイに、コンラッドは詰問と言ってもいい調子で尋ねる。

「正直におっしゃいなさい。これは事実ですか？」

ヒューイが真相を知っているのを前提とした質問だった。ヒューイはゆっくりと顔を上げ、厳しい表情の兄を見た。

「……本当だよ」

弟の暗い声に、兄は眉をひそめた。

王子の出生についての噂は、ラウルが生まれた十九年近く前にも一度囁かれたものだった。王と王妃の不仲、二人にまるで似ていない金髪碧眼のラウル。王妃との仲を怪しまれていた金髪碧眼の近衛兵の不慮の死。

あまりに噂は広がり、会議中、真相の如何を王の口から発表するよう苦言を呈した大臣がいた。すると王は、薄く笑って答えた。

「若い妻を寝取られた間抜けな亭主と俺を笑いたい者が、それほど多くいるのか」

王の鋭い目に、その場にいた全員が凍りついた。その日を境に、王子の出生を怪しむ噂を誰も口にすることはなくなった。

しかし、それが再び囁かれはじめた。噂を再燃させたのはウォルドである。あくまでも、噂の域を出ないものだったが。

コンラッド宛に送られた手紙には、噂では語られていない細かな情報が記されていた。その情報一つ一つの検証はしていないが、当時の記録と大体一致する内容となっている。

「この怪文書はおそらく忠告だろう。こちらはある程度証拠を握っている、今のうちに王子から手を引け。……そういう脅しだよ」

ヒューイは暗い声で、硬い表情のコンラッドに手紙を差し返す。

「あなたもお爺様も……これを知りながら、ラウル殿下をウォルドと対峙させようとしていたのですか？」

コンラッドは険しい表情で弟を睨む。ヒューイは口の端だけ上げて笑い、抑揚のない声で答えた。

「……あぁ、俺も爺さんも、知ってて王子をこの争いに利用してるんだよ」

ヒューイの答えに、コンラッドは思わず机を叩いた。大きな音が部屋に響いたが、ヒューイは眉一つ動かさず、怒りに顔を赤くするコンラッドを見ている。

「恥を知りなさい!! いくら政治のためとはいえ、こんなことをすればラウル殿下の身が危うくなるのはわかりきっているでしょう!? 人は使い捨ての駒ではないのですよ!!」

「兄さん、どちらにせよ王子には王の血が流れていない。隠し事なんて、いつかは暴かれる。ブランドン王が退位すれば、問題はいずれにせよ噴出する。この宮廷には、前回の噂を覚えている連中だらけなんだよ?」

ヒューイの言葉にコンラッドは唇を噛む。十九年前の噂は、ある程度の歳の者ならば誰でも知っている。昔の噂は否定されたわけでなく、ただ立ち消えただけだった。

もしウォルドが何か重要な証拠を握っているとすれば、ラウルの即位はかなり危ぶまれる。

「……ウォルドはこれがあるから、ガリカの王位を狙えると?」

苦々しく言ったコンラッドに、ヒューイはうなずいた。

ヒューイの冷淡な政治家の顔におぞましさを感じつつ、コンラッドは今後の対策を考えるため、ささくれだった気持ちを落ち着かせようとした。

「この手紙は、ウォルドがラウルの力になるだろうと判断した有力者に送っているんだろう。ケンティフォーリアはウォルドに『ラウル派』とみなされた。他の有力者にも、この手紙は送られていると考えるのが妥当だね」

ヒューイが言うと、コンラッドはギリギリと奥歯を噛んでから、低い声で答えた。

「旗色の悪い王子から、言われるままに手を引けと？」

この手紙によりラウル派に楔を打ち込めたなら、ウォルドの思惑通りとなる。

憎しみすら感じさせるような兄の目を見て、ヒューイは少しだけ笑った。人の人生を踏みつけにするような手段は、兄の最も嫌うことだ。

「兄さんはどうしたい？　俺はこのまま王子を担いでいくよ。どうせこの騒動が終われば、爺さんは自分好みの新しい王をどこからか連れてくるだろう。それまでは王子に働いてもらわないと」

ヒューイは冷たい笑みを浮かべ、兄を見た。

コンラッドはしばらくヒューイを見つめると、憐れみの表情を浮かべる。

「あなたが、以前『王子に期待をかけていない』と言った意味は、コレだったのですね……」

ヒューイは兄の視線から目を逸らした。コンラッドは弟に、やわらかな声で語りかける。

「悪人ぶるのはおよしなさい。あなたはまだお爺様のように非情にはなれない。情けをかけるのと情に流されるのは、別なのですよ」

コンラッドの目に怯えるように、ヒューイは呟いた。

「アイツがどんなに努力をしようと、最後は偽りの王子と後ろ指をさされ、追い出される。そんな奴に何を期待できる？　……そんな期待をするほうが残酷だ」

傷ついた弟の声を聞き、コンラッドはため息をついた。

「……そう思うなら、こんなことはやめなさい。王子もあなたも傷ついて……誰も笑えない道なら、他の方法を考えましょう？」

兄の真っ当な意見にヒューイは眉を寄せる。

「……無理だよ、兄さん。爺さんも王も、もう最後の仕上げに入っている」

重苦しい沈黙が二人の間に広がっていった。


その日の午後、ラウルは淡々と王子としての職務をこなした。

歴史学者の講義、地方領主達との会談、支援している芸術家との面会。いつも通りのスケジュールを、いつもより穏やかな表情でラウルは進めていく。

ラウルの抱える問題は何一つ解決していなかったが、心はとても静かだった。

自分に関する不安や薄暗い気持ちを、すべて受け入れる気になれたのだ。

「爺、俺が王になるのは無理なのか？」

夕食後、紅茶を飲みながらヨハンに尋ねると、彼は驚いた表情でラウルを見つめた。

「やはり、不義の子では無理なのか？　正直に言ってくれ」

ラウルの静かな表情に、ヨハンは焦りを覚えた。アストルとの会話の後のラウルは、以前よりも穏やかな表情になった。あれほど衝撃的な事実を知らされ、それでも落ち着きを取り戻したことは喜ばしいことだったが、どうにも静かすぎる。

ヨハンはこんな静かな目を以前にも見たことがあった。あの時見た、ブランドンの瞳。

「なぜ、そう思われましたか？」

その瞳は、もう後戻りはできない重大な何かを決めてしまった証だ。ヨハンはラウルの瞳を見ながら尋ね返す。

「不純かもしれないが、欲しいものを手にするためには、ココにいなくてはならない。俺の幸せはココにある。王になれば、ずっとココにいられるだろう？」

ヨハンは既視感に襲われて小さく息を呑む。

目の前の若者は、ラウルのはずだ。静かに輝く瞳は緑色なのに、ヨハンには藍色に見える。血にまみれ、愛しい者を手に入れようと修羅の道に足を踏み入れた若者があの夜見せた瞳。

「……若様、あなたが王位を望めば、あなたはまわりに傷つけられ、とても苦しい道を歩むことになりますぞ……」

なるべく落ち着いた声を出そうとしたが、ヨハンの声はひび割れていた。

「いつか王子ですらなくなるのなら、同じだろ？　同じように傷つくなら、欲しいもののために戦って傷ついたほうがいい」

ラウルを覆っていた小さな棘が取り払われていることに、ヨハンはやっと気づいた。他者を寄せつけない棘は消え、代わりに大きな刃が備わっている。

「どうすれば王になれる？　誰を味方につけ、誰を倒せば王になれるんだ？　俺は王にならなくてはいけない」

若者の言葉に、恐ろしい歯車がまわりはじめてしまったとヨハンは感じた。

——あぁ、お許しください、オフィーリア様。あなた様を裏切っても、私はこの若者の幸せを叶えたい。それが私の贖罪であり希望なのです。苦難の先に必ず光があると、今度こそあの方に見せて差し上げたい。

ヨハンは震える身体で、臣下の礼をとる。

「ラウル殿下。私、ヨハン・ファンタンラトールはあなた様の望みを叶えるべく、身を粉にしてお仕えいたします。何卒、大願を果たされませ」

跪く老侍従の白髪を見ながら、ラウルは静かにうなずいた。

10　金狼殿下の外交

「最近のラウル王子っていいねぇ。ゾクゾクするよ」

　夜会から帰ってきたサルバドルは、お気に入りのソファーに深く座って一息つくと、ワインとともに出されたチーズを、皿の上に一列に並べだした。スライスされたチーズをドミノのような状態にしていく彼の手元を見ながら、執事のイアンは少しだけ不安になった。

　イアンの主であるサルバドル・セミプレナは、頭のイカレた男だ。決して頭が悪いわけではない。その証拠に領内の統治も実業も順調であるし、貴族の間では芸術に一家言を持つ粋人として知られている。ただ、彼の善悪や物事の判断の仕方がおかしいのだ。

　彼の判断はすべて、「面白くて美しい」が基準となる。面白くて美しいモノが彼のすべてであり、絶対の正義なのだ。

　そのためいくら得になることでも「醜くてツマラナイ」と蹴ってしまうし、危なっかしいことでも「面白くて美しい」と首を突っ込んでしまう。火中の栗に喜んで手を伸ばすタイプなのだ。

危なっかしい主ではあったが、強運なのか才覚があるのか、今まで大した失敗をしたことがない。それが主をますます付け上がらせている。そこがイアンの悩みの種だ。

少し前に、ラウルがセミプレナのハウスパーティーにやってきた。それまで期待もしていなかった王子は、サルバドルが考えていた以上に社交性があり、振る舞いも問題なかった。見事に場を盛り上げてくれて以来、彼は「面白くて美しい」王子をいたく気に入っている。

「目がね、とってもコワいんだよ。コワい目をしてるのに凪いでいる。アレはいいね、とても悲壮で美しい……」

サルバドルはうっとりと笑いながらワインを飲み干す。

──また主様の悪い虫が騒ぎ出しているなぁ。屋敷で大人しくしていてくだされば いいものを……イアンは気付かれないように軽くため息をつくと、グラスにワインをつぎ足した。

「この前の怪文書もございますし、少し調べてみませんと」

楽しそうな主に、イアンは軽く釘を刺す。

一週間ほど前に届けられた差出人不明の手紙には、王子の出生についての醜聞が記されていた。あの手紙が届いて以来、サルバドルのよろしくないスイッチが入ってしまったらしい。恋でもしているような瞳で、ラウルを観察している。

「あんなの、調べてどうするの？　大体、『あなたが父親よ』って女が言えばそれが真実なんだよ。たとえ違ってても、男がどうやってそれを証明できる？　他人の空似だってあるんだ、逆があったって不思議じゃない。似てない親子をみんなが怪しんだらキリがないよ。父親が認知したら、それ以上外野がとやかく言うことじゃないでしょ。親子であるとかないとか、ウォルド殿下って、くっだらないこと言い出すよねぇ」

サルバドルは皮肉っぽい口調で意見を述べる。

「王の血があろうがなかろうが、私は気にもしないよ。私がブランドン王に忠誠を誓うのは、彼がとても美しいからだ。そして次の王も美しいなら、引き続き王家に忠誠を尽くす所存さ」

貴族らしからぬ主の発言に、イアンは大きなため息をつく。

執事に非難のこもった目で見つめられ、サルバドルは居心地が悪そうに呟いた。

「別に王家の家庭事情なんてどうでもいいでしょ。次の王が優秀なら、なんの問題もないことだもの……」

皿に並べたチーズを口に放り込み、サルバドルは物憂げに頬杖をついた。

「それより、イアン君。教会の様子を調べてくれない？」

サルバドルは、今度はチーズを花の形に並べかえながら言う。

「教会……ですか。何か気になることでも？」

イアンが尋ねると、サルバドルはいたずらっぽい笑みを浮かべる。

「ヘンリー様もヨハン様も、改修工事の終わった大聖堂に足しげくお通いだ。もうお歳だから信仰心が高まったってわけなのかしら？　あの二人が通うところには、きっと楽しい何かがあるはずだよ？」


ラウルは三夜連続で夜会に出席していた。さすがにアストルは疲れを感じ、そっと息を吐く。

以前にも増してラウルの外交は頻度を増し、ヨハンの口利きも手伝ってか、格式の高いサロンへの出席も増えた。従者としてラウルに随行するアストルも、気が抜けない。

今日のサンクタ公爵主催の夜会には、国の重要なポストにつく有力者と学者があふれていて、政治サロンのような様相となっている。

従者の控え室も似たようなもので、かしこまった様子の他の従者達にならい、アストルも姿勢を正して緊張気味に座っていた。

「おや、アストルさん。今夜もあなたが随行ですか？　お疲れ様ですね」

イアンがにこやかな様子でアストルに声をかけてくる。知った顔の登場に安心したアストルが挨拶（あいさつ）を返すと、セミプレナ侯爵の執事はいつものようにプププと笑い、アストルの頭を「いい子いい子」と撫（な）でた。

「最近、夜会にもよく出席されますね。王子が夜会にお越しになるとお嬢様方が喜ぶ。夜会での紳士的な振る舞いが素晴らしいと、ホストの間でも評判だそうですよ？」

イアンはにこやかにラウルを褒（ほ）めたが、アストルは少し複雑な気持ちで聞いていた。

あれほどダンスを嫌がっていたラウルだったが、最近は苦手意識がなくなったようだ。紳士的に女性とダンスをし、にこやかに会話する。ラウルの女性に対する振る舞いのスマートさは社交界でも評判となり、貴族の若い娘達は頬を染めてラウルを見つめている。

アストルとしていたダンスの秘密特訓も行われなくなり、ラウルのダンス上達に安堵（あんど）したが、ひどく残念に思う気持ちもあった。

ラウルは自らの出生を知ってダメージを受けたように見えたが、それを跳ね返すようにせわしなく働き、有力者達との縁を結ぶため、日夜走りまわっている。しかしアストルの目に、ラウルはどことなく危うく映った。無理がたたって倒れてしまわないかと、心配になる。

「少しの間でいい、こうしていてくれ」

　昨夜も夜会帰りの馬車の中、疲れた様子のラウルはそう言って、アストルの肩にもたれて眠ってしまった。

「ラウル殿下やウォルド殿下のように、王族の方々に親しく接していただけることはありがたいと、我が主も申しておりましたよ」

　ラウルの評価は上々なようでアストルもうれしかったが、とても不安だった。

「ありがとうございます、イアンさん。セミプレナ侯爵にもよろしくお伝えください」

　アストルが礼を言うと、イアンはまたプププと笑いうなずいた。

「いえいえ。我が主様は、王子がいたくお気に入りでしてね。こちらこそ、よろしくお願いしますよ」

　イアンは改めて挨拶すると、机の上から菓子皿を取り上げてアストルに差し出す。綺麗に並べられた色とりどりのチョコレートに、アストルは思わず笑顔になった。

「アストルさんは本当に素直でいい子ですね」

　セミプレナ侯爵家の執事はプププと声をあげて笑い、目の前の侍従のあどけない様子を眺めた。

外の空気を吸おうと夜会を抜け出したラウルは、セミプレナ侯爵から声をかけられた。話があるからと、誰もいない小部屋へ案内される。

「王子、何かお困り事はございませんか？」

突然の言葉にラウルが首をかしげると、セミプレナ侯爵はにっこりと微笑む。

「王子、私は美しいものが大好きなのです。美しい絵画、美しい音楽、美しい食事。もちろん、美しい人間も」

セミプレナ侯爵は、ラウルの目を覗き込んだ。

「美しい人間が織りなす物語を見るためならば、私はなんでもいたしますよ」

セミプレナ侯爵の意図がわからず、ラウルは怪訝そうな顔をした。

「すまない、貴卿の話がよくわからないのだが？」

「人が人を欲する時、必ず物語が生まれる。楽しいもの、悲しいもの、醜く目を背けたくなるようなもの。そんな物語の中でも私が一番好きなのは、強い意思を感じさせるものです。激しく誰かを欲する物語は、とても切なくとても美しい。私はそんな物語が大好きなのです」

吟遊詩人めいた不思議な物言いに、ラウルは少し戸惑う。

「強い決意は、何かを強く欲しなければ生まれません。その何かは、切望するほどに美しく尊いもの。美しく尊いものは人を魅了し魂を奪う……本当に罪深いものです」

眉を寄せるラウルには構わず、セミプレナ侯爵は続ける。

「王子の目に決意という名の欲が宿った。欲は人をどこまでもおかしくさせるものですよ」

ラウルの背に冷たい汗が流れた。

「私は美しい物語のためなら、命だって賭けられるのです。王子、あなたの決意は美しい物語の香りがする。あなたの物語のためなら、私はどんな協力も惜しみませんよ？」

ラウルの胸に宿った決意を見透かすように、セミプレナ侯爵は微笑んだ。

「王子、私の力が必要ならば何なりとお申しつけください。私も伊達に侯爵を名乗ってはおりません、そこそこお役には立つでしょう。あなたが何者でも私は構いません。あなたの美しい物語を私にもお見せくださいませ」

そう言って舞台役者のように大仰な礼をとるセミプレナ侯爵に、ラウルは少しだけ笑った。

ラウルの望みは小さなことだった。しかしそれを叶えるには、多くのものを手に入れなければならない。つまり、大きな力が必要なのだ。

ラウルは臣下の礼をとる侯爵を見下ろし、仄暗く微笑む。

「あぁ、よろしく頼む。セミプレナ侯爵」

サルバドルはうっとりとしながらポケットに入っていた例の手紙を握り潰し、うやうやしくラウルに捧げた。

「御意、我が主様。この私は美しいものの忠実な僕、あなたの手足としてお使いください」

帰りの馬車の中、ラウルは胸ポケットの中に手を入れ、握り潰された手紙にそっと触れた。

セミプレナ侯爵から渡された手紙には、ラウル出生の醜聞について事細かに記されていた。ラウル自身も知らなかった事情も書かれており、それはヨハンから聞いた真実とほぼ一致している。

この手紙が根も葉もない中傷でないことは、セミプレナ侯爵も気づいているだろう。

しかし、侯爵は臣下の礼をとりラウルに忠誠を誓った。

——何を考えているかはわからないが、味方をするというならしてもらおう。どんな力であれ、今の自分には必要だ。

ラウルは侯爵の底の知れない笑顔を思い出し、息を吐き出した。

「……お疲れですか？」

アストルは不安そうな顔をして、ラウルの顔を覗き込んでくる。

「心配するな、一晩寝れば良くなるよ」

「……あまり、無理をなさらないでくださいい、王子」

「……ありがとう、アストル」

ラウルは礼を言ってアストルに身を寄せる。アストルは一瞬びくりと身体を震わせたが何も言わず、もたれてきたラウルの身体を受け入れた。

ラウルが寝たふりをしながら覗き見ると、アストルは真っ赤な顔をして目をぎゅっと閉じていた。アストルの様子に、ラウルの胸はじんわりと熱くなる。

――誰が俺を裏切ったって構わないんだ。お前だけ、お前だけは俺を裏切るな。ずっと側にいてくれ……。

傍らで震える愛しいアストルの体温を感じながら、ラウルはそっと目を閉じた。

11　王宮侍女の善意

侍女になって二年のメリナは、いまだ仕事に慣れていなかった。自分でも落ち込むような失敗ばかりしてしまう。

王宮で侍女をすれば、見合いの時に箔が付く。

両親にそう言われて貧しい地方領主の家を出されたが、姉達のような活発さも美貌もない引っ込み思案なメリナにとって、知らない人だらけの都会で働くことは恐怖でしかなかった。王都に来て二年にもなっていたが、親しい友達もできず、休日には街へ買い物に行く同僚達を見送った後、部屋でじっとしている。

ここは私に合わないな。そんなことを考えながら涙ぐみ、ため息をついては日々を過ごしていた。

今も、足元に散らばったガラスの破片を見て泣きたくなった。盆に載っていた高そうなグラスは、メリナの不注意でガラス片に早変わりしてしまったのだ。

同僚の冷たい眼差しに怯えながらしゃがみ込みガラスの欠片に手を伸ばすと、一人の侍従がメリナのところに駆け寄ってきた。

「手で拾ったら怪我をしてしまいますよ。私がほうきとちりとりを持ってきますから、メリナさんは代わりのグラスの用意をしておいてください」

侍従のアストルに優しく声をかけられ、メリナは涙ぐんでうなずく。いつもまわりの叱責に怯えているメリナにとって、アストルのやわらかい態度は救いだった。

「やっぱり、アストル様ってお優しくていいわよねぇ～。あんなお婿さんを連れて帰ったら、ウチの両親も大喜びなんだけどな～」

「ヒューイ様にも憧れるけど、あのケンティフォーリア様だもの。私達には高望みすぎるわよね。でもアストル様なら『もしかして』って思っちゃうわ」

「ちょっと、アストル様ってまだ十六なのよ？　あんた、いくつ年上よ？」

まわりにいた同僚の侍女達が仕事の手を止め、笑い合った。

春に侍従になったばかりのアストルは、メリナと違ってなんでもそつなくこなす。侍従になった初日から気難しいと有名なラウル殿下の側仕えを任され、信頼関係を築き、兼任で見習いとはいえブランドン王の侍従文官もしている。王の侍従文官といえば、王宮仕えの花形だ。そんな将来有望なアストルだが、メリナのような侍女や下働きの者達にも偉ぶった態度は一切とらない。いつもやわらかな物腰で話し、丁寧な対応をする。

かわいらしい容姿も手伝って、侍女達の間では「いつか恋人にしたい、かわいい弟」として大人気だった。

侍女になって二年も経つのに、担当すら与えられていないメリナとは大違いだ。一つ年下のアストルと自分とを比べて、メリナはため息をついた。

メリナが新しいグラスをワゴンに載せていると、アストルが掃除道具を持って部屋に戻ってきた。

「グラスの用意、ありがとうございます。これは私が片付けておきますから」

そう言うとアストルはさっさとガラス片を片付け、礼を言うべきか手伝うべきかとまごつくメリナに笑いかけた。

「メリナさん、お怪我はありませんでしたか？」

余計な仕事を増やしたと責めることもなく、失敗した自分の心配までしてくれるアストルに、メリナの頬は赤くなる。

アストルは、いつも優しい。以前、メリナが部屋を飾る花の手配を頼まれた時、用意に手間取ってアストルを待たせてしまった。しかしアストルは、優しく笑って許してくれた。「ありがとうございます、メリナさん。状態のいい花ばかりなので助かります」と言い、メリナの選んだ花を褒めてくれた。それがきっかけで、メリナはアストルのことが大好きになったのだ。

「だ、大丈夫……ですから」

メリナが恥ずかしさでしどろもどろに返事をすると、アストルはにこりと笑って「それならよかったです」と言い、次の仕事に向かっていった。

アストルがいなくなってから、メリナは自分がお礼さえ言っていないことに気づいた。憧れのアストルに礼儀知らずな奴だと嫌われたのではないかと、メリナは落ち込んでしまった。


最近、侍女達の間で人気のある仕事は客間の給仕である。ムリガニー王子ウォルドが滞在する部屋に朝食のワゴンを運び、セッティングをする仕事だ。運がいいとウォルドと顔を合わせることができ、彼から声をかけられることもある。

隣国の王子であるウォルドはとても気さくで、侍女達にも気安く声をかけて世間話をする。王族と話ができることなど、王宮の侍女をしていても滅多に（めった）ない。誰もが志願するその係は、侍従長補佐ヒューイの一言で、侍女全員の持ちまわりとなった。とはいえ、城にいる侍女は百人を超える。ウォルドの滞在が一年だとしても、この仕事がまわってくるのは三回か四回程度だろう。

誰もがやりたがる客間の給仕であるが、メリナにとっては気が重いばかりの面倒な仕事だった。さっそくまわってきてしまった人気の仕事を誰かに代わってもらおうとしても、親しい友人のいないメリナは声をかける相手が思い浮かばない。仕方なく朝食の載ったワゴンを押して、客間に向かった。

客間に着き、不安と緊張で暗い表情を浮かべながらテーブルセッティングをしていると、奥の寝室からウォルドが出てきた。

ウォルドとの遭遇に、メリナはますます緊張する。固まりながらもなんとか一礼し、震える手で銀食器を並べた。

「おはよう、侍女さん。そんなに緊張しなくてもいいよ。ただの朝食なんだから、そんなに丁寧に並べなくたっていいんじゃない？」

何度も食器の位置を直すメリナに、ウォルドはやわらかい調子で話しかけてきた。いつまで経っても終わらない仕事の遅さを指摘された気がして、メリナは顔を真っ赤にしてうつむいた。

ようやくセッティングが終わると、次はポットに湯をそそぐ。紅茶の香りが広がった瞬間、メリナは青ざめた。朝食用の茶葉を間違えて用意していた。今、ポットの中に入っている茶葉は、アストルがラウルの目覚めのお茶に使っているフレーバーティーだ。

するとウォルドは少し不思議そうな顔をして尋ねてきた。

「あれ？　いつものブレックファーストティーじゃないね」

茶葉を取り替えようにも、時間がかかりすぎる。自分の失敗に涙ぐみながら、メリナはウォルドに弁解した。

「あ、あの……これはいつも、ラウル殿下のアーリーティーにお出ししているもので……あの、ワゴンを用意する時、侍従が置いた茶葉を私が……持ってきたみたいで……」

真っ青な顔の侍女に、ウォルドは微笑んだ。

「そんなこと、気にしないで？　どうしてもいつもの紅茶じゃなきゃ駄目ってわけでもないから。それにその紅茶、とてもいい香りだね。ラウル殿下はいつもそれを飲んでいるの？」

ウォルドが優しい口調で声をかけると、メリナは安心して気が緩み、つい「お喋り」をしてしまった。

「は、はい、ラウル殿下の侍従は、こちらの茶葉をアーリーティーとして用意しておりまして……ラウル殿下もお気に召しておいでです。……その、ラウル殿下は大変おいしいとおっしゃっていて……」

自国の王子について他国の者に漏らすのはご法度である。しかし、その時のメリナにそんな危機意識はなかった。自分の失敗を咎められないよう、間違って持ってきた茶葉がラウルも気に入るほどのものだと必死にアピールした。

「へぇ～、じゃあ僕もそのお茶をいただこうかな」

笑みを浮かべたウォルドを見て、メリナは安堵した。

ようやく顔色が良くなったメリナは慎重に紅茶をカップにそそぎ、ウォルドの前に置く。ウォルドは香りを楽しんでから、カップに口をつけた。

「とってもおいしいお茶だね、ラウル殿下が好きなのも納得だ。ありがとう侍女さん、君のおかげで新しい好物が見つけられたよ。……君の名前を聞いてもいいかな？」

優しく微笑むウォルドに、メリナは自分が褒められたと思い込む。

「……メ、メリナです」

顔を真っ赤にして答えるメリナには、ウォルドの微笑みは善良なものにしか映らなかった。

朝食を終えると、ウォルドは様々な話をメリナにしてくれた。噂に違わぬ隣国の王子の人懐っこさにメリナの表情は緩み、彼女からも相槌以外の言葉が出るようになる。自分の身の上話を披露すると、ウォルドは感心したようにうなずいた。

「僕も勉強のためと外遊に出されて知らない人だらけの所にいるから、メリナの気持ち、よくわかるよ。誰か友達でもいればいいんだろうけど、なかなか友達になってくれそうな人はいないものだよね」

　気さくな人柄のウォルドの意外な言葉に、メリナは驚く。

「まぁ、ウォルド殿下と親しくなりたい者はたくさんおりますでしょうに」

「そうでもないよ。僕と知り合いになりたい人は多くても、友達となると別みたいだね。あんまりこの国の事情がわからないから、めんどくさい奴って思われてるみたいで……僕の事情を気遣ってくれる同性の友達が欲しいんだけどね」

　ウォルドはそう言うと、柑橘(かんきつ)の香りが漂(ただよ)うティーカップを寂(さび)しそうに見つめた。

　そんなウォルドを見ながら、メリナは彼の寂しさに共感する。

　――確かにそうだ。自分に優しくしてくれる穏やかな友人がいれば、寂しくはない。どんな時も優しく穏やかな、「彼」のような友達がいたら――失敗ばかりの私を決して見下したりしない、「彼」のような人が側にいてくれたら。

「前、優しそうな侍従さんがいたから友達になりたくて、僕の担当になってってお願いしたんだけど、ラウル殿下の侍従だからって断られちゃったんだ。せめて友達になれないかなぁって思ってるけど、声をかける機会もなくて……」

「私でよければ、ラウル殿下の侍従との橋渡しをいたしましょうか？」

侍女の口から出た理想的な回答にウォルドは満足し、笑みを深くした。

それ以来、メリナを見かけるとウォルドは秘かに声をかけ、世間話をするようになる。

寂しそうな表情でアストルの話に水を向けると、メリナは彼の仕事ぶりや日常の細かな出来事、日々のスケジュールから会話まで教えてくれるようになった。

アストルがラウルのために用意した花の種類を聞きながら、ウォルドは寂しそうに呟いてみた。

「彼は忙しいんだねぇ……仕事の合間で構わないから、僕とお話でもしてくれないかなぁ」

メリナは同情の視線をウォルドに向け、うなずく。

「きっと私がお引き合わせいたしますよ。アストル様だって、ウォルド殿下とお友達になりたいはずですもの！」

侍女の答えを聞き、ウォルドはうれしそうに笑っていた。


ここではないどこかなら、きっとすべてがうまくいく。ウォルドの母はいつもそんなことを考えている女だった。

国務大臣の父を持つ公爵家出身の母は、良くも悪くも箱入り娘で、自分の頭で物を考えるということをしない。実父に従い、政略結婚の駒としてムリガニー王家に側妃として嫁げば義母にあたるイメルダに従う。夫であるプレストンとは、互いに意に染まぬ相手であっても閨を共にし、男児が生まれれば王太后イメルダに取り上げられ――王宮に飼い殺されている憐れな女は、自分を籠の鳥と呼んで嘆くばかりだ。

たまに息子と面会をすると、可哀想な自分の境遇をとうとうと語り「ここではないどこかに行きたい」と泣く。そんな母の姿を、ウォルドは冷めた目で眺めていた。

きっと母はどこに行っても幸せにはなれない。どこにいても、自分の不運を嘆くことしかできないだろう。幼いながらもウォルドには、母の無能さがありありとわかった。

父のプレストンは、ウォルドの顔を見るのがことのほか嫌いだった。彼はウォルドを見ると顔を歪め、嫌悪を隠そうともしない。愛してやまない正妃以外に生ませた子供であるウォルドは、不貞の証に見えるそうだ。

三つ年上の第一王子ミハエルは、文武すべてにおいて弟のウォルドに劣っている。それでも父はミハエルをかわいがる。

父の褒め言葉が欲しいわけではなかったが、兄より成績の良い弟を「兄を立てることのできない思い上がりの弟」と蔑むのはやめてほしかった。兄より悪い成績と落第の間にはさほど差がなく、それを狙うのは満点を取るよりもはるかに難しいからだ。

頭は悪いが皆にかわいがられる能力だけは人一倍ある、異母兄のミハエルも苦手だった。いつもへらへら笑い、聖職者じみた綺麗事ばかりを言って、ちやほやされている。人の不幸を泣き、人の幸福を喜び、毎日を過ごしている。

「ウォルドにもソレをあげてよ、かわいそうでしょ？」

彼がよく口にするこの言葉を聞くたびに、虫唾が走った。ボンクラに施してもらうものなど何一つない――笑顔で兄を見上げながら、ウォルドはそう思っていた。

私はガリカの女王になるはずだった。それが祖母の王太后イメルダの口癖である。ガリカ宮廷の華とも謳われた彼女だったが、ウォルドには陰険な目をした醜い老女にしか見えない。

思い通りにならないと甲高い声で周囲の者をなじり、自分の不運は周囲が無能なせいだと嘆く。イメルダのガリカ王位に対する執念はすさまじく、ムリガニーに嫁いで五十年近くにもなるのに、いまだ自分がガリカ王家の頂点に立つのを諦めていない。

厳しい帝王学をウォルドに叩き込み、「いつか私をガリカ王宮に連れ帰っておくれ」と猫なで声を出す祖母は不気味だった。

ウォルドは、自分を「アストルと仲良くしたい同志」だと信じて疑わない侍女の愚かさを笑いながら、花瓶に活けられた花を見た。

ラウルのためにアストルが選んだ花と同じ、薄紅の薔薇と白い小菊。優しい色合いの花は、部屋の主の心が癒されるようにと、願いをこめた組み合わせだろう。ほのかな香りを漂わせる花は「彼女」の愛そのものに思え、ウォルドは胸いっぱいに香りを吸い込む。

「あぁ、この花は僕のためのものだよね……」

やわらかい彼女の肌を思い出しながら、ウォルドは薔薇の花弁に手を伸ばす。開きかけの蕾を無理やりこじ開け、解体するように花弁をちぎると、涙を流して自分を拒んでいた彼女の姿が浮かんだ。

穢れを知らない、美しい彼女。ラウルのような無力で何も持たない憐れな男にも、献身的な愛を捧げる彼女。そんな彼女は、自分を愛するべきだ。

「ラウル君ってば、本当に目障りだよ。早くいなくなってくれないかなぁ」

ガリカの玉座と彼女。それらはウォルドのものになるはずなのに、ラウルの存在がある限り思い通りにいかない。憎しみのこもった呟きは、部屋の温度を下げた。

ウォルドはバラバラになった薄紅の花弁を机の端に寄せ、引き出しから書類を出して並べた。ラウルの外交先の調査、ケンティフォーリアの動向、協力者達の身辺調査、本国宮廷の様子、ブランドン王の動き。それらを整理しながら、ラウル失脚のタイミングを狙う。

ラウルを失脚させれば、こちらの思うように事態は転がりだすだろう。

ウォルドの王位継承順位は、今のところ第五位。ラウルが失脚し、兄が不慮の事故で帰らぬ人となれば、一気に第三位になる。第一位のイメルダは、年齢からして王位継承には不適合。第二位の父プレストンはガリカ王位を狙えば無用な争いを生むからと、王位継承権をほぼ放棄している。ケンティフォーリアの老人がおかしなことさえしなければ、ガリカ王位はウォルドのものとなるはずだ。

ウォルドは並べた書類の中からケンティフォーリアに関するものを取り出し、目を通していく。相変わらず、領内の動きも王宮内の動きも掴みにくく、報告書の「継続調査中」という単語の多さに苛立つ。煮ても焼いても食えないと祖母が評する元宰相の老人は、裏で何をしているのか。ヘンリーは宰相時代最後の仕事である大聖堂の修復の視察と、完成披露式典の準備のため王宮に顔を出しているが、それ以外はすべて、物見遊山か旧友との食事くらいでしか屋敷から出ていない。彼の動きが掴めなければ、どんな策を用いてくるかもわからず、対策のしようがない。

何か動きが欲しい。動いてさえくれれば、そこから情報が取れる。

動きがないなら、動かせばいいと思い、怪文書を送ってみた。しかしケンティフォーリアはおろか、セミプレナまでなんの反応もなかった。

ケンティフォーリアの老人が隠すジョーカーは、どのタイミングで出てくるのか。それがこの争いの勝敗を決める。

ケンティフォーリアの握っている切り札は強力だが、その強力さゆえに使いどころを間違えれば自滅する。元宰相も慎重になっているはずだ。

祖母イメルダは悲願であるガリカ王位継承のため、何度も計画を立てては失敗してきた。

四十年前、モスカータ女帝の謀反に協力し、ブランドン失脚後にはガリカ女王の座を受け取るはずだった。しかし謀反の失敗により、ガリカ内に多数いた自身の協力者を失う羽目となった。

息子プレストンがムリガニー王になり、イメルダが自国で強大な権力を握っても、ガリカ王位への彼女の執着は消えることがなかった。ブランドンに後継がいないことを理由に、イメルダはガリカの次王にプレストンを推した。王位継承権の順位の高さと両国の友好を主張し、戦争で王位を奪い合うことのない「同君連合統治」という緩やかな簒奪を企んだのだ。しかし、ブランドンがエグランテリア王女と婚姻して王子が誕生したため、立ち消えとなった。

何度も立てた王位奪還計画のために集められた情報は、ウォルドが引き継いだ。それらの欠片を繋ぎ合わせ、ようやくケンティフォーリアの持つ切り札が見えた。

このジョーカーを知った時のイメルダの不気味な笑い声は、今でもウォルドの耳にこびりついている。

「聖女面した魔女め……、お前の好きにはさせるものか!!　私を裏切ったことを、墓の中で後悔させてやる!!」

老女の醜悪な姿には辟易したが、彼女がウォルドをガリカ王位奪還の柱に据えてくれたことはありがたかった。

——何もかも、僕のものにならなくちゃ。ムリガニーの王位も、ガリカの王位も、彼女も。すべてが僕のものなら、誰も僕を拒めやしないもの。

「待っててね、アステリア。君こそが僕のクイーン。ジョーカーを打ち破る一枚だよ」

侍従文官の仕事が終わると、アストルは足早に厨房に向かった。お茶の準備をしてからラウルの部屋に向かい、今夜の外交の支度をして——頭の中でこれからの仕事の順番を組み立てながら歩いていると、一人の侍女がアストルに声をかけた。

「あ、あの、甘い香りのフレッシュハーブのお茶を頼まれたのですが、どれを摘んだらよいかわからなくて……アストル様ならお詳しいかと思って……あの、私、お菓子の準備もまだ途中で……」

アストルは、怯えるような話し方をするその侍女——メリナが少し気の毒になった。

「厨房に向かう前に、ハーブを摘んできますね。メリナさんはお菓子の準備をしておいてくださいな。ハーブはどれくらい必要ですか？」

「……二人用のポットの分量です」

アストルはうなずき、なんの疑問も持たずにハーブ摘みの仕事を引き受け、メリナから剪定ばさみと籠を受け取る。

「甘めの香り……マロウとかローズマリーでいいかなぁ」

庭園の片隅にあるワイルドガーデンにやってきたアストルは、ハーブを選びながら剪定ばさみを動かした。甘い香りのアップルミントやカモミールを切りつつ、頭の中ではラウルのことばかりを考えてしまう。

——今夜のお茶はフレッシュハーブを入れたものにしてみようかな。食事会の後だから、すっきりするようなお茶にして……

「いい香りだね、子兎ちゃん」

背後からかけられた低くて甘い声に、アストルはびくりとした。アストルの身体から、血の気が引いていく。

アストルは近づいてくる男の気配に怯え、震えることしかできない。

「たくさん取れたね？　さっそくお茶の時間にしようよ」

男は優しげな口調でそう言うと、アストルの肩に手を置き、耳元に唇を寄せた。

「ねぇ、僕と一緒にお茶を飲んでくれるよね、……アステリア」

誰かに助けを、と視線を彷徨わせたが、まわりには誰もいない。アストルは唇を震わせ拒否しようとしたが、結局声は出せなかった。


客間のやわらかい椅子に座り、綺麗な焼き菓子と甘い香りのハーブティーを目の前に並べられても、アストルの緊張がとけることはなかった。

「そんなに硬くならなくてもいいんだよ？　今日は君とお話がしたかっただけだからね」

ウォルドはやわらかく微笑むと、部屋に控えていたメリナに声をかける。

「僕、ゆっくりお喋りがしたいから、アストル君は仕事で遅くなるって、みんなに伝えておいてくれる？」

「かしこまりました。ごゆっくりおくつろぎくださいませ」

アストルがメリナの顔を信じられない気持ちで見つめていると、彼女は頬を染めて笑う。

「大丈夫です、アストル様。ウォルド殿下は、とてもお優しい方です。すぐに仲良くなれますよ」

扉をゆっくりと閉める上機嫌なメリナの後ろ姿を見ながら、アストルは悪い夢の中にいるような浮遊感を覚えた。

ウォルドと二人だけになってしまった部屋で、アストルは居心地の悪い静けさに身を置く。自分には、目の前で微笑むこの男と何も話すことはない。それどころか、一秒だって一緒にいたくない。アストルはウォルドの舐めるような視線に、自分が穢れていくような気がした。

「ねぇ、どうして僕にはジャムを作ってくれないの？」

唐突に投げかけられた質問にアストルが意図もわからず押し黙っていると、ウォルドは言葉を続ける。

「ラウル君には作ってあげるのに、僕にないのはなんで？　君って『王子サマ』が好きなんでしょ。あんな『偽物の王子サマ』じゃなくて、『本物の王子サマ』に尽くすべきだと思うんだけど？」

「――っ!?」

ウォルドの言葉を聞いて、アストルは目の前が真っ暗になった。

この男は自分がアステリアだという秘密だけでなく、ラウルの秘密まで知っている。

何も気づいていないふりをしようとしたが、アストルの唇はカタカタと震えて真っ青になっていく。自分ではどうにもできないほど動揺してしまい、今さら平静を装うのは無理だった。

「……あなたの望みはなんなのです？」

アストルはうつむきながら、低い声を絞り出す。ウォルドは、アストルがラウルの弱点だと思っている。ラウルのまわりに居る人間の中で、アストルが一番弱く切り崩しやすいと。実際、自分はこうしてたやすく彼に捕まってしまい、身を守る術さえ持っていない。もし自分にヒューイやヨハンのような知恵と経験があれば。そんなことを考え、アストルは自分の非力さが悔しくて唇を噛みしめた。

「あなたがどう思っているか知りませんが、私はただの侍従です。私にはなんの力も影響力もありません。……私に何をしようと、何も変わりませんよ？　侍従の替えなどいくらでもいます」

アストルはウォルドに対する恐怖で一杯になりながらも、彼に一矢報いようと、掠れた声を出した。

必死で恐怖と戦うアストルを嘲笑うみたいに、ウォルドは優しげな声で語りだした。

「じゃあ、ただの侍従として僕の言うことを聞いてくれる？」

その声は半ば強制的にさらってきた政敵の侍従に聞かせるものとは思えぬほど、甘やかだった。

「僕は君が欲しい。君の身体も心も、存在すべてが欲しい。君がラウル君に向ける好意は、僕に向けられるべきだよ」

愛の言葉にも似た、ウォルドの脅迫は続く。

「君は傷ついた人間を見過ごせない。だから孤独でかわいそうなラウル君が放っとけないだけだよね。君はかわいそうなラウル君に施しを与えて、いい気持ちになってるだけだよ。だって彼は、君には何も与えられないものね」

ウォルドは笑いながらアストルの「気持ち」を否定した。ラウルへの想いは、アストルの中で一番大事な宝物。それをウォルドは、偽善と嘲笑ったのだ。アストルは悔しさと怒りに震える。

「黙れっ!!」

怒声をあげて睨みつけると、ウォルドはクスクス笑いながら、アストルの瞳を覗き込む。

「黙らないよ……君だってわかってるでしょ？　君の想いは届かない。届かない想いを育てて、君は悲劇のヒロインぶりたいだけだよね？　かわいそうなラウル君を支える健気な自分を、楽しみたいだけでしょ？」

「――――なっ⁉」

アストルはあまりのひどい言われように、絶句した。

傷ついたアストルの顔を、ウォルドは舌なめずりしながら観賞する。青ざめ、怒りと恐怖の入り混じった表情で自分を睨むアストルに、ウォルドは言い知れぬ喜びを感じていた。

「本当のことでしょ？　君の気持ちが彼に伝わる時、それは君が彼に自分は裏切り者だって告げる時だよ？　君は自分でそれを告白する気でいるの？」

ウォルドの言葉に引き裂かれたアストルの胸はドクドクと音を立て、見えない血を流しだす。アストルは握りしめた掌にギリギリと爪を立てた。

「言わないよねぇ？　このまま君はラウル君を騙し続けて、素知らぬ顔で側に居続けたいんだものね？　きっと、ラウル君は、君に感謝してると思うよ。だって、君は彼が偽物ってわかってても側にいてくれるんだもの」

「黙れっ！　あなたには関係ないっ！」

アストルはウォルドを威嚇するが、彼の言葉は次第にアストルの心を蝕んでいく。

「どう、大好きな王子サマを騙し続ける気分は？　君を信じきっているラウル君を見るのは、さぞ面白いだろうねぇ。偽物の友達を信じる、かわいそうな偽物の王子サマ。偽物だらけだねぇ」

怒りが悲しみへと変わっていく。アストルを支えていた怒りは、ボロボロと崩れた。

「ラウル君もいけないいんだよ。何も持ってないくせに、信頼だの友情だのを欲しがるなんて。だから、こんな風に騙されるんだよ。本当に間抜けな王子サマだよねぇ」

「王子を悪く言うなっ!!」

「……面白いねぇ、君。だってそうだろ？　君が騙してラウル君はそれに気づかない。だから僕はラウル君を間抜けって言うんだよ。ラウル君を間抜けな王子サマにしてるのは、君自身だ」

「……もう、やめて……」

握りしめた拳から徐々に力が抜け、アストルは両手で顔を覆った。こぼれる涙を手で押さえながら、「アステリア」は嗚咽を漏らす。

怒りを鎧にしてなんとか保っていた虚勢はすっかり崩れ、アステリアには悲しみと恐怖だけが残った。

――ごめんなさい、ごめんなさい、ごめんなさい。王子、ごめんなさい。

自分の罪を突きつけられ、アステリアの心は悲鳴をあげた。

「意地悪なことを言ってごめんね、アステリア。でも、わかっただろ？　君がラウル君を想ったって、誰も幸せにならない。君もラウル君も傷つくだけだよ。だったら、今すぐにでもやめるべきだと思わない？」

ウォルドは立ち上がってアステリアの側まで来ると、肩を震わせて泣く彼女の頭をそっと撫でた。触れられた瞬間、アステリアの肩はびくりと震える。ウォルドの手から逃れようと首を振ったが、彼は構わずに、嫌がるアステリアの頭を撫で続けた。

「ラウル君の信頼はどんどん大きくなっていくよ。裏切られた時の痛みが信頼の大きさと比例することくらい、君にもわかるよね？　ラウル君の信頼がこれ以上大きくならないうちに、君はラウル君の側から離れるべきだ」

優しく、労るように。ウォルドの穏やかな声は、アステリアに浸透していく。

「僕はラウル君と同じ王子だ。ラウル君と同じように、いろんな人にすり寄られる。王宮でも信頼しては裏切られてを繰り返す人々を、たくさん見てきたよ。だから、裏切られる痛みはよくわかる。裏切られるって本当に辛いんだ。本当に本当に痛いんだよ」

うつむくアステリアに優しく話しかけながら、ウォルドは口の端を上げる。

「君は優しい子だね、アステリア。でも君の優しさは、ラウル君を傷つけることになる。

そうなる前に僕のもとにおいで。君をココから連れ出してあげるよ」

　涙に濡れた顔を上げ、アステリアは彼を見た。

「……ここから……連れ出す？」

「そうだよ、ここから逃がしてあげる。君がここから逃げ出せば、これ以上ラウル君を裏切らずにすむよね。ラウル君だって外に出てお友達作りを一生懸命してるし、君がいなくなったって困りはしない」

　傷ついた眼差しで自分を見上げるアステリアに、ウォルドは優しく続ける。

「君は僕のことを意地悪でひどい奴だと思ってるだろうねぇ。でも僕は、君を本当に愛しているんだよ。愛しているから、苦しむ君を助けてあげたい。このままだと、君もラウル君も壊れてしまうから」

　ウォルドは頭を撫でていた手を頬へと滑らせ、彼女の濡れた頬を親指で拭う。

「ラウル君の居場所を奪ってやりたくてココに来たけど、君が僕と一緒にいてくれるなら、別にいいや。君がムリガニーに来てくれるなら、僕はすぐにでも国に帰る。君が僕を愛してくれるなら、僕はラウル君からもこの国からも手を引くよ」

　怯えた表情を浮かべるアステリアにウォルドは追い打ちをかけた。

「君次第なんだよ、アステリア。君の決断がラウル君の今後を左右する。僕がガリカにいる限り、ラウル君と僕は争うことになる。争う以上、僕は勝つためにラウル君の秘密を暴くだろうね。でも君が僕を選んでくれるなら、僕は黙ったままムリガニーに帰る」

紙のように白くなったアステリアの顔を、ウォルドは憐れんだ目で見下ろした。

「僕の言ってることがわかるよね、アステリア。彼のためには、どういう決断が必要だと思うかい？」

ウォルドの問いかけに、アステリアの瞳はゆらゆらと揺れた。ウォルドの氷のような瞳を見上げながら、アステリアは彼の言葉について考えた。

どうしてこの人は自分に執着するのか。絶世の美女でもない、しがない田舎娘に、なんの価値を見出すのか。こんなことをする本当の目的はなんなのか。

恐怖と悲しみで混乱し、頭はまともに働かない。アステリアは眩暈にも似た気持ちの悪さを堪えるのに必死だった。

「今すぐ答えなくても、構わないよ」

浅い呼吸を繰り返すアステリアの頬を両手で包み、ウォルドはひどくやわらかな笑みを浮かべた。

ひとまず与えられた執行猶予にアステリアが安堵すると、ウォルドは笑い声を漏らす。

「でも、あんまり待たせないでね？　優しいアステリア、ラウル君のためには何が最善か、よく考えて」

ウォルドはアステリアの耳元に唇を寄せて囁いた。

「────っや！」

近すぎる距離に怯えてアステリアがもがくと、ウォルドは彼女の左手を掴む。

「僕は君が正しい決断をしてくれることを祈っているよ」

ウォルドはそう言って、抗うアステリアの左の掌にそっと口付けた。

ウォルドはアステリアの掌の感触を味わいながら唇を薬指の付け根まで這わせると、口を開けて軽く歯を立てる。

「早く欲しいよ、アステリア。……僕のかわいい子兎ちゃん」

真っ青な顔で震えるアステリアに、ウォルドはもう一度優しく笑ってみせた。


客間から出たアストルの瞳は暗く濁り、自分が今どこをどうやって歩いているのかもわからなかった。目に映る何もかもが、どす黒く歪んで見える。

何をすればいいのか、何をしてはいけないのか。

アストルが大切にしていたラウルへの想いは、ウォルドに踏みにじられた。ラウルへ捧げたものが、自分の作り上げた自己愛の固まりに思えてくる。

――そんなつもりじゃないのに、あなたを大切に想いたいだけなのに。

「……そうだ、王子にお茶を……」

それでも心の中でラウルの名を呼び、アストルはフラフラと厨房(ちゅうぼう)に向かった。

暗い顔をしたまま厨房に入ると、妙にうれしそうな表情のメリナが期待を込めた眼差しでアストルに微笑(ほほえ)みかけてきた。

「どうでしたか？　ウォルド殿下とお話しされて。気さくでお優しい方でしたでしょ？」

いつもより明るい笑顔で話しかけてくるメリナに、アストルは思わず冷たい目を向けてしまう。

「ウォルド殿下がアストル様と仲良くしたいとおっしゃっていたので、いろいろお教えしておきましたよ。お友達になれましたか？」

自らの行いを誇らしげに語るメリナに、アストルの顔が凍った。この人に罪はない、ただウォルドにいいように利用されただけ。そう思って我慢しようと思ったが、深く傷ついていたアストルに、そんな余裕はほとんど残っていなかった。

「……私はあなたに、ウォルド殿下を紹介してほしいと頼みましたか？」

いつも穏やかな表情のアストルが、厳しい顔でメリナを一瞥(いちべつ)した。

「メリナさん、ウォルド殿下に何をお話しされていたのですか？　あの方は他国の方、王宮内で見知ったことを気軽に話されては困ります。もっと注意してください」

ラウルのために作ったジャムや紅茶の銘柄などは大した情報ではない。しかしアストルにとっては、軽々しく語られていいものではなかった。とても大事な機密事項だったのだ。

それを、よりによってあの男に……。完全に八つ当たりだとわかっていても、やり場のないアストルの苛立ちはメリナに向けて放たれてしまう。

「あなたにとっては些細なことでも、侍女である以上、職務規定である守秘義務を守ってください」

アストルが硬く尖った声で言うと、メリナの顔色はだんだん青くなっていく。

「あ、あの、わ、私、……アストル様に喜んでもらえると……思って、その」

弁解するメリナの言葉を、アストルは鋭く遮った。

「私は他人にお友達を斡旋されても、うれしくありません。……むしろ迷惑です」

アストルの穏やかな一面しか知らないメリナにとって、今の厳しい表情のアストルは見知らぬ人間に見えた。なんとかアストルの機嫌を直す言葉を探してみたが、何一つ出てこない。そんなかわいそうなメリナを無視するように、アストルはお茶のセットを手早く用意してワゴンに載せると、さっさと厨房を出ていった。

「メリナ、アンタ一体何をしたのよ？　アストル様があんなに怒るなんて、はじめてよ？」

「私、アストル様が怒ってるの、はじめて見た！」

「えっ？　何？　何？　何かあったの？」

アストルが厨房を去ったとたん、一斉に侍女達がメリナを囲んで騒ぎ出す。

今まで同僚達の話題の中心になったことのないメリナは、こうしてみんなが声をかけてくる光景を夢想したことはあったが、こんな話題で中心になりたかったわけではない。憧れと尊敬の眼差しで見られたいのであって、今のように好奇と蔑みの目を向けられたくはなかった。

同僚達の問いかけに一切答えず、メリナはブルブルと震えながらうつむき涙をこぼす。

——なんで？　私はアストル様を思って、ウォルド殿下を思って、良いことをしようとしただけなのに。なんでこんな目にあわなくちゃいけないの⁉

ウォルドとアストルが友達になり、アストルは感謝してメリナを特別扱いするようになる。アストルとの特別な親しさに、皆が羨望の眼差しを向ける。メリナの思い描いた素晴らしい未来は、肝心のアストルによって壊された。

非のない自分に罰を与えるアストルの狭量さが許せない。黙って涙をこぼしながら、メリナの心の中はアストルへの非難の言葉で埋め尽くされていった。

ワゴンを押しながら、アストルは自己嫌悪に苛まれていた。厨房での一幕を思い出し、自分の言動を深く反省する。メリナに落ち度があったとしても、大勢の前であれほど叱責されるような行いはしていない。注意するにしても、場所と言葉が適切ではなかった。彼女に浴びせた叱責は、ただの八つ当たりだった。

すぐに厨房に戻り、メリナに謝ったほうがいい。そう思ったが、ウォルドの部屋で見たメリナのうれしそうな表情を思い出すと、どうしても謝る気になれなかった。

――嫌だ、何もかも、もう嫌。私は嫌な人間だ。卑怯で臆病で汚い。自分ばかりがかわいい、嘘つきの裏切り者。

自分を罵倒する言葉を並べて責めてみても、何も解決しない。アストルの胸の中は、もやもやとした気分の悪いもので一杯になった。

アストルの秘密を知らないラウルの笑顔と、アストルの叱責に涙するメリナの顔。それらが頭の中でぐるぐるまわり、アストルを責め立てる。

もう、ここから逃げ出したい。遠くに逃げて、山にいた時のように心穏やかに暮らしたい。そんな思いが頭をよぎった瞬間、ウォルドの声が頭の中に響いた。

「ここから逃がしてあげるよ」

アストルは慌てて頭を振り、ワゴンの取っ手を握る手に力を入れた。

――どこまで逃げたって、私自身からは逃げられないじゃない……一番逃げてしまいたいのは、卑怯な自分からだもの。

以前、王宮図書室で王が言った言葉を思い出し、アストルは下唇をぎゅっと噛んだ。

ラウルの部屋にワゴンを運び入れていると、ラウルが現れた。顔色の悪いアストルを見て、気遣うような目を向ける。

「どうした、なんだか微妙な顔をしているぞ？」

少し茶化すように優しく声をかけてくれたラウル。彼の顔をアストルはまっすぐ見ることができない。お茶の準備をするふりをしてうつむき、ごまかすように明るい声を出した。

「へ、変なこと言わないでください。お茶が終わったら今夜の食事会の用意をしますから、早く座ってくださいよ」

明るい笑顔を無理やり作って楽しそうに振る舞ったが、ラウルはいつもよりもやわらかい声で問いかけた。

「……何か、嫌なことでもあったのか？」

ティーポットを傾けるアストルの手が、少しだけ揺れる。

「別に、何も……」

アストルは、ティーカップにそそぎ込まれる紅茶だけを見て答える。香り高い湯気を立てる紅茶のカップをラウルの前に静かに置き、アストルは目を伏せた。ラウルはフッとため息にも似た息継ぎをしてから、アストルに語りかける。

「アストル、お前が俺を助けてくれるように、俺だってお前を助けたい。……それだけは覚えていてくれ」

ラウルの温かい声は、アストルをますますうつむかせた。唇を噛み、漏れてしまいそうな叫びを必死で堪える。

――やめて、私に優しくしないで。私は王子の優しさを受けてもいい人間じゃないの！

アストルはラウルに優しくされて泣きたくなるほどうれしいのに、同時に悲しくもなる。

「ご心配するようなことはありません。私はいつもと同じですよ」

ぎこちない微笑を浮かべてうそぶくアストルに、ラウルはそれ以上何も言わなかった。

12　放蕩侯爵の晩餐

「ようこそおいでくださいました、王子」

使用人達が並ぶ中、品の良い笑みを浮かべたセミプレナ侯爵は、ホールでラウルを出迎えた。

「あぁ。今日の招き、感謝する」

ラウルは王子らしく鷹揚に返事をし、さりげなく屋敷の様子をうかがった。

食事会と称したセミプレナ侯爵邸での晩餐には、ラウル以外のゲストはいなかった。会というほどの賑わいもない静かな邸内の様子に、ラウルは気づかれないようにため息をつく。

有利とはいえない自分の後見を買って出てくれたセミプレナ侯爵には感謝しているが、ラウルはサルバドル・セミプレナという男が少々苦手だった。

四十半ばの伊達男。いつも品の良い微笑みをたたえ、政治よりも芸術を愛する趣味人。それが彼に対する周囲のイメージだった。しかし、実際の侯爵はそんなイメージよりもだいぶ厄介な男だ。

柔和な表情で人と接しながらも、恐ろしく冷静な目で他者を観察し、内面を覗いて楽しんでいる。薄い笑みをたたえた唇からは詩のような言葉が発せられるが、よくよく聞けばその辛辣さにぞっとする時もある。穏やかに見えるアッシュグレーの瞳は時折鋭い輝きを見せ、彼がただの有閑貴族でないことを物語っていた。

得体の知れない男。それがセミプレナ侯爵に対するラウルの感想だ。

彼との会話はいつも奇妙な緊張感に満ち、謎かけにも似た言葉遊びに付き合わなくてはならない。一瞬でも隙を見せれば、心の奥底まで裸にされてしまいそうだ。

――今日も疲れるんだろうなぁ。この男は、俺の何がそんなに気に入ってるんだ？

ラウルは気づかれないように小さく舌打ちをし、後ろに控えるアストルにチラリと目をやった。

目の前の男も気になるが、沈み込んでいる親友の様子も気になる。

午後の茶の時間に現れたアストルの表情は暗く、悲しみに沈んでいた。自分の前では明るく振る舞っていたが、時折表情に影が差す。アストルは傷ついたような瞳で、ラウルをうかがっていた。

何か辛いことがあったようだが、それを尋ねても何も言わない。そんなアストルに、ラウルは少し傷ついた。ラウルに負担をかけまいとする、アストルなりの優しさだったのかもしれない。しかし、ラウルは「お前では頼りにならない」と言われているようで悲しかったのだ。

アストルは、ヒューイやコンラッドになら心を開いて頼るのではないか。そう思うと、もやもやとした嫉妬（しっと）と自分の不甲斐（ふがい）なさに、ラウルの胸は乱れる。

——アストル、俺はお前が思う以上に弱くて、しかも嫉妬深い。お前に頼られたいんだ。お前の手を離したくないんだ。

そんなラウルの胸の内など知らぬアストルは、行儀良く彼の後ろに控えていた。

「おや、そちらが噂の侍従君かな？」

興味津々といった侯爵は、アストルに微笑（ほほえ）みかけた。アストルは驚いて顔を上げ、慌てて礼をする。

侯爵は緊張気味なアストルをじっと見つめてから、ポツリと呟（つぶや）いた。

「……狩猟女神（アルテミス）」

侯爵の呟きが理解できずにアストルが首をかしげると、彼は満面に笑みをたたえて大股で歩み寄ってきた。思わず一歩下がるアストルに構わず、彼はアストルの両手を握ってブンブンと振る。

「君、ディアナの子だろ？　わかる、私にはわかるよ！　そっくりだ！　私の女神にそっくりだ！」

うれしそうに笑う彼に驚き、アストルもラウルもぽかんとした顔になる。

「えっ!?　……え、えぇ、私の母はディアナ・ユミヅキ・ノワゼットです。あの、侯爵は母とお知り合いでしたか？」

しどろもどろで答えるアストルの顔をまじまじと見つめ、侯爵はうなずく。

「あぁ、お知り合いだとも！　昔、私が彼女に求婚したら、返事代わりに矢を射られて、殺されかけたからねぇ。忘れられないよ！」

さらっととんでもないエピソードを披露する侯爵に、アストルはなんと答えたらいいかわからず、とりあえずペコリと頭を下げた。

「あ、あの、……その節は母が大変ご迷惑をおかけしたようで、その……申し訳ございません」

アストルの謝罪の言葉に、侯爵はますます笑う。

「いやいや。あの頃、私は若かった。水浴びをする乙女を覗き、見つかったからと求婚すれば非常に怒られる、ということをまだ知らなかったからね。その節は私も悪かった。許しておくれ」

　どこまで本当なのかわからない昔話に、アストルは「ええ」「まぁ」と曖昧な返事を繰り返す。

「いやぁ～、それにしても似てるね。あの頃のディアナが帰ってきたようだ。私はね、今でも彼女が大好きなんだよ」

　少し悲しげな口調になった侯爵の顔を見上げ、アストルは彼がディアナの死を知っていることに気づいた。

「あの、申し遅れました、私の名はアストル・ノワゼットでございます。ありがとうございます。そう言っていただいて、母も喜んでいることと思います」

　アストルの言葉に、彼は痛みを堪えるような顔をしてからうなずいた。

「そろそろ、アストルの手を離してやってはくれないだろうか？」

　ムッとした表情で注意するラウルに、侯爵はにんまりと笑う。そして名残惜しげにアストルの手を離した。

「あら、失礼。握り心地が良かったもので」

　彼がどこか色っぽく微笑むと、ラウルは不機嫌そうに眉をひそめた。

　優美な装飾が施された侯爵邸の食堂に通され、親睦を深めるための晩餐会がはじまった。食道楽でも名高いセミプレナ侯爵らしく、珍しい食材や変わった調理法の料理が並び、侯爵自ら料理一つ一つの解説をする。セミプレナの講釈に耳を傾けながら料理を口に運び、ラウルはこの食事会の真意を考えていた。

他の貴族達との縁つなぎの機会を一回分休んでまで行われるからには、この食事会がただ山海の珍味(ちんみ)を楽しむためのものではないとわかっている。セミプレナは、ラウルに何を求めているのか。

以前、彼の言った「美しい物語が見たい」という言葉もどこまでが本心かわからず、ラウルを悩ませていた。

「難しい顔をなさって。お口に合いませんでしたか？」

「いいや、大変おいしかった。王宮の料理長にも指導願いたいほどだ」

ラウルの取ってつけたような模範解答にも、セミプレナは気を悪くすることなく微笑(ほほえ)む。

「まぁ、それは光栄なお言葉。うちの料理長も、さぞや喜ぶことでしょう」

ワインを傾け、彼は笑みを深める。

「そんなに警戒なさらなくてもよろしいのですよ。王子をお呼びしたのは、あなたに当家の秘宝をお見せしたかったからです」

「……秘宝？」

「そうですよ、秘宝。先代セミプレナ侯爵である私の父が大変嫌い、隠した美しい絵画。私の寝室にこっそりと飾ってある、『お宝』です」

ラウルが困惑した表情をすると、セミプレナはプッと噴き出す。

「あぁ、大丈夫ですよ。私の寝室にはお連れしますが、そういったご心配をなさらなくても！　王子もお美しいですが、私の趣味とはちょっと違います。どちらかというと、私はあなたの侍従君のような美少年が好みですから！」

セミプレナの言葉を聞いて不快な顔になったラウルを見て、彼はますます笑った。


セミプレナの案内で屋敷の廊下を進みながら、ラウルは彼の昔話を聞いた。

「我がセミプレナ家は、代々持てる者の義務として、芸術への貢献をしておりましてね。画家や音楽家への支援活動もしております。私が幼い頃も、父は当時支援していた画家を屋敷の別館に住まわせ、アトリエと衣食を提供していました。王子は、グスタフ・フィウメという画家はご存知ですか？」

セミプレナの口にした画家は、著名な風景画家だった。穏やかな色合いで描かれた彼の世界は見る者の心を癒し、安らぎを与える。美しい田園風景や山々、庭園に咲き乱れる花々の絵が高く評価されていた。

「あぁ、王宮にも数点ある」

ラウルが返事をすると、セミプレナはまた語りだした。

「幼い頃、私はグスタフのアトリエに行くのが日課でしてね。彼は芸術家にありがちな激しさを一切見せない、大変穏やかな人物でした。彼のアトリエで描きかけの美しい風景を眺めたり、彼と話したりするのが楽しくて……今思うと、私は彼の絵画世界の信者でした」

静かな廊下には、セミプレナの声だけが響いている。

「グスタフはもともと教会の修復画家で、若い頃は市民兵として戦地に立ったこともありましてね。あのモスカータ侵攻でも、モスカータの義勇軍に参加したそうですよ」

ラウルはセミプレナの背中を見ながら、彼が一体どんな顔でこの話を喋っているのか考えていた。

「戦地で死に直面し、グスタフは芸術に開眼したそうです。彼はよく、この世にあふれる祝福を描きたいと言っていました」

寝室らしき部屋に着くと、セミプレナはようやくラウルのほうを見た。

「王子、あなたはこの世に祝福があふれていると思いますか？」

うっすらと悲しみの表情を浮かべ、セミプレナは若いラウルに問いかける。何も答えられないラウルに、セミプレナは落胆することもなく微笑むと、扉のノブに手をかけた。

「残念ながら私は、そうは思えない。グスタフの目に映る世界を、私はいまだに見ることができないでいるのです」

セミプレナはそれだけ言うと扉を開け、暗い部屋に足を踏み入れる。

部屋は緑を基調としたシンプルな寝室で、壁には草花の描かれた大きなタペストリーが飾られていた。

廊下ではあれほど饒舌だった彼が、寝室に入ってからは一言も話さない。まるでラウルなどいないかのように部屋を進み、タペストリーの前で立ち止まる。

セミプレナはすぐ後ろにいるラウルをチラリと見やり、タペストリーをカーテンのように開けていく。するとタペストリーの下に、縦長のキャンバスが現れた。

隠されていた絵をうっとりと見上げ、セミプレナはラウルのほうを振り向く。

「これが私の、いや、私と私の父が隠す秘宝です」

「……これは」

ラウルは現れた絵画を見上げて、言葉を失う。

キャンバスに描かれていたのは、白い女と黒い男、二人の人物だった。

黒い男は白い女の後ろに立ち、左手を女の腰に絡め、右手で女の目を隠している。目隠しをされた女の口元はわずかに開かれ、微笑むような、快楽の息を吐くような表情を浮かべていた。男は抱きしめた女の耳元に唇を寄せているが、その顔は苦しく歪(ゆが)み、女とは対照的だ。

絵を見てラウルが絶句したのは、美しい恋人達の秘め事を覗(のぞ)く後ろめたさからではない。

愛(いと)おしむように、逃さぬように女を抱きしめる男の顔が、あまりにも彼の知る人物に似ていたからだ。

「……父上」

絵の中の黒い男の顔は、父ブランドンにそっくりだった。

「……あなたの目にもそう映りましたか」

セミプレナは呟(つぶや)いて、再び絵画を眺める。

「私の父は、先代ケンティフォーリア卿がまだ宰相をされていた時、彼の下で内務大臣をしておりました。父は、ブランドン王の君主としての才に大変心酔していたようです。一介の画家でしかないグスタフが、恋するただの男を名君ブランドン王の顔に似せて描いたことを不謹慎(ふきんしん)で不敬だと言い、この絵を大変嫌っていました」

呆然と絵に見入るラウルの表情は硬い。

「これはもともと、父がグスタフに『生涯の中で見た一番美しい光景』の絵画を依頼して生まれたものです。父はグスタフお得意の風景画ができるものだとばかり思っていたようですが、実際に描いた絵はこれでした。この、世にも美しい一組の男女だったのです」

ラウルは、父によく似たこの若い男の表情をよく知っている。それは、毎朝鏡に映る自分と同じ表情だった。手に入らないモノを欲しがり、実らぬ恋に身を堕とした憐れな男の顔だ。

「この絵が父の不興を買い、グスタフは当家からの支援を打ち切られました。それから教会専属の絵師になるまで、長く放浪したと聞いてます。それほど嫌ったこの絵を、父は隠してまで所蔵し続けた。父は『不謹慎で不敬』と言いながらも、この絵に潜む魔力に取りつかれたのです」

浅い息を繰り返しながら、ラウルは絵を見続ける。本当にこの男のモデルは、ブランドンなのだろうか。ラウルは彼の冷徹な支配者の顔しか見たことがない。こんな切ない人間の表情をする王など、想像できなかった。

「この男が『名君ブランドン王』だとするならば、この女は一体誰だと思いますか?」

セミプレナは尋ねながらも、最初から答えなど求めていないかのように再び口を開く。

「白銀の髪、妙なる美貌。この女は『裏切りの女帝オフィーリア・ニケアローズ・モスカータ』だと私は考えています」

セミプレナが口にした名に、ラウルは眉を寄せた。王宮内では口にすることさえはばかられる、聖なる血を引く謀反人の名。ラウルは、困惑を隠しきれなかった。

先妻であるモスカータ女帝とブランドンは、大変夫婦仲が悪かった。それがこのガリカに住む者達が持っている二人のイメージだ。実際どうであったのかは、今となってはわからない。夫を裏切り暗殺を企てた非道な妻と、その妻を断頭台に追い込んだ非情な夫。

ラウルはセミプレナの仮説に違和感を覚え、彼の顔をじっと見る。

「……なぜ、そう思う。外見的特徴だけの話なのか？　この女の顔は男の手で見えない。顔の見えぬ女では、誰がモデルかはわからないと思うが。女が『その方』だとする根拠はなんだ？」

ラウルの問いかけにうれしそうに微笑むと、彼は口を開いた。

「まずこの男の表情を見て、王子は何を思いますか？」

ラウルの心臓は、わずかに跳ねた。

「……腕の中に抱く女への実らぬ恋」

ラウルが硬い声で答えると、セミプレナは満足そうにうなずいた。

「ええ、私も同意見です。この男は叶わぬ恋をしている。女は男の恋心を受け取り、それでも男のものにはならない。男の絶望はいかほどでしょうねぇ」

恍惚とした目で恋人達の抱擁を眺めるセミプレナは、歴史学の講義でもするかのように、持論を展開しはじめる。

「この二人はおそらく、悲しい結末を迎える。見えざる手で引き裂かれる前の、一時の抱擁。二人は自分達の結末を知りながら、『絶望』と『悦楽』の表情を浮かべている。俗に言う悲恋というものですね」

セミプレナの言葉に耳を傾けながら、ラウルは冷たい汗をかいていた。

「この絵は、私が十歳の時に完成しました。今から三十五年前です。それよりも前の出来事で、ブランドン王にまつわる悲劇といえば、四十年前の妻オフィーリアの裏切りでしょう。しかし、オフィーリア陛下との不仲が事実であるなら、グスタフの見たこの美しい光景はなんだったのか？　私は、噂でしか知らない王夫妻の評判よりもグスタフの見たものを信じて、私なりにブランドン王とオフィーリア陛下を調べようとしました。しかし、私が調査をはじめたとたん、父が絶縁を匂わせてまでそれを阻止してきたのです。『これ以上お二人の過去を暴いてはならん』と。そこで私は確信したのです。父がこの絵を嫌ったのは、不敬だからではなく『秘密の暴露』を恐れてのことだと」

彼は一息吐くと、考え込むように目を閉じる。しばしの静寂は、ラウルの緊張を高めた。

「王子は愛し合ってはならない二人と言われ、どんな二人を想像しますか？」

セミプレナの質問に、ラウルは呼吸が乱れた。自分のしている恋が「してはならない」ものであるラウルにとって、その質問に回答することは罪の告白にも似ていた。

「敵対する者同士や……身分の差、同性や近親などの禁忌に触れる恋」

「確かに、そういったものも禁断の恋でしょう。でも、私ども『持てる者』がしてはならぬ恋は、もっと別にあります」

冷たい笑みを浮かべて、セミプレナは囁いた。

「制御不能なほど大きな力を生んでしまう恋ですよ」

セミプレナの言う禁断の恋が理解できずにいると、彼は呆れるでもなく、出来の悪い生徒に解説をはじめた。

「あなたや私のような支配層と呼ばれる者は、人の上に立つ存在です。方法に違いはあれど、正しい支配を心がけて権力という力を振るう。小さな領地にはそれに見合った力、大国にはそれに見合った力をもって、土地や人を治める。そうすると調和が生まれ、摩擦も避けられる。しかし、その調和が崩れるとどうなるでしょう？」

セミプレナの言わんとすることの輪郭が見えてくる。ラウルは慎重に、答えを述べた。

「争いを呼ぶ。支配者の力が小さければ侮られ、大きすぎれば疑心を生む」
「その通りです。大小にかかわらず、見合わぬ力は争いを生む。仮にある国が、その規模に合わぬほど大きな軍を持ったらどうなるでしょう？　周辺国は攻め入られることを恐れ、関係は一気に緊迫する。下手をすれば、戦争にも発展する。ただ力を持つだけで使わぬとしても、まわりからすれば脅威には違いないのです」

ラウルにも、ようやくこの話の着地点が見えてきた。

戦乱の中、軍事力をもって支配地域を拡大していったガリカの王が、皇国の権威をも手に入れる。もしも、ガリカとモスカータが一つの意思によって力を誇示すれば、周辺国には脅威でしかない。

しかし、ガリカ王とモスカータ女帝は不仲で反目し合う夫婦であった。互いに信頼もなく、協力もない関係。ガリカとモスカータの意向は同じではない、一時的な同盟関係。両者の婚姻は一時的な和平の担保であると、自国民の目にも他国首脳の目にも映っていた。

反目し合うことを前提になされた婚姻は、ブランドンとオフィーリアの間に愛があることを許さない。二人は夫婦でありながら、愛し合うことを許されない関係になる。

ラウルはセミプレナの示した「仮説」が危険な意味を持つことにようやく気づき、改めて黒と白の恋人を見上げた。

「女帝が処刑され、皇国の持つ認証権を皇配であるブランドン王が手に入れた頃、ガリカの戦後処理は進み、疲弊したままの他国に比べ、ガリカには安定した力が戻りつつありました。その後、数度行われた他国の認証はガリカがなんの異議も唱えず、干渉がない形で行われた。ムリガニーもエグランテリアも、現在の王はブランドン王の認証を受けた王です」

セミプレナはそこで言葉を切って一息つき、再び口を開いた。

「ガリカは女帝の処刑以降も認証権の乱用はしておりません。そうこうしている間にガリカは強国となり、簡単に他国が戦を仕掛けることも難しくなりました。とはいえ認証権は皇配であるブランドン王限定のもの。ブランドン王が死を迎えれば、認証権はモスカータ皇族の傍系を辿って、その人物に移行されます。ガリカに大きな力がある期間は限定的だと他国は判断し、ガリカへの脅威はひとまず保留とされているのが現況です」

ラウルは絵の中の黒い男の苦悶を見つめ、呟く。

「次代ガリカに大きな力のないことが前提の、仮そめの平和、と言いたいのか？」

「はい。今の世の平穏は、細心の注意を払って作り上げられた調和によるものです。それを維持するために、不仲な夫婦が作られた。そして、ここに疑問が生まれるのです」

ラウルがセミプレナに目を向けて話の続きを催促すると、彼は口の端を少し上げる。

「なぜ、そんな危ない真似をしてまで二人の婚姻がなされたのか？　仮にこの婚姻がなくとも、女帝の身柄はガリカが押さえていた。他国を刺激してまで担保を取らなくてもよい。二人が隠れて愛し合っていたとして、婚姻の形にこだわらなくてもよいはずです。結婚しても不仲でなくてはいけないのなら、危険な婚姻関係を結ぶ意味がない。となれば、二人は必要に迫られて結婚したということになる。果たして、それはなんでしょう？」

ラウルの手に汗がにじむ。セミプレナの推察が正しければ、その答えは一つだ。ラウルは汗に滑る拳を握り、彼の次の言葉を待つ。

「ブランドン王とオフィーリア女帝の間には御子が存在する。私はそう考えています」

青ざめるラウルを一瞥して、セミプレナは話を続ける。

「司祭のもとで婚姻が認められた正式な夫婦の子は、嫡出子として洗礼を受けられます。ガリカでもモスカータでも、嫡出子でなければ王位継承は認められない。二人は、我が子を正統な後継者として存在させるために、危険な婚姻を結んだ。つまり、二人はモスカータ皇国とガリカ王国両国の王位継承権を持つ御子を、大きすぎる力を生み出してしまったのです」

浅く息を継ぎながら、ラウルは事の大きさを考える。

セミプレナの仮説通りならば、その御子はガリカ王位継承権もモスカータ皇位継承権も第一位。ガリカ王家は、正式に皇国の王位認証権を有することとなる。今のガリカの軍事力に加えて認証権が手に入れば、かつてのモスカータ皇国と同じように、西の大陸すべてを支配することも夢ではない。

しかし、他国もそんな事態をただ眺めているわけがない。漠然とした脅威が具体的な形になってしまえば、今ガリカが結んでいる同盟関係はなかったも同然となり、西の大陸に対ガリカ周辺諸国連合が生まれるだろう。数十年続いた平穏は音を立てて崩れ、争いの風が吹き荒れる。

ラウルは改めて二人の絵を見上げる。

すると、先ほどまでは悲劇に身を投じる恋人同士に見えていた絵が、まるで違ったものに見えてきた。

この男は、自分達がこれから身を落とす悲劇に絶望しているのではない。自分達が生み出した悲劇の大きさに恐れおののき、絶望しているのだ。

「……それを、俺に聞かせてどうする？　王の実の子でもない俺の継承順位がさらに下がるから、これ以上のあがきは無駄だとでも言いたいのか？」

渇ききった喉から絞るように声を出し、ラウルは空虚な笑みを浮かべた。

「違います、逆ですよ。私が言いたいのは、あなたが真に倒すべき相手が誰なのか、それを考えてほしかったのです。あなたは今、王になるための敵がウォルド殿下だと勘違いしている。しかし、彼は本当の意味ではあなたの敵になりえない」

セミプレナは、ラウルの目をじっと見る。

「あなたの本当の敵はガリカとモスカータの生まれながらの支配者、真の第一位王位継承者です」

冷静になれ、ラウルは自分にそう言い聞かせる。

「それは、お前の推論にすぎないだろう」

「そうですね。その人物が誰であるか、どこにいるのかもわからないままでは、確認のしようもない。今のところただの推論です。しかし、御子の存在自体についてなら、私にはある程度の確証があるのです」

薄い笑みを浮かべて、彼は補足する。

「当時、お二人の結婚について、教会は静観という名の承認をした。教会は結婚の宣誓に立ち会い、賛成の意思表示をしたのです。教会がモスカータ女帝の不利になることをしましょうか？　自分達の権威は、『聖なる血筋』と『失われた奇跡』によるもの。女帝という生き神をないがしろにするとは考えにくい。仮に女帝の望まぬ結婚であったとして、この結婚で教会が得るものは何があります？　ブランドン王が教会の庇護を約束したとしても、あくまでブランドン王の御世限定です。モスカータの血族を絶やすかもしれない婚姻に賛成してまで求めるほどの価値はないですよね」

ラウルは、目の前の男の「政治に興味のない暇を持て余した貴族」という仮面の下にあった素顔に、寒気を感じた。

「教会が恐れるのは、モスカータの血が途絶えることでしょう。初代神官の奇跡を教義の中心にしているくらいです。教会にとってモスカータ血族の存在意義は大きい。つまり、血の存続のためなら少々の無理も通す。教会とお二人の望みが重なった結果の婚姻であるといえます。女帝の妊娠により、教会にとっても婚姻が必要となった。私はそう結論づけました」

ラウルは冷たくなっていく指先を温めるため、手を握り合わせる。しかし、すでに両手とも氷のように冷たくなっていて、あまり意味がなかった。

「おそらく、教会側は御子を保護しつつ、存在を明らかにするタイミングを計っている。しかもそれは、近いうちに行われるでしょう」

ラウルが目だけで問うと、セミプレナの笑みは深くなる。

「この前、改修された大聖堂を勝手に見学させてもらった時に、合唱の練習をしていました。ミサ曲の練習にしては、厳戒態勢でしたよ。ちなみに歌っていたのは、戴冠式頌歌です」

「戴冠式頌歌？　なぜそんなものを――」

そこでラウルは息を呑み、目を見開く。驚愕の表情をセミプレナに向けると、彼は満足げにうなずいた。

「そうです、戴冠式頌歌。教会がコソコソと合唱の練習をするなんておかしいでしょう？もう、わかりますよね？　王の突然の言葉ではじまった大聖堂の改修、秘密裏に行われている戴冠式頌歌の練習。王子であるあなたの戴冠式ならば、あなたがそれを知らないわけがない。じゃあ、誰の戴冠式？」

セミプレナの問いには答えるまでもない。その戴冠式は教会主導で、第一位王位継承者のラウル以外の者のために行われるもの。

ラウルは半ば呆然として呟く。

「そこまで知っているのに……お前が勝ち目のない俺につく理由はなんだ？」

すると、セミプレナの顔から笑みが消えた。まるで別人のような冷たい顔で、彼は口を開く。

「ガリカの力が大きくなりすぎる。そんな大きな力を持てば、この調和が乱される。私が望むのは平穏であって、西の大陸の覇者ではありません」

自分の負けを確信したラウルを諫めるように、セミプレナは厳しい目を向ける。

「私は、なんとしても覇王の誕生を阻止したい。私が物心ついてから、西の大陸では大きな戦が起こっていません。小さな内戦や紛争、ちょっとした武力衝突。局地的な戦いはあっても、この四十年、国同士の戦争は回避されています。平和な世は、各国に国力の上昇を促します。しかし、ここで各国の差が生まれてしまった。国の、いや、支配者の力量の差が浮き彫りになってしまったのです」

そう言って、セミプレナは絵を見上げた。

「我がガリカは名君をいただいたため、経済も治安も安定しました。しかし、他国はガリカほど発展できなかった。ガリカだけが頭一つ飛び抜けてしまったのです。この状態に、各国が納得していると思いますか？　人は他人の持っているものはより良く見える。ましてや本当に良いものなら、なおのこと。そんな妬ましい国が、より大きな力を手に入れるのを黙って見ていると思いますか？」

いつもとはまるで違うセミプレナの弁にラウルはただ黙って耳を傾ける。

「何も戦争が悪いと言っているわけではないのです。破壊は創造を生む。それはそれで素晴らしい。けれども私が好むのは、大きな破壊のない緩やかな前進のある世界です。

そのために、王子には犠牲になっていただきたい」

　凍えるほどの冷たさで、セミプレナはそう言い放った。

「対抗馬になりえるあなたの目には、強烈な欲が宿った。あなたはその願いのためなら、何もかも犠牲にできるでしょう。あなたの未来、国の行く末、それらすべてより重い欲求を持った以上、諦めることなどできないはずです」

　セミプレナの目は爛々と輝く。

「……ブランドン王はね、どんな美女もただの物体として見ていました。イザベル王妃も美貌の貴婦人も、すべてただのモノ。ご自覚はないのかもしれませんが、夜会の時のあなたも同じ目をしていますよ。いつも虚ろな目でダンスを踊り、腕の中の物体に微笑みかけている。しかし、たった一度だけ現れた『遠縁の姫君』にだけ、この絵の男と同じ目をした。絶望と悦楽が入り混じった、悲しいほどに恋をする瞳」

　ラウルはぎくりと肩を震わせる。セミプレナが口にした遠縁の娘とは、ドレスを身にまとったアストルのことである。その夜、どうしても女性とダンスが踊れなかったラウルのために、アストルは彼のパートナーとなってくれた。

「世界中でたった一人の人間しか愛せない男は、どこか壊れている。しかし、そうでなければ辿り着けない場所もある。あなたは、きっとそこに辿りつけますよ。ブランドン王のように」

ラウルが怯えた目を向けると、セミプレナはゆっくり笑う。

「いいのです、心が壊れてしまうほどの想いは、この世の何よりも美しい。グスタフもそう感じたからこそ、画家生命を懸けてまでこの絵を完成させた。彼の絵を愛する私が、あなたにすべてを賭けてもおかしくはないのですよ」

セミプレナの言葉に、ラウルは青ざめる。

「さぁ王子、私とガリカの王位を簒奪いたしましょう」

セミプレナの顔をした悪魔は穏やかな声でラウルにそう呼びかけ、美しく笑った。


王子、遅いなぁ。アストルは控え室に用意されていた本をめくりながら、窓の外に目をやった。夜空に浮かぶ少しだけ欠けた丸い月は、中天に近づきつつある。

これほど遅くなるとは思っていなかったアストルは、軽くため息をつき、頭の中でスケジュールを立て直す。

ラウルとの会食が終わると、セミプレナ侯爵は自分のコレクションを見せたいと言って屋敷の奥に行ってしまった。会食前からかれこれ四時間も控え室で待っているアストルを、侯爵家の執事イアンは食事だのお茶だのともてなしてくれる。しかし逆に恐縮してしまい、居心地が悪かった。

いつもラウルに随行するアストルにとって、四時間くらいの待ち時間は苦痛になるほど長いものではない。半日以上待つことだってあるが、今日に限ってそれがとても長く感じる。

理由はわかっている。アストルはセミプレナ侯爵が苦手なのだ。彼に対して、説明できない不信感を持っている。

セミプレナ侯爵はとても穏やかで紳士的な人物なのに、どことなく怖いのだ。何をされたわけでもないが、アストルの持って生まれた野生の勘とも言うべき何かが警鐘を鳴らす。

あんな怖い人と、ラウルが二人っきりになってしまった。それがとても不安で仕方ない。

アストルは再びため息をつき、思わず呟いた。

「……まだかなぁ」

「ホント、遅いですねぇ」

「ひゃっ!?」

突然の相槌に、アストルは間抜けな悲鳴を上げて立ち上がる。後ろを振り向くと、誰もいなかったはずの部屋に、いつの間にかイアンが立っていた。

「——お、お騒がせして、あの、お見苦しいところを、えっと、その……」

驚きでうまく言葉が紡げないでいると、イアンはニコニコ笑いながら新しいお茶とお菓子を机に載せる。

「いえいえ、驚かせたようで申し訳ありませんでした。それにしても、お二人とも遅いですねぇ。悪いことをしてなければよいのですが……」

流れるような所作で紅茶をそそぐイアンの姿に、アストルは感嘆のため息をついた。

この屋敷に招き入れられてから、アストルは屋敷の隅々まで行き届いているメンテナンスに感動していた。それだけではない。使用人の配置や指示にも無駄がなく、侯爵家家令の優秀さを物語っていた。笑顔で紅茶を淹れるイアンも、菓子や茶を絶妙のタイミングで運んでくる。気配の消し方、茶器の扱い、物腰、すべてが完璧なイアンの姿を見ていると、自分の至らない点が嫌でも見えてくる。

ケンティフォーリア家家令ポールに師事して特訓までしてもらったのに、その成果が出せぬままの自分の不甲斐なさにがっかりしてしまう。

——きっと、ポール叔父様もイアンさんも、もっと上手に注意したりできるんだろうな。どうしたら、ちゃんと仕事ができたって胸を張れるようになれるんだろう。

アストルは、王宮での侍女メリナとの一件を思い出して落ち込んだ。

ウォルドのことがあったからといって、直接関係のないメリナをあれほど強く叱責するなんて。しかし、彼女にどうやって注意したらよいのか、よくわからない。アストルは自分の後ろ向きな思考にため息をついた。

「おや、アストルさん。何かお悩みですか?」

イアンがやわらかい声で尋ねる。どこか他人行儀で、それでいて親しげな、不思議な距離感で接してくれるイアン。彼の持つ独特な空気に、アストルは胸にわだかまる悩みを思わずこぼしてしまった。

「……イアンさんは、使用人の皆さんの指導もされるのですか?」

彼は首をかしげると、笑顔のままうなずいた。

「ええ、執事ですからね。使用人の教育は大事な仕事の一つですよ」

アストルは彼に、羨望の眼差しを向ける。この屋敷の状態を見れば、使用人の教育が行き届いていることなど説明されるまでもない。他者を正しく教育できるイアンをアストルは尊敬するばかりだ。

「……私は侍従になって、いえ、これまでの人生で、誰かに指導されてばかりでした。注意されたりお叱りを受けたり、そういう楽な状況にいたので、自分が誰かに注意するということが、まるでできないのです……どう言えばわかってもらえるのか。それすらわからないのに、感情に任せて他の人を叱責してしまって……最悪です」

しょんぼりするアストルに、イアンはゆっくりとした口調で語りかけてきた。

「確かに、注意をしたり叱ったりするのは難しいことです。相手が理解できなければ、ただの独り言になってしまいますからね」

失礼しますね、と言いながらアストルの前の席に座り、イアンはにこりと笑う。

「ところで、アストルさんはおいくつですか？」

「十六です」

アストルが答えると、イアンは噴き出した。

「私は、今年で三十になりますよ。十四で仕事をはじめましたから、アストルさんがおぎゃあと生まれた時から働いてますね。最近はこの仕事も、まぁまぁ上手にできるようになりました」

イアンの言葉を聞き、アストルは自分の愚かさを恥じた。一朝一夕でできるような仕事などない、そう言われていると感じたからだ。

ところが、イアンはアストルの予想していたこととは違うことを言い出した。

「上手にできるようになったから、わかりました。この仕事はどこを向いているかによって、まったく違う答えが存在する不思議な仕事なのです」

アストルがイアンを見つめると、彼は意味深な笑みを浮かべる。

「主人に仕えるという観点で仕事をするなら、主人の意向を中心に仕事を動かさなくてはいけません。屋敷やその他使用人のことなど二の次です。しかし、屋敷の運営という観点で仕事をするなら、主人の意向を切り捨てることもままあります。屋敷と使用人の状態が第一になるのです」

イアンは真剣な顔で自分の話を聞くアストルを見て、またも噴き出す。

「アストルさんにとって重要なのは、王宮の運営なのかラウル殿下に仕えることなのか。それをはっきりさせてから他の人を注意するといいですよ。何を中心に考えた上での注意なのか、自分でもわからないのでは他人に説教もできませんからね」

少し間をおき、イアンは考え込んでいるアストルを見つめ言葉を継いだ。

「どこを向いて仕事をするのか。それは自分で何を捨てるべきか選択することなのですよ。誰にも嫌われずに良い仕事をしようなんて考えてはいけません。そんなこと考えたら、何一つうまくできませんからね。感情に任せて叱責(しっせき)したことは訂正しても、叱責したこと自体を訂正してはいけません。そういうのは、とってもズルい」

イアンが口にした「ズルい」という言葉に、アストルの肩がびくりと震えた。

アストルは他者の悪意に晒(さら)されることのない生活を送っていた。ところが悪意というものが渦巻いている王宮に放り込まれ、その恐ろしさに、そして自分の中にもそれがあることに、心底怯えた。

誰も恨みたくない、誰にも恨まれたくない。そんな気持ちでいる今の自分が「ズルい」と見抜かれた。アストルはイアンの言葉を噛みしめる。

「私はズルいですか？」

怯えながら問うアストルに、イアンは笑って答える。

「ええ、嫌われたくないと思って叱責を後悔しているなら、ズルいですね」

イアンの笑顔からそっと目を逸らし、アストルは下を向く。

「感情任せの注意で、何が駄目だったのかの説明が足りなかったなら、言葉を尽くしなさいな。自分がぶれなければ、説明はできるはずです」

肩を落としてうなだれるアストルの姿に、イアンはプププと噴き出して、こう付け加えた。

「まぁ、あなたほど若い人が叱れば、叱られるほうもキツいでしょう。難しいなら、ヒューイさんにでも投げてしまえばいいのですよ。私ならそうしますけどね」

彼の発言に、アストルはきょとんとした顔で尋ねる。

「あの、そっちのほうがズルくないですか？」

「ええ、私、基本的にズルいことで切り抜けられるなら、そうするようにしてます」

アストルは、ますますぽかんとする。

「アストルさんも、ちゃんと手を汚しなさい。時には自覚してズルいことをする図太さがないと、私どものような仕事はうまくまわせませんよ」

今までアストルのまわりには、「ズルをしてはいけない」という大人はたくさんいたが、「ズルをしろ」という大人ははじめてだった。びっくりした顔でイアンを見ていると、彼は穏やかに話を続ける。

「まぁ、アストルさんはいかにも純粋培養（ばいよう）された子みたいですから、こんなアドバイスされたことはないでしょうが……。仕事に限らず、人にも物事にも優先順位をつけて動かないと、何もできません。順位をつけたその上で、何もかも取りたいと思うなら、ズルをするしかないでしょう。順位付けもズルもできないのは、公平や清廉潔白（せいれんけっぱく）なんじゃなくて何もしない怠（なま）け者でしょうね」

何もできない自分は「怠け者」だった。アストルは今までの自分を振り返り、何もできないのではなく、何もしなかったのだと気づかされた。

「……私も、ちゃんとズルいことができるようになりたいです」

アストルの小さな声に、イアンはにこりと笑う。

「ええ、どうしたらズルいことができるか、いつもまわりをよく見なさいな。視界を広げれば、順位もズルいことをする隙も、ちゃんと見えてきますよ」

暗い表情でうつむくアストルに微笑むと、イアンはさっと菓子皿を差し出した。

「まぁ、そんなことより、チョコレートはいかが？　こちらにはフランボワーズソースが入っていておいしいですよ」

アストルはおずおずと顔を上げ、遠慮がちにうなずいた。

「……いただきます」

やっとチョコレートに手を出したアストルを見て、イアンはププププと噴き出した。

侯爵家からの帰りの馬車の中、アストルは睡魔と戦いながら目をこする。侯爵家でいただいたチョコレートボンボンにはアルコールが入っていたようで、疲れと酒気と馬車の心地よい振動に、うとうととしてしまう。

「眠かったら、寝ていてもいいんだぞ」

窓の外を眺めるラウルは、しきりに目をこするアストルに話しかけた。

「いえ、そんなことは！」

アストルは慌てて背筋を伸ばすが、どうにも頭が重く、フラフラと揺れながら姿勢が崩れていく。そんなやりとりを数度繰り返すと、ラウルはため息をついた。

「いいから、もう寝ろ！　着いたら起こしてやる！」

驚くアストルを無視して、ラウルは自分の肩にアストルの頭を強引にもたれさせる。

慌てふためくアストルの頭を手で押さえていると、アストルは静かになった。

「……すみません……」

顔を真っ赤にして小さな声で謝ってから、アストルは目を閉じ、ラウルに身をゆだねた。

「……最初からそうしろよ」

ぶっきらぼうな口調ながらも、ラウルは穏やかに微笑んだ。アストルはぎゅっと目を閉じて少しも動かないが、眠ってなどいないだろう。

「お前さ、俺の前だからって取りつくろうなよ。……二人だけの時は、ちゃんと友達でいろよ」

ラウルの小さな呟きに、アストルの頭が少し動く。

「俺は、いつだってお前の友達でいたい。助け合ったり支え合ったりしたい。支えられるばかりだと、辛いんだ。俺は、お前に必要とされたい」

ラウルは固く握りしめられたアストルの手を見て、そこに自分の手をそっと載せた。

びくりとアストルの肩が揺れる。肩に寄せられたアストルの頭に自分の頭を載せ、ラウルも目を閉じた。

アストルからは、自分とは違う甘い匂いがする。その香りを感じるたびに、ラウルの鼓動(こどう)が速くなる。

他人の体温や匂いを嫌うラウルだが、アストルの場合は心地良いと感じられる。いつか、本当に手を伸ばしてしまうかもしれない。友達であるアストルを執着(しゅうちゃく)と肉欲で絡めとり、何もかも壊してしまうのかもしれない。

あの男もそうだったのだろうか。ラウルはセミプレナに見せられた絵の中の男を思い出し、小さく息を吐く。

自分の恋情を必死に抑え、それでも堪(こら)えきれず手を伸ばして、悲劇の中に身を堕(お)とした男。あの冷徹(れいてつ)な王の仮面の下には、あれほど憐(あわ)れな男の顔があるのだと思うと、ラウルはブランドンに奇妙な親近感が湧いた。

——父上、あなたの堕ちた煉獄(れんごく)の淵(ふち)に、俺は今立っています。そこはどれほど恐ろしいところですか？　それを知れば、俺はここに踏みとどまれますか？

いつもは顔を見ることにさえ戸惑いを感じる父に、ラウルは会いたいと思った。会って話したいことも聞きたいことも山のようにある。しかし、王の顔を見る勇気は今のところない。

うっすら目を開け、隣のアストルの顔を盗み見る。アストルのやわらかそうな唇は、あの女のように開かれてはいない。ラウルは安堵と少しの落胆を感じ、再び目を閉じた。

王宮に着くと、アストルは真っ赤な顔をしながら、慌ただしく寝室の用意や茶の仕度をはじめた。コマネズミのように動くアストルを横目に、ラウルはセミプレナに指示された事柄を思い出す。

それはいくつかあったが、主な指示は「官僚の切り崩し」と「国軍支持の取り付け」、「地方領主の抱え込み」だった。

教会勢力は、すでに御子を支持していると考えられる。ブラバント公爵を筆頭とした一部貴族は、ウォルドを支持するだろう。

残る「官僚」と「軍」、ブランドンの改革によって持ち直した「地方領主」は、王家の血筋というよりもブランドン個人に忠誠を誓っている。ブランドンの支持基盤を切り崩し、ラウルの支持基盤に挿げ替える。それが、セミプレナの具体的な方針だった。

ウォルドは先王の旧政権復活を望む貴族達が支持基盤になるため、現官僚達や国軍関係者とは反りが合わないとわかりきっている。教会が推すだろうブランドンの御子は、モスカータの御子でもある。教会勢力の拡大と周辺国との摩擦を生みかねない御子を、官僚も軍も手放しで喜ぶとは考えにくい。

　ブランドン王の政策を引き継ぎ発展させる。そうアピールすることで、ラウルこそブランドンの後継者だと印象づけていく。セミプレナは、そのための舞台を整える手はずとなっている。

「あなたの今の目は、王と同じです。あなたなら、いい役者になれますよ」

　セミプレナに言われた言葉を思い出し、ラウルは唇を噛(か)みしめた。


「今日はもう遅いので、紅茶ではなくハーブティーにいたしました」

　ラウルの暗い思考を打ち破るように、ラベンダーの穏やかな香りが漂(ただよ)う。アストルはティーカップに茶をそそぐと、少し遠慮がちに礼を言った。

「あの、……先ほどはありがとうございました」

「……何がだ？」

　ラウルが不思議そうな顔をすると、アストルの顔がみるみる赤くなっていく。耳まで赤くなった頃に、ようやくアストルは口を開く。

「王子はいつも私を支えてくれてます。お気づきでないかもしれないけれど、いつも私を励ましてくれるし、助けてくれてます。だから私はがんばれるし……うまく言えないけど、……ちゃんと『支え合ったり助け合ったり』はできてるって……そう思ってくださるとうれしいです」

だんだん小さくなっていく声でそう言うと、アストルは恥ずかしそうにうつむいた。

アストルの赤い耳をじっと見ていると、ラウルの頬まで熱くなった。

「……俺はお前を支えられてるって、思っていていいんだな？」

ラウルの問いかけに、アストルはこくんとうなずいた。

するとアストルの横髪がさらさらとこぼれる。絹糸のようなアストルの髪の感触を思い出し、ラウルは手を伸ばしそうになるのを我慢した。

――まだ、耐えられる。まだ、何も言わずにいられる。アストルの友達でいられる。

ラウルは自分に何度も言い聞かせながら、美しい黒髪をじっと見つめた。

13 侍従サマと霧中

――この頃ベッドの中で泣いてばかりいる。アストルはそう思いながら、声を殺して泣いていた。シーツにくるまると、目から自然と塩辛い水が大量に流れだす。

アストルは子猫のように身体を小さく丸め、今日の出来事を思いだした。ウォルドの低い声、メリナの歪(ゆが)んだ顔、そして馬車の中でのラウルの体温。それらがアストルの中でぐるぐるとまわり、悲しいのか苦しいのかうれしいのか、自分でもわからなくなってしまう。

――私はどうしたらいいんだろう。もう、考えるのだって嫌。

考えが何一つまとまらず、自分の身体を抱きかかえる。

馬車の中でラウルの肩先に頭をもたせかけた瞬間、アストルの心臓は跳ねた。

重ねられた手とラウルの香りに、今にもこぼれそうな涙を必死で我慢していた。

自分に信頼を寄せてくれるラウルに、アストルは後ろめたさを感じていた。自分がラウルに捧げているのは、信頼でなく偽(いつわ)りだ。名も性別も、あろうことか気持ちさえ偽っている。

――ごめんなさい、王子。私、あなたを友達だなんて思っていない。もう、違うの。この気持ちは友情なんかじゃないのよ。

アストルの頭に、ウォルドの声が響く。彼の低い囁(ささや)きは身体中に染み渡り、アストルの思考を支配していく。

彼は欺瞞(ぎまん)に満ちたアストルを愛し、この苦しみから逃がしてくれると言った。ウォルドのことは怖い。しかし、ラウルと過ごす時に感じる甘い苦痛と比べれば、恐怖のほうが楽なのかもしれない。

そこまで考えて、アストルは慌てて頭を振った。

「……王子、私を助けて」

アストルはシーツの中でさらに身体を小さく丸め、目を閉じた。


甘い香りがする。アストルはぼんやりとあたりを見まわす。

森の中だろうか。濃い霧の立ちこめた空間には草木の気配があり、足元は青々とした蔓草で覆われていた。草木の青い香りの中、甘い香りが漂っている。

この香りは、どこかで嗅いだことがある。アストルは頭に手を当てて、その記憶を呼び覚まそうとした。しかし、まわりの景色同様に頭の中にも霧がかかっているのか、うまく思い出せない。

そもそも、ここはどこなのか？　アストルはフラフラと霧の中を歩いていく。

どれほど歩いたのだろう。歩いても歩いても霧は続き、ただ香りを道標に進んでいく。

ふと、この香りは北の塔の白薔薇と同じだと気がついた。そして次の瞬間、アストルの目の前に仄暗い庭園が現れた。

「……ここは？」

見知らぬ寂（さび）れた庭園の真ん中に、美しく咲き乱れる白薔薇の茂みがあった。引き寄せられるように近づくと、その白薔薇は北の塔で見たのと同じものだった。

でも、ここは北の塔の庭園ではない。アストルはあたりを見まわすが、そこは記憶にない場所だった。

不確かな感覚の中、薔薇の香りだけが強く感じられる。アストルが首をかしげながら白薔薇に手を伸ばすと、指先にやわらかな感触が伝わる。

気がつくと、アストルはいつの間にかドレスを着ていた。シンプルなドレスはやや青みを帯びた白色で、目の前の白薔薇とよく似た色だ。

ここは夢の中だろうか？　それとも、あの時のように説明しがたい場所なのだろうか？　感覚だけでは判断ができず困惑していると、後ろから声をかけられた。

「咲いたな」

驚いて振り向いた先には、黒い服を着たラウルが立っていた。ラウルは白薔薇をじっと見つめている。

王子、どうしてここに？　ここはどこなのですか？　アストルは口を開いたが、まるで声が出ない。

私、ドレス姿だ。アストルが焦り、とっさにラウルから逃げようとすると、彼は腕を伸ばしてアストルを捕らえた。

「……綺麗だな」

ラウルはアストルを後ろから抱きしめ、耳元で囁く。

彼の腕の中から逃れようともがくアストルを抱いたまま、ラウルは白薔薇を眺めている。

女だとばれてしまう、嘘つきな自分はラウルに嫌われてしまう。アストルの目からは、涙がこぼれた。

「なぜ泣く？　俺が怖いのか？　……この想いは、そんなに罪深いのか？」

どこか苦しそうな声でラウルは言い、アストルの髪に口付けた。

ラウルの唇はアストルの耳元から首筋を、ゆっくりと辿る。ラウルの乾いた唇の感触に、奇妙な感覚がアストルの身体を駆けた。痺れるような甘い感覚にアストルが小さな悲鳴をあげると、ラウルは首筋に何度も口付けを落とす。

「お前を欲して何がいけないんだ？」

ブルブルと震えるアストルを拘束したまま、首筋に顔を埋めてラウルは囁く。

「っやぁ、や、め」

首筋に感じる熱い吐息に、アストルは身体を震わせて声をあげる。ラウルは少し笑うと、腕に力をこめた。

「俺から逃げるな、側にいると言ってくれ」

その言葉は命令のようでいて、懇願のようでもあった。ラウルはアストルの耳元に唇を寄せる。

アストルは身をすくめ、次第に強くなる熱を帯びた感覚をやり過ごそうとする。しかし、ラウルの手は捕らえたアストルの身体の線を辿っていく。

アストルの息は上がり身体もガクガクと震え、今にもくずおれそうだった。

「っも、だめ、こわ、いよ、こんなの、だぁめ」

未知の感覚と湧き上がる罪の意識に恐れをなし、アストルは拒絶の言葉を吐いた。

「……戻れ、なく、なっちゃうから、一緒、にいられ……なくなるの、いやぁ！」

そう言うと、ラウルの手は止まった。アストルが安堵の息を吐くと、ラウルはアストルを咎めるように強く抱きしめた。

「────っふ」

「……どうして駄目なんだよ？　いっそ俺が嫌だと言ってくれ。嫌いだから触れられたくないと強く拒め！」

ぐいぐいと潰さんばかりにアストルを抱きしめ、ラウルは叫ぶ。ラウルの悲痛な声に、アストルは頭を振った。

「そんなのできない！　できないから……だから、もうやめてください。今なら、戻れるから……罪を犯す前に戻れるから……」

身体を覆うラウルの熱に、アストルはどうしようもない愛しさを覚える。一方で、わずかに残った理性にすがりつき、懸命に拒絶の言葉を口にする自分が恨めしい。

何もかも、なくなればいい、ただこの世に二人だけなら。アストルがそう考えると、自分を抱きしめていたラウルが悲しい笑い声をあげた。

「……罪が怖いのか？　俺もお前も、罪などとっくに犯している。それでもまだ怖いというなら……目を閉じていろ」

そう言うと、ラウルは右手でアストルの頬をゆっくりと撫で上げ、そのまま目元を覆った。暗くなった視界とラウルの熱い手に、アストルは小さく震える。

「……お前は何も見ていない。俺の罪もお前の罪も、お前は何も知らないままだ」

耳元で囁かれるラウルの甘い声に、アストルの口元が綻ぶ。

今、私は何も見えない。どんな罪が犯されようと、それは私の知らないこと。そう思うと、身体中に幸せな痛みが広がっていく。悦びは、アステリアの唇に快楽を浮かばせた。

「……うれしい」

アステリアはうっとりと微笑み、甘い吐息を吐く。

「……そうだ、お前は何も見なくていい。何も知らぬまま、俺の側にいればいいんだ」

ラウルは互いの隙間をなくすように自分の身体を押しつけ、左腕でアステリアを強く抱きしめる。

「……は……ぁ」

ラウルの腕の力強さに、アステリアは小さな悦びの声を漏らした。


「うわあぁぁぁっ!!」

ガバリと跳ね起き、ラウルは荒い息を吐きながらあたりを見回した。寝室のカーテンから漏れる光はまだ弱く、起床時間よりも随分早いのだとわかる。

寝起きだというのに鼓動はうるさいほど速い。ラウルは胸を押さえ、額ににじむ汗を拭った。

枕元に用意された水差しからコップに水をそそぎ、渇いた喉に水を流し込むと、ようやく一息ついた。

「……なんなんだ……今の夢」

夢というには、あまりにも生々しかった。

甘い薔薇の香りの中で抱きしめたアストルの身体はやわらかく、唇を這わせた肌はどこまでも滑らかだった。アストルからは薔薇よりももっと甘い香りが立ち昇り、ラウルは何度も首筋に唇を落とした。

弱々しく抵抗を続けるアストルの目元をあの絵のように覆うと、アストルはかすかに微笑んだ。白い女と同じ表情を浮かべるアストルに絶望と歓喜を感じていると、頭の中で誰かが警告を発した。

これは夢ではない、本当にアストルを抱く覚悟はあるのか。突然の警告に怯んだ瞬間、ラウルは目を覚ました。

「……大体、アストルが女って……夢とはいえ……どうかしてる」

夢の中で、アストルは白い女とよく似たドレスを着ていた。少女のような姿のアストルの胸にはわずかな膨らみもあり、夢の中のラウルは当然のようにその状態を受け入れていた。

もしもアストルが女ならば、この恋を阻む禁忌は一つ減る。かつて夜会で見た美しいアストルに心を乱されたラウルは、心の奥底でそんなことを考えていたのかもしれない。

アストルが男であれ女であれ、自分とアストルを繋ぐものが友情である以上、それを一方的に恋情に変えてしまえば、それはもう裏切りなのだ。

自分の夢に現れたおかしな願望に、ラウルは乾いた笑い声をあげた。

「……どんな顔して会えっていうんだよ」

アストルはもうすぐこの部屋にやってくる。ラウルは自分の頭をかきむしり、大きなため息をついた。

「くそっ!!　あんな絵を見たからだ!!」

夢の中でも、親友を裏切りたくはなかった。やすやすと走り出す自分の劣情に苛立ちを覚え、ラウルは舌打ちして肩を落とした。


「どうなさったのです!?」

寝室にやってきたアストルは、いつもの手順を無視してラウルに駆け寄った。

部屋の真ん中に立っていたラウルの全身はなぜかびしょ濡れで、髪からはぽたぽたと滴が垂れている。アストルは慌てて大判のタオルを取り出し、有無を言わさずラウルの髪をごしごしと拭く。

「――っな！　いいから!!　自分でやるって!!」

「駄目です!!　夏とはいえ風邪を引かれますよ!!　――って、冷た!!　王子、本当に何してたんです!?」

暴れる大型犬の身体を拭うように、アストルは少々手荒く、嫌がるラウルの頭をタオルで包む。

「何をしたら、朝からこんなことになるんです？　もうっ！　あんまり無茶なことはしないでください」

少し怒った口調のアストルは、心配そうにラウルの顔を覗き込む。

「唇が真っ青ですよ。今すぐ紅茶と着替えを用意しますから、ちゃんと髪を拭いてくださいね？」

アストルは大急ぎで着替えを用意して、紅茶の準備に取りかかった。ラウルがその間に着替えを済ますと、ほどなく湯気の立つティーカップが置かれる。

ムッとしたまま温かい紅茶に口をつけるラウルを見て、アストルはようやく安心する。小さく息を吐いて、他の仕事に取りかかった。

最悪の夢見にいたたまれなくなったラウルは、こっそり部屋を抜け出し、広場で剣の素振りをしていた。アストルと顔を合わせる前に、自分の中に残る夢の残滓を追い出そうと、いつも以上に気合を入れて剣を振りまわしたのだ。

――何をしてるんだ、俺は。

途中、幾人かの使用人に見られたが、朝稽古に励む真面目な王子という目で見られたことは何よりの救いだった。

激しい稽古に全身汗だくになり、火照る身体を冷やそうと井戸水を頭から何度もかけたところで、ラウルは着替えもタオルも持ってきていないことに気づいた。自分の迂闊さを呪いながら、濡れ鼠のような姿で部屋に戻ったところ、アストルと鉢合わせして現在に至る。

朝からひどく疲れたな——アストルの淹れた紅茶はラウルの冷え切った身体を芯から温めた。

紅茶を飲みながら、てきぱきと動くアストルを眺めていると、つい余計なことを考えてしまう。

——あの夢は、アストルの夢だったのではないか。以前聞いたおとぎ話に「夢を渡る話」があった。今朝見た夢は、ラウルがアストルの夢の中に渡っていったから、リアルな感じがあったのかもしれない。

突拍子もない妄想だと思ったが、なんとなく真偽を確かめたい衝動に駆られた。

「お前は眠る時、よく夢を見るほうか？」

なんの脈絡もないラウルの質問に、アストルは首をかしげる。

「えっと……他の人がどれくらいの頻度で夢を見るのかわかりませんが……私は眠りが深いみたいで、あまり夢は見ないというか、見ていたとしても覚えていないことがほとんどです」

アストルの答えを聞きながら、ラウルは妙な期待をしてしまう。

もし、あの夢を二人で共有していたのなら。あの微笑がアストルの意思によるものならば。

ラウルは自分のありえない仮説を確かめるために、新たな質問を口にする。

「……今日の夢は……覚えているか？」

アストルは少し怪訝な顔をしたが、すぐにいつもの真面目な表情を浮かべて真剣に悩みだした。

「ええっと……そう言われても、何も浮かばないので……ごめんなさい、覚えてないみたいです」

アストルの答えに失望したのか安堵したのか自分でもわからず、ふっとため息を吐いた。

「あの、ご期待に沿えず申し訳ありませんでした。……夢の研究でもなさっているのですか？」

ラウルのため息に、アストルはもう一度謝る。

「……いいんだ。夢なんか見ないほうが、きっといい」

寂しげな微笑を浮かべたラウルを見て、アストルはもう一度首をかしげた。


アストルは、その日も忙しく働いた。

朝の仕事を終わらせ、ラウルから出た要望をヒューイに伝えにいく。政務と財務の講義を増やし、その講師をコンラッドにしてほしい旨をヒューイに伝えると、彼は眉をひそめた。

「……この要望は、本当に王子からのものか？」

ヒューイは難しい顔でアストルに尋ねた。

「はい、私が朝の仕事に行った時に承りました……。王子は外交のためにも勉強に励まなくてはとおっしゃっていたので、その一環ではないでしょうか？」

詳しい事情を知らないアストルに答えられるのは、その程度だった。

「あの、難しいようなら王子にそう伝えますが？」

黙り込んだヒューイにアストルが声をかけると、彼は慌てて笑顔を見せた。

「いや、大丈夫だよ。なんとかするから」

そう答えながらも、ヒューイの笑顔は少し硬かった。

「あと、私からもお願いがあります」

アストルは緊張気味に切り出した。

「あの、ウォルド殿下の給仕のことで……その、給仕する侍女さん達にも親しく声をかけていただけるのはありがたいことですが……侍女さんも馴れ馴れしくしすぎるようで……お喋りが過ぎることがあるようです……。もう少しお客様と距離を置くように、皆さんに注意を促したほうが……いいというか……」

言葉を選び過ぎて話の趣旨が見えづらくなってしまった。アストルが肩を落とすと、ヒューイは険しい顔をした。

「何かあったのか？」

いつもより低い声にアストルが思わず目を伏せると、ヒューイは慌てて言い訳をする。

「いや、アスを怒ってるわけじゃないんだ、……なんというか、お前が心配で……」

アストルはうつむきながら、小さな声で説明をする。

「侍女さんに、私と『お友達になりたい』と言って情報を集めていたらしく……ウォルド殿下は私の動向を調べておいででした」

「……昨日、アスがメリナと揉めていたというのはそれか？」

ヒューイの厳しい口調に、アストルは視線を彷徨わせつつうなずいた。

「……メリナは何を喋っていたんだ？」

詰問するようなヒューイの口調にアストルは顔色を悪くし、とっさに弁解をする。

「あのっ！　別に大したことは話されていません。王子のお茶の銘柄とか私がジャムを作ったとか、そういう他愛のないことばかりで！　何か王宮の機密を話したとか、そういうわけじゃないんで！　大きな実害があったわけでは――」

「そういう問題じゃないんだよ、アス」

冷たく抑揚のない声でヒューイは遮った。

「侍女が他国の者に王族の情報を漏らした。情報の重要性なんて関係ない。喋ったってことが問題なんだよ。王子の動向に直結する侍従の情報を漏らしたということは、そのまま王子の情報を漏らしたに等しい、……それくらいお前にもわかるだろ？」

アストルは黙ってうつむく。

「アス、この件は俺に任せてほしい。……どんな采配をとっても、これは侍従長補佐の決定だ。お前が気に病むことでも口出しできることでもないってことは、理解してくれるね？」

有無を言わさぬ宣言に、アストルは小さく「はい」と返事をする。それから悲しそうに眉を寄せて一礼し、部屋を後にした。

その後、ほどなくして侍女頭がメリナを呼び、情報漏洩の事実確認が行われた。

露ほども罪の意識を感じていなかったメリナは、自分の行いを「友好国王子に対するもてなしのための善行」として説明し、事情聴取に立ち会っていた侍女頭を青ざめさせた。

その日のうちに、メリナはリネン管理係に配置された。リネン管理係は王宮内のリネン類の管理と修繕をする係で、侍女とは名ばかりの下働きに近い係だった。王宮内をうろつくこともできず、リネン室に閉じこもり、下女達に混じってシーツやクロスの品質チェックと補修をする。事実上の降格配置だった。

この決定にメリナは涙を流して嘆いた。その上、侍女頭から「機密保持の徹底」と「規律の再確認」について長く厳しい説教がなされたため、同僚侍女達から彼女に冷たい眼差しが向けられた。

「メリナ、クビにならなかっただけでも温情采配だったと感謝なさいよ」

「そうよ、アンタのせいで客間の給仕はベテランだけの仕事になっちゃったんだから。給仕を楽しみにしてた子達にも恨まれてるのよ？　皆にも謝っといたほうがいいわ」

次々に投げかけられる「意地悪な言葉」にメリナは泣き続け、自分の不幸を呪った。

今すぐにでも、侍女の職を辞して田舎に帰りたい。しかし、見栄っ張りな両親が許してくれるわけもなく、見合いの相手が決まるまでは家に逃げ帰ることもままならない。

――アストル様が告げ口をしなければ、こんなことにはならなかった。私の好意を踏みにじった上にこんな仕打ち……許せない。

メリナは、悪意の芽に水をそそぐ。自分を見下ろしたアストルの冷たい顔を思い出し、ほのかに抱いていた恋心をどす黒いものに変えていった。


夕方、文官の仕事を終えたアストルがメリナを訪ねて厨房に顔を出すと、侍女の一人が気まずそうな表情でメリナの異動を教えてくれた。アストルは唇を震わせ、怯えるようにして目を閉じてうつむいた。

「アストル様、お気になさらないでください。過失には罰が与えられることぐらい、誰もが知っています。むしろこの程度の咎めですんだことを喜ばなくてはいけませんわ」

突然の異動は、今朝のヒューイへのお願いから生じたことである。顔色を失い肩を落としたアストルを見た侍女は、アストルに優しい言葉をかける。しかしアストルはただうつむき、小さく礼を言うと厨房を後にした。

アストルは苦しげな表情でリネン室に向かった。震える拳を握りしめ、リネン室のドアをノックしてドアを開ける。

リネンが大量に保管してある狭い部屋は、清潔ではあるものの少し息苦しく、どこか寒々しい。部屋の中央に置かれた作業台には修繕待ちのシーツが積まれ、メリナは背を丸めながらシーツの繕い(つくろ)をしていた。

「……私を笑いにきたのですか？」

アストルの顔を見るなり呟(つぶや)いたメリナから、アストルは思わず目を逸(そ)らした。

これは私と関係のないことではない、ちゃんと向き合わなくては——アストルは奥歯をグッと噛(か)んで顔を上げ、メリナの目を見た。

「……昨日、感情的にメリナさんに注意したことは良くなかったと思います。メリナさんを傷つけてしまって、本当にごめんなさい。私はもっと言葉を選ぶべきでした」

暗い表情のメリナに頭を下げて謝罪する。

「でも、ウォルド殿下への情報漏洩(ろうえい)を注意したことは取り消しません。あれはルール違反だし、私も不快です……メリナさんが守秘義務をおろそかにしたのはいけないことです。だから——」

「だから、なんなんですか？」

メリナは暗く濁(にご)った目をアストルに向ける。

「だから私にこの懲罰(ちょうばつ)を謹(つつし)んで受けろとでも言いにきたのですか？　……大体、私がここに追いやられたのはあなたのせいじゃないですか……」

メリナの暗い声にアストルは怯んだが、拳を握りしめて彼女を見つめる。

「リネン管理も、王宮を支える立派な仕事です。ここであなたがしっかりと仕事をすれば、あなたの信頼も取り戻せるはずです。メリナさんが誇りを持って仕事に打ち込めるよう私もお手伝いしますから、私にできることがあったら言ってください」

それが、今アストルがメリナに示すことのできる精一杯の謝意だった。

仕事の失敗は、仕事でしか返せない。

アストルの真剣な表情を見て、メリナは顔を歪める。

「……あなたのようになんでも持ってる幸せな人には、私みたいな人間の気持ちはわからないわ」

メリナはそう言って笑い、アストルを濁った目で睨んだ。

「……もう、帰ってください。私は一人でこのシーツを全部直さなくちゃいけないんです」

有無を言わせぬ拒絶に、アストルはうつむいた。

メリナは立ち上がり、ドアを開けて無言で退室を促す。取りつく島もないメリナの態度に、アストルは仕方なく部屋の外に出ると、もう一度彼女に頭を下げた。

「……そんな風に頭を下げられるより、ウォルド殿下とお友達になって私に感謝してほしかったわ」

メリナはそう言い捨てると、大きな音を立ててドアを閉めた。

アストルは自分が再びメリナを傷つけてしまったことに、悔恨のため息をついた。

14　財務事務次官補の講義

コンラッドのもとに、侍従長補佐であるヒューイから、ラウルの講義時間を増やしてほしいという依頼が届いた。さっそくレオラにスケジュールの調整と講義用資料の準備を命じ、コンラッドは首をひねった。

王子が政治や経済の勉強に励むのは喜ばしいことだ。ラウルはコンラッドの講義にも真面目な態度で取り組んでいるし、なかなか見込みのある生徒であることは間違いない。

しかし最近になって、執念すら感じさせるラウルの真剣さがコンラッドに違和感を与えた。少し前までの若者らしいがむしゃらな前向きさはなりを潜め、生き急ぐように日々を過ごしている印象を受ける。

ヒューイからの報告はなかったが、ラウルは自分の出生について何か知ってしまったのかもしれない。出生にまつわる秘密は、大人にとっても衝撃的なものだろう。まだ若いラウルが知れば、それは相当なショックとなるに違いない。

だが、今のラウルを覆う空気は傷つけられた者が持つ悲哀ではない。むしろ悲壮だ。何かにその身を投げ出す、そういう後戻りのできない決意を胸に秘めているように見える。

――その悲壮が間違った方向にいかなければいいのですが……

暗い色を帯びるラウルの瞳を思い出し、コンラッドは思わずため息をついた。


財務事務次官補による財政報告の最中、ラウルが質問した。

「コンラッド、今の経済政策の方向を大幅に変えることなく発展させるとして、お前ならどんな策を提示する？」

突然の質問の内容に、コンラッドは一瞬、怪訝な表情を浮かべる。

これまでラウルがする質問は、「講義の内容の疑問点」と「問題の捉え方」に関するものだった。自分のわからないことは何か、自分の考え方に穴がないか、そういった自己能力の向上に軸を置いたもの。だが、今の質問は毛色が違う。

「……と、おっしゃいますと？」

無表情を心がけながらコンラッドが尋ね返す。

「今の王の経済政策は結果を出している。この政策は現時点では当たっているということだ。しかし、この当たりも日常化してしまえば、いつかは停滞してしまう。それを見越して、今の政治路線を変えることなく次の手を打つとしたら、お前ならどんな手を打つ？」

ラウルの静かな目を見ながら、コンラッドは小さく息を呑んだ。

この質問は、コンラッドが現政権の官僚であることを承知した上での質問だ。「政治路線の変更」をせず「次代の政策」を提案させることの意味は一つ。

ラウルは「次代王」として、現政権の政治路線の支持と継続をコンラッドに表明したのだ。

思い切ったことをしたものだ――コンラッドはラウルの目を見ながら思った。

今のところ、ラウルは第一位王位継承者ではあるが、ウォルドやその支持者達の不穏な動きを知らぬわけではないだろう。そんな中で、密室とはいえ官僚であるコンラッドに次期王の名乗りを上げることの危なさを、ラウルも知っているはずだ。

「それは現役財務官僚の意見としてでしょうか？」

「あぁ、そうだ。『次の宰相』と噂される、コンラッド・ケンティフォーリアの意見が聞きたい」

ラウルは薄い笑みを浮かべて、はっきりとそう言った。コンラッドは口の端を上げる。

「……それでは、現役官僚の視点でご提案いたしましょう」

コンラッドは理知的な瞳をラウルに向け、「第二ブランドン政権」の経済政策の骨子を語りはじめた。

それからのコンラッドは、ラウルへの講義内容をより具体的なものへと転換した。今までの「体系化」や「概論」といった学問的なものに割く時間を少なくし、より実務に沿った内容にする。ラウルも現在の政治案件を「練習問題」にし、自分なりに問題の捉え方、仕事の振り方を考えては、コンラッドと「答え合わせ」をしている。

コンラッドによる財務報告は、財政講義から財政素案会議の様相となっていった。すなわち、「為政者の養成」である。とはいえ、ケンティフォーリア家が「ラウル・ロサ・ガリカ」に付くかどうかはまだ決まっていない。

あくまでもこの講義は、ラウルへの個人レッスンである。自らの手で為政者の卵を育てはじめてしまったコンラッドは、この行いを個人としての行動範囲にとどめて、ラウルとの距離を詰めすぎぬよう心がけた。

その日、講義の時間が終わるとヨハンがワゴンを押して現れ、侍従長自ら紅茶の準備をはじめた。

名誉職扱いとはいえ、王宮内の実務トップである侍従長のヨハンが茶の用意をすることに、後輩官僚であるコンラッドは恐縮した。すると、ヨハンはにこりと笑い若手官僚に礼を言う。

「いつもお忙しい中、若様の講義に時間を割いていただき感謝いたします。若様も次期宰相と名高いコンラッド殿のご指導のおかげで、政治に対する指針ができたとお喜びでございます」

「あぁ、コンラッドの指導はわかりやすくて助かる。このまま、俺の指南役をしてほしいものだ」

ラウルは他意のない様子で、ヨハンの言葉に穏やかに相槌を打つ。

二人の連携に、コンラッドの口の端が意地悪く上がった。

「いえ、私はまだ若輩の身、王子の指南などとんでもありません。もっと、ふさわしい方がおられましょうに」

コンラッドはにこやかにそう言い、ラウルとヨハンの囲い込みをかわした。

ラウルはコンラッド・ケンティフォーリアを自陣に引き込もうとしている。ケンティフォーリアの後ろ盾を欲してか、次期宰相を押さえて官僚支持を取りつけたいのか、あるいはその両方か。いずれにせよ、ラウルが自分を味方につけるため動いていることに、コンラッドの緊張は高まる。自分が持つ影響力を充分に知るコンラッドにとって、どの陣営に付くかは個人の問題ではなくなってしまう。自分の選択は、政界における官僚派閥の将来をも左右しかねない。

――なるべく慎重に……いっそラウルの講義担当から外れるか？　コンラッドがそう決めかねていた矢先に、事件は起きた。

その日の講義は、ラウルからのリクエストで「地方自治における経済の活性化」が題目となっていた。地方領の中では抜きん出た存在のケンティフォーリア領、その統治に対する概念や経済の手法を教えてほしい、とのことだった。

コンラッドにとって、自領の繁栄の方法論は至極単純で、隠匿するようなことでもない。講義のため、コンラッドがレオラを連れてラウルの部屋に向かうと、部屋では数人の使用人がカーペットの入れ替えをしていた。驚いたコンラッドに侍女が申し訳なさそうに頭を下げ、模様替えの都合で今日の講義は談話室でしてほしい、というラウルの伝言を述べた。

事前連絡がなかったことに首をひねりながらも、コンラッドは談話室に向かう。

妙な違和感を覚えながら談話室の扉を開けた瞬間、コンラッドは絶句した。

「急なことですまなかったな、コンラッド」

談話室にはラウルの他に、若者が十人ほど控えていた。若者達の顔ぶれは、地方領主の息子や採用されたばかりの若手官僚、商人組合の若手といった次世代のリーダー達だった。

「さぁ、はじめてくれ。今日の茶会の目玉は、次期宰相候補の講義。皆が楽しみにしていたのだ」

硬い表情のコンラッドに、ラウルは笑顔で講義の開始を促(うなが)した。

やられた。コンラッドは王子らしく堂々とした笑みを浮かべるラウルに、小さく舌打ちした。カーペットの入れ替えなんて演出までして、コンラッドを談話室におびき出すとは——。ラウルの手際に、怒りを覚えると同時に感心した。あれほどラウルとの距離を詰めすぎぬよう警戒していたにもかかわらず、まんまと出し抜かれてしまった。

ラウルとの繋がりが徹底的に職務上のものとしか見えないよう注意を払っていたのに、ここに来て「ラウル・ロサ・ガリカ主催による次期宰相コンラッド・ケンティフォーリアを講師に迎えた勉強会」を開かれてしまった。

これではコンラッドがラウルの政治案件の相談役をしている、次期宰相としてラウル

の陣に付いていると宣言したようなものだ。

「……コンラッド様、申し訳ありません。私、資料を一部取りに戻りたいのですが」

硬い表情のコンラッドをレオラは心配そうに見つめ、声をかける。

コンラッドはレオラの機転に気づき、やわらかく微笑(ほほえ)んだ。資料を取りに戻ったレオラが「偶然」急な用事を聞き、コンラッドに伝え「仕方なく」この場を去る。しかし、そんな脱出劇を仕掛けるにはもう遅すぎる。この場に顔を出してしまった以上、この勉強会にすでに参加したことになっている。今さら会を中座しようが、焼け石に水だ。

「ありがとうございます。でも、もういいのですよ。資料が一部なくとも構いません」

コンラッドは潔(いさぎよ)く負けを認め、勉強会の講師をすべく、ラウルのすすめる席に着いた。

「ご存知の通り、ケンティフォーリア領は他の領に比べて高い経済水準にあります。これを支えるのは、商業活動の振興と、他領よりも高い税率による税収の豊かさです。ケンティフォーリア領民の基本的な税率は五割強。他領の平均である約三割弱程度に比べると、著(いちじる)しく高いと言ってもいいでしょう」

コンラッドの講義を、生徒達は真剣な表情で聞いている。コンラッドが生徒を見まわすと、某地方領主の息子が手を上げて質問した。

「それほど税をとれば、領民は困窮して生活もままならない。重税は領内の治安も荒らします。その点についての対策は？」

生徒の質問にコンラッドは少し笑い、また生真面目に語りだす。

「確かに、重税は領民を苦しめる。しかし、領民は税率が高いから苦しむのではないのです。税を引かれた残りの金が少ないと生活が苦しくなるのです。たとえば、王都に暮らす平民五人家族が一年を暮らすため必要な金額は、大体金貨十枚程度。それだけあれば、比較的苦のない暮らしができるでしょう。つまり、税引き後、金貨十枚以上残ればいいということです。逆に言えば、税引き前の収入が金貨十五枚を下まわると生活が苦しくなる。仮に税が二割であっても、収入が金貨十二枚以下であれば重税だと感じられるでしょう」

質問をした生徒を見ながら、コンラッドは解説を続ける。

「ケンティフォーリア領内の物価は近辺の領に比べると一割から二割ほど高くなっておりますが、平均的な領民の収入は近辺領に比べて二倍強から三倍となっているため、問題は少ないです。金貨四十枚を稼ぐ民から半分税をとっても、他領から見れば楽に暮らせて税は軽い。高い税を払っていても、領内秩序の安定、教育や医療などの社会福祉という形で還元されているため、暴動を起こす民はいません。他領なら税率三割で一家族金貨四～五枚、しかしケンティフォーリア領では税率五割で金貨二十枚。税率は二割しか差がなくとも、税収差は四～五倍近くとなるのです」

コンラッドは一息つくと、ラウルに目を向けた。

「民の生産力を上げて収入を増やし、良い暮らしをさせる。民が金貨四十枚を稼げる仕組み作り、そのための法、治安、教育、医療、インフラの整備に取り組む。問題は山のようにありますが、とにかく『なんのための政策か』を常に意識してください」

ぐるりと生徒の顔を見て、コンラッドは改めて真剣な顔をする。

「いいですか。他国に攻め入らなくとも、刈り取れる穂は国内にはまだ多分にある。国内に埋まった金を掘り起こすことが、強国への確実な道です。それをお忘れなきように」


勉強会は大変有意義なものとなり、参加者達は口々にラウルとコンラッドに礼を述べ、満足そうな顔をして帰っていった。

「今日はありがとうございました」

穏やかな微笑を浮かべたヨハンが、コンラッドの前に紅茶を置いた。

カップからはコンラッドの好きなシレットの豊かな香りが漂っている。こんなことまで調べられていたのかと、コンラッドは苦笑するよりない。

この茶会の人選と準備、コンラッドを欺くためカーペットの入れ替えという工作までしたのは、老侍従長ヨハンだろう。ラウルはヨハンの用意した舞台で、見事にホストを演じてみせたのだ。

「いいえ、大したものだと感心しておりました。あのような手、ヨハン様がお使いになるとは思いませんでしたが」

コンラッドがそう言うと、ヨハンは少し困ったような笑みを浮かべた。

「……いいえ、アレはあなたのお爺様がよくお使いになっていた手を真似ただけでして。ばれてしまうのではと、ヒヤヒヤしておりましたよ」

ヨハンの言葉に、コンラッドは苦笑する。

「なるほど、祖父の悪行に私は足をすくわれたのですね。これでは私も、あなたを強く責められない」

眉をわずかに寄せて紅茶を飲むコンラッドに、ヨハンは深々と頭を下げた。

「コンラッド殿、どうかラウル様の味方についてやってはいただけませんか？　あなたの『家』が簡単に味方してくださるとは思っておりません。しかし、私どもはコンラッド殿の個人の能力が欲しいのです。次期宰相とも目されるあなたの頭脳と手腕が欲しい。指南役として、ラウル様を守り立てていただきたいのです」

深く下げられた侍従長の頭を見ながら、コンラッドは小さく笑う。

「……ヨハン様、私は王子のお生まれについて知っております。あなた達がとても危うい お立場だということも。それでも、なお私にお願いされるのでしょうか？　私は自分の身がかわいい。あなた達と心中する気にはなれません」

コンラッドが断ると、ヨハンは彼の顔を見てもう一度頭を下げた。

「いざとなったら、後ろから斬りつけていただいても構いません。ですが、あなたの能力を充分に生かせるのはラウル様だということも、ご考慮ください。ラウル様はあなたの設計図を高く評価している、あなたの思い描く治世を行えるのは、ラウル様だけです。あなたはご自身の才覚を、小さな自領ではなくこの国全体で試してみたいとは思われませんか？」

コンラッドは眉を寄せながらヨハンを見た。

「……大変な口説き文句ですね。それも、祖父の得意文句でしたか？」

ヨハンは顔を上げると緩く微笑み、コンラッドの目をじっと見つめた。

「いいえ、かつて私のこの口説き文句で、あなたのお爺様はブランドン様の宰相になってくださいました」

自分の目をじっと見つめるヨハンに、コンラッドは口の端を少し上げる。

「……それは、それは。そのような言葉をいただいたら、祖父も首を縦に振るしかなかったでしょうね」

コンラッドは長い指でカップの縁をそっと撫で、目を閉じた。

招待客を見送りにいっていたラウルは、部屋に帰ってくるなり、茶を飲むコンラッドに頭を下げた。

「すまない、こんな騙し討ちをして悪かったと思っている。でも、俺にはどうしてもお前の教えが必要だ。お前の力が欲しい。コンラッド、俺のものになってくれ」

コンラッドはラウルを一瞥し、冷たく言い放った。

「王子、『王』になるなら、そう安く頭を下げるものではありません。まずは命じなさい。命が正しいものならば、王者は頭を下げる必要などありません。私も自分の主が安く頭を下げるなど不愉快です」

彼の言葉にラウルは慌てて頭を上げると、表情を引きしめて言い直した。

「コンラッド・ケンティフォーリア、俺に従え」

コンラッドはラウルの鋭い眼差しを確かめると満足そうにうなずき、「それでよろしい」と微笑んだ。

その夜、ラウルは少し興奮気味に茶会のことをアストルに語った。

コンラッドが講師をしてくれたこと、茶会では討論をして国の行く末を語ったこと、たくさんの仲間ができたこと。今日あった体験を語るラウルの目は輝き、本当に楽しそうだった。

「王子、本当によかったですね」

ラウルの楽しそうな様子に、アストルも笑顔になる。

「あぁ。前までコンラッドはすごく冷たくて怖い奴だと思っていたけど、結構いい奴なんだ。俺のこと、なんだかんだ言いながらも、面倒がらずにいろいろ教えてくれる」

ラウルの人物評に、アストルは少々訂正を入れる。

「ラド兄様――いえ、コンラッド様は、昔からとても優しくて面倒見のいい方ですよ」

「今度、俺も『お兄様』って呼んでみようかな？」

少しくだけた調子で笑うラウルの姿を見て、アストルはほっと胸をなでおろした。

近頃ラウルを取り巻いていた緊張感が、少しだけ緩んだように見えた。

時々、ラウルはすごく怖い目をする。ひどく思いつめた、まるで王のように暗い目をすることがアストルは気がかりだった。

やわらかな笑みを浮かべるラウルを、アストルは祈るような気持ちで見つめる。

──どうか、このやわらかさをなくさないで。あんな怖い目は、あなたには似合わない。

アストルの祈りが聞こえたように、ラウルは穏やかな声で呟いた。

「……俺、このままここにいたい。お前と、爺と、皆と。本当はそれだけでいいんだ」

アストルはうなずいてみせた。

「……私も」

口の中だけで小さく呟き、アストルは悲しそうに微笑んだ。


勉強会のあった晩、ヒューイがコンラッドの書斎を訪ねてきた。

「すまん、兄さん。ヨハン様があれほどの強行策に出るとは思わなかった。これから俺のほうで『勉強会は偶発だった』って話を流すから、兄さんはしばらく王子の財務報告から離れてくれ」

慌てた様子でこれからの段取りを語るヒューイに、コンラッドは淡々と言った。

「その必要はありません、私はこのまま王子の教育係を続けます。客を呼んでの勉強会も、必要ならばまた行うつもりです」

兄の意外な言葉を聞いて、ヒューイは顔色を悪くする。

「……どういうつもりだよ、兄さん」

「財務事務次官補としての私の決断について、あなたに口出しされる覚えはありません」

コンラッドのよどみない口調に、ヒューイは眉をひそめる。兄がラウルに対して同情的なのは知っている。しかし、ケンティフォーリア家の長男としての自覚が強いコンラッドが同情だけで流されるとは考えていなかった。ヒューイは語気を強めて問いただす。

「どういうこと？　爺さんもラウルを切るつもりで動いてるんだよ。アイツは王にはなれない。そんなこと、兄さんだってわかってるだろ？」

コンラッドは表情を険しくし、鋭い目で弟を見据えた。

「……それが気に入らないのですよ。あなたとお爺様が、なぜ王子を廃しようとしているのか知りませんが、あの方は生まれた時から王子としての養育を充分に受けている。王としての資質もあり、ブランドン王の血がなくとも、エグランテリアの王家の血は引いている。出自が卑しいというわけでもないでしょう。過去に血筋の怪しい王などいくらでもいるのです。為政者は善政をすれば、出自など問題ない。問題だというなら、そんなものは結果を出して黙らせるだけ。王家の血が必要ならば、王子にガリカ王家傍流の姫でも娶らせればいい」

ヒューイはコンラッドから視線をずらすと、しばらく黙り込む。

反論をしないヒューイにコンラッドは苛立ち、より強い口調になった。

「言い方を変えましょう。お爺様は誰を王にしたいのです？　王子以外の誰を王に据えたくて、こんな難癖をつけているのです？」

コンラッドの質問にヒューイは少しだけ口元を動かしたが、その声は音になることはなかった。硬い表情のまま何も言わないヒューイにコンラッドは小さくため息をつくと、机に書類を広げだした。

「何も言うことがないなら、もう帰りなさい。私はこれから忙しい。王子にふさわしい妃の用意もしなくてはいけませんからね」

コンラッドは書類に目を落とすと、物言いたげなヒューイのほうを一切見ようとしなかった。

財務事務次官補のコンラッドがラウル主催の勉強会の講師を務めたことは、瞬く間に宮廷中に知れわたり、コンラッドのもとには問い合わせが殺到した。

次の政権の宰相の座に最も近いコンラッドとより親密になりたい者、自分の才を売り込みにくる者、娘との縁談を申し込む者、多くの人々が財務省の執務室まで押しかけ、彼の職務に支障をきたした。

「あぁ～っ！　まったく、鬱陶しいことこの上ない!!　レオラ、訪ねてきた者の名をちゃんと控えておきなさい。私の仕事を邪魔する者には、相応の仕置きがあると思い知らさなくてはなりません」

「かしこまりました」

不機嫌にそう命じる次官補と涼やかな表情で返事をする美しい秘書官に、コンラッドの部下達は冷や汗をかいた。

冷酷な金庫番サマのご機嫌をこれ以上損ねないように、若手有志が各省に「今、コンラッドに自分を売り込みにくると、もれなく左遷される」という親切な警告文をまわした。

15 財務事務次官補秘書官の忠告

ある日の夕方、コンラッドは堂々とラウルの部屋を訪ね、にこやかに迎えるヨハンと挨拶を交わした。

アストルもその場に居合わせており、コンラッドはうれしそうに微笑んだ。小さな声で「後でお菓子を届けますね」と言うと、機嫌良くラウルの待つテーブルについた。

コンラッドが椅子に座ると、アストルはさっそく紅茶の準備をはじめる。コンラッドは背筋を伸ばして仕事に取り組むアストルの姿を満足そうに眺め、口を開いた。

「ヨハン様にも聞いていただきたいことですが……。王子はもうすぐ十九歳になられますよね？」

思ってもいなかった話題にラウルが驚きながらうなずくと、コンラッドはレオラを呼び、資料を並べさせた。

「王子ももう適齢期、この機会に妃選びに本腰を入れられてはいかがです？　何人か私のほうでも候補を考えてきたのです」

コンラッドの言葉に、ラウルはさっと青ざめる。唇を震わせてアストルの背を見ると、手を握りしめた。

「……俺が……妃を……」

ラウルの呟きを耳にしたアストルの手はかすかに震え、カップがカタカタと小さな音を立てた。

アストルは震える手をごまかすように、急いでカップをテーブルに置く。

側仕えは空気、そこにはいないもの。教え込まれた心得を頭の中で何度も唱えたが、心は乱れるばかりで、少しも平静さを取り戻せない。表情だけはなんとか取りつくろっていたが、アストルの手は震えたままだった。

コンラッドの突然の提案にラウルは黙り込み、硬い表情で資料に目を落とした。

コンラッドは静かに続ける。

「何も驚かれるようなことではないでしょう。王族の婚姻には本来、歳など関係ありません。必要な結びつきのためになされることです。ラウル殿下が次期王と名乗りを上げられるなら、妃選びはとても重要です」

掌(てのひら)ににじむ汗が気持ち悪い。ラウルは手を何度も握り直して不快感をやり過ごそうとしたが、なんの効果もなかった。

冷たさを感じるコンラッドのバリトンの声は、ラウルの込み上げる不快さなどお構いなしに話を続ける。

「婚姻は下手な同盟よりも価値があります。幸い王子には婚約者もおりません。国内の有力貴族の娘あたりが政治的にも妥当でしょう。こちらに資料がありますので、目を通していただきたい。そしてできるだけ早く夜会で顔合わせをいたしましょう。大至急とは言いませんが、急ぎの案件です」

ラウルは息苦しさを感じ、無意識のうちに首元のタイを軽く緩めた。吐き気がして眉をひそめ、喘(あえ)ぐように意見する。

「……俺は、結婚など……まだ学ぶべきこともあるし……妻を持つなど……早いのでは……」

歯切れ悪く反論するラウルに、コンラッドは生真面目な顔を向ける。

「王子、どなたか意中の方でも？」

「お、俺は別にっ!!　……そんな相手は……いない」

ラウルが気まずくうつむくと、コンラッドはさらりと言い放った。

「ならば問題はありませんでしょう。仮に意中の方がいたとしても、愛妾として迎えればよい。正妃と子を作っていただけるならば、どなたを囲われようと構いませんよ」

コンラッドの冷酷なまでの発言に、ラウルは思わず顔を背けた。

彼の言うことは正しい。王という地位を欲するということは、自分のすべてを公的なものに捧げるということだ。心のままに誰かを愛し、結ばれる。そういう我侭は許されない。

決められた女を抱き、子を作って次代に繋ぐ。そんな当たり前のことに、自分は大きな抵抗を感じている。ラウルは込み上げる吐き気をごまかすべく、紅茶を口に含んだ。

優しく香る紅茶に、ラウルはそっとアストルを見た。

アストルはいつも通り、静かな表情で行儀良く控えている。ラウルはそんなアストルに言いようのない苛立ちを覚えた。

――なぜ、取り乱さない。俺はこんなにも心乱れている。俺だけがお前を想い、道理からも外れようとしている。なのにお前は!!

その時、ラウルは気づいていなかった。アストルの唇が青ざめ、小さく震える手をごまかすために、上着の裾を強く握りしめていたことを。

その後、コンラッドは妃候補の資料について説明すると、ラウルの動揺になど気づいてもいないような平然とした顔で辞去した。アストルもまた、挨拶をして部屋を出ていく。

コンラッドの置いていった資料は、開かれぬままテーブルの上に置かれていた。

ヨハンはため息をつき、窓の外を眺めるラウルに声をかけた。

「……いかがいたしましょう、若様」

ラウルは薄暗い庭園を物憂げに眺めたまま、答えた。

「……爺、俺は王という立場に、結婚が必要不可欠だということはわかっている。……ちゃんとわかっているんだ、でも……」

ラウルの暗く沈んだ声に、ヨハンは悲しく眉を寄せた。ラウルは窓の外を見たまま小さく呟く。

「俺は家族なんか作りたくない」

ヨハンは何かを堪えるように、目を閉じた。

夜の仕度のためアストルがラウルの部屋を訪れると、テーブルの上には先ほどの資料が置かれたままになっていた。

その紙の束が目に入った瞬間、アストルは心臓を鷲掴みにされたような痛みと恐怖を覚えた。

――今さら、何を驚くの。こんなこと、わかっていたじゃない。いつか王子は王妃にふさわしい女性と結ばれる。そして二人にかわいらしい子供が生まれ、幸せな家庭を作って……。おとぎ話のように「皆が幸せに暮らしました」って終わりがくる。そこに私の場所なんてないことぐらい、わかっていたはずなのに。

アストルは震える手で資料を掴み、目の奥が熱くなるのをグッと堪えてラウルに声をかけた。

「王子、この資料はいかがしましょう。ナイトテーブルのほうに移しておきましょうか？」

できるだけ明るい声を心がけたが、震えて張りのない声しか出せなかった。強張った笑顔でラウルを見たが、彼はぼうっと考え事をしながら「あぁ」と生返事をするだけ。

アストルは奥歯を噛みしめ、資料を寝室に運んだ。それほど厚みのない紙の束だったが、ひどく重く感じる。

居間に戻ったアストルに、なぜかラウルは暗い目を向けた。

ラウルの視線にわずかな痛みを感じ、思わず目を逸らす。するとラウルは、低い声でアストルをなじりはじめた。

「お前は自由に誰かを愛し、そいつと結ばれ、幸せな家庭を築くだろう……なのに俺は、見も知らぬ愛せもしない女を妻にして、子を作ることだけを望まれる。そんなの不公平じゃないか」

ギラギラと暗く光るラウルの緑の瞳は、まるで憎しみを宿しているようだった。

戸惑いを隠せないアストルに、ラウルはゆっくりと近づいてくる。恐怖を感じて一歩ずつ後ずさると、アストルはいつの間にか壁際まで追いやられていた。

「……お前は、どこかの女と暖かい家で眠るのに、俺は愛してもいない女とここで眠るんだ」

唸るような低い声で言うと、ラウルは両手を壁につき、アストルを自分の腕の中に閉じ込めた。

「……王子。まだ、愛せないなんてわからないじゃないですか。王子を愛する心根のいい女性を選ばれ、……その方と」

そこまで言うと、アストルは声が出せなくなる。

その方と結ばれ、いつかその方を愛せるようになる。そう続けようとしたが、アストルには無理だった。パクパクと口を動かす親友をラウルは暗い目で見下ろし、アストルの細い身体をゆっくり抱きしめた。

「――――っ!?」

「……誰も愛さない。俺は誰も愛せない」

アストルが驚いて身じろぎすると、ラウルは腕に力を込める。

「愛せないとわかっている女と、結婚なんかしたくない。俺は結婚が怖い。妻になる女を愛せずに、母のように不幸にすることも、俺のような子を作ることも、父のような孤独を受け入れることも、すべてが怖いんだ」

腕の中に閉じ込めたアストルにそう言うと、ラウルは黙り込んだ。アストルも何も言えず、ラウルの胸に顔を埋めていた。

「……ごめん、アストル」

ラウルはようやく腕を離し、泣き出しそうな顔のアストルを解放した。

「……突然の結婚話に気が動転してたんだ。驚かせて悪かったな」

「……王子」

アストルが眉を寄せて物言いたげな表情をすると、ラウルはそれを遮(さえぎ)った。

「すまない、頼むから今のは忘れてくれ」

少し怖い顔でそう言ったラウルは椅子に座り、話しかけるなとばかりに本を広げて読書をはじめた。

混乱しながらも、アストルはなんとか寝室を整える。ラウルは視線を本に落としたまま「今日はもう下がってくれ」とだけ言い、また黙って読書を続けた。

震える声で退室の挨拶(あいさつ)をすると、アストルは逃げるようにラウルの部屋を後にした。

――わからない。どうして、あんなことするの？　私が王子のことをどう思っているか知らないからって、あんなのひどいよ、残酷(ざんこく)すぎる。

アストルはもつれそうな足を懸命に動かし、自室に向かった。

ラウルは「自由に誰かを愛し、そいつと結ばれる」と言った。「誰も愛さない」ラウルは、これから「愛してもいない女とここで眠る」と言った。

悔(くや)しくて悲しくて、それでも声をあげることさえできない。

アストルはラウルの友達だ。友達は、友達と眠る花嫁をうらやむことなど絶対に許されない。アストルが口にすべきは苦痛の叫びではなく、ラウルが花嫁を受け入れるための説得なのだ。

早くここから消えてしまいたい。アストルは崩れそうになる自分に鞭打(むちう)ち、自室を目指す。

　ようやく自室に戻ると、扉の前にはレオラが小さな包みを持って待っていた。

　レオラはアストルの顔を見ると「お菓子を持ってまいりました」と言い、悲しそうに笑った。

「そんな、部屋に置いてくれればよかったのに！　待っていてくださるなんて……遅くなってしまって本当にごめんなさい!!」

　アストルは慌てて部屋の扉を開けて、茶の用意をはじめる。部屋に通されたレオラは、苦しげな表情で頭を下げた。

「アステリア様、本当に申し訳ございません。コンラッド様は何もご存知ないのです。だから、あんな……」

　そこまで言うと、レオラは口元を手で押さえた。しばらくそのままうつむいていたレオラの肩は小刻みに震えていたが、やがて顔を上げて背筋を伸ばす。

「……ひどいことだと思われるでしょう、でも必要なことなのです。婚姻は身分ある者に課せられた使命だと、本人も周囲の人間も受け入れなくてはいけませんわ」

　姿勢を正して婚姻の重要性を説くレオラの手は、スカートの布地をきつく握りしめていた。彼女の心の中の嵐を映しているかのように、その手が小刻みに揺れる。

レオラのまっすぐ伸ばされた背筋と、それを支える彼女の決意に、アストルは一粒だけ涙をこぼした。

「気持ちだけでは、どうにもならないこともあるのです。たとえ、誰かを想う心があっても、それを殺して——」

「もう、大丈夫だから!! 私もちゃんとわかっているから、レオラさんがそれを言わなくてもいい……レオラさんにそんなこと言わせたくない……レオラさんには言わせたくないよ」

アストルが彼女の話を遮ると、レオラは切なそうに笑った。そして握りしめていた震える手を開き、じっと見つめる。

「……まだまだですわね、私も。こんなこと、笑ったままで伝えられると思ってましたのに」

レオラは力のない声でそう言うと、うなだれた。

「……アステリア様、もっと楽なお相手では駄目かしら? こんな私が言うのもおかしいですが、苦しいだけですわよ。少しも楽しくないし、痛くて辛いことばかり。もっと他の穏やかな方では駄目かしら? 穏やかに愛され愛してもいい、苦しくないお方」

悲しい笑みを浮かべるレオラから、アストルは思わず目を逸らした。

「……レオラさん、私には無理だわ……」

小さな声で答えるアストルに、レオラは苦笑する。

「……ええ、私も無理でしたわ」

アストルは紅茶を淹れると、レオラから渡された焼き菓子を皿に並べた。

「甘いものを食べると元気が出るって、母様がよく言っていたわ。レオラさん、一緒に食べましょ！」

レオラはアストルの気遣いに礼を言うと、焼き菓子を一つ摘む。キャラメルの輝くフロランタンは甘く、レオラは少しだけ幸せそうな微笑みを浮かべた。

アストルとレオラが甘いお菓子に癒されている頃、コンラッドはヨハンの部屋を訪ねていた。

コンラッドはラウルに渡した資料とほぼ同じ内容の資料をヨハンに渡し、話を切り出した。

「先ほど王子の資料を覗かれてお気づきでしょうが、その娘達はガリカ王家傍流の血筋、王位継承権を持つ者ばかりです。いざとなったら、議会で国外に王位継承権が流出する危険性を唱えてムリガニーの勢力を牽制し、その中の娘に王位を継承させます。王子には王配（おうはい）として国を治めていただきたい。なるべく継承順位の高い娘を選ぶと、こちらの手間も少なくてすみますが――」

ヨハンは少し困った顔をして、申し訳なさそうにコンラッドの話を遮った。

「コンラッド殿、その、若様は何というか……女性が少し苦手で……このお話を進めるのは、なかなか難しいのではと……」

歯切れの悪い老侍従長の意見を、コンラッドは冷たく笑った。

「では、その中からすぐに子が生めそうな、健康な女性をこちらで選びます。女など感情がなくても抱けましょう。子さえ作ってしまえば、後はどうとでもできますからね」

ヨハンは不快そうに眉を寄せたが、コンラッドの表情は変わらない。

「ヨハン様、ラウル殿下は王位を望まれた。望んだ以上、それに付随（ふずい）するすべてを受け入れていただかねばなりません。好む好まぬとは関係なく、女を抱くことも義務の一つです。ヨハン様、王子にはそれをよく言い含めておいてください」

コンラッドの秀麗な顔は、感情などないようだ。ヨハンは理知的な彼の目を見ながら、「もちろん、承知しております」と小さく同意の返事をした。

その夜、アストルは胸を押さえたままベッドの中で目を閉じた。

胸の中では、二つの気持ちが激しくせめぎ合っている。

家族に囲まれたラウルの幸せな未来を祈る気持ちと、このまま寂しいままのラウルでいてほしいと願う気持ち。

アストルはラウルの寝室のナイトテーブルに置かれた資料を思い出し、喉の奥から小さな悲鳴を漏らした。

16　伯爵家家令の行軍

硬い干し肉を口の中で戻しながら、夏とはいえ厚手の上着が手放せない夜の山の寒さに、ワイアットは眉をひそめた。今頃、王都の食卓では色とりどりのオードブル、ピンクの肉汁が滴るローストビーフ、美しく輝くテリーヌやムースが並べられているかと思うと、干し肉の味気なさに侘しさを感じた。

「あ～あ、もうちょっといいもん食えないのかよ～」

ワイアットがぼやいていると、報告書を眺めていた父のポールが顔をしかめた。

「お前はうるさいな。もう少し静かにできないのか？」

読み終えた報告書を焚き火にくべて燃え尽きたのを確認すると、ポールはさっさと荷物をまとめて出立の準備をはじめた。

「ワイアット、火の始末をしろ。夜明けまでに山を越えて、街道に入る。私は次の街に商人の通行証で入るから、お前は用心棒らしく振る舞え」

父の命令に「はいはい」と返事をすると、ポールはまた眉をひそめた。

「返事をするな、任務中は黙ったまま動け」


二週間前、ワイアットとポールがムリガニー側の国境の街に着くと、さっそくムリガニー王の使者が接触してきた。使者はポールにプレストン王の親書と数種類の通行証を手渡し、必要事項のみ伝えて去っていった。

ポールが宿に戻り親書に目を通すと、「陰からは協力する旨」と「ムリガニー王として動けないことへの謝罪」が綴られていた。

「ムリガニー王は、この件に関して表立って動けないらしい……つまり、こちらがヘマをすればムリガニーからはなんの助けもない上に、処刑されるだろう」

「っな!? なんだよソレ！ テメェの身内の不始末に俺達が巻き込まれてるのに、知らんぷりってわけか!?」

思わずワイアットが不満の声をあげると、ポールは眉の間に深く皺を刻んだ。

「ワイアット、私は十月までにはコレを片付けて、ケンティフォーリア領に帰らなければならない。十月には秋の収穫高の報告と冬越し祭りの準備がある。義父上の我侭に付き合っていられるのもそれまでだ。私はとっとと終わらせるつもりで動くから、お前は私の足を引っ張らないようにしろ。わかったな？」

ポールはそれだけ言うとさっさと地図を広げ、通行証の種類と先行部隊の潜伏先を照らし合わせながら、調査行程の検討に入った。

あまりにドライすぎるポールの態度に、ワイアットが吠える。

「親父、わかってんのか？　これはガリカの危機でもあるんだぜ！　もっと親父も――」

「うるさい、いちいち吠えるな。私はケンティフォーリアの家令で、雇い主はガリカ王でなく領主のマーガレットだ。これは家令の仕事の片手間に副業でやっているだけだ。本業を粗末にしてまでこんなことをする気はない。お前も文句を言う暇があるなら、移動ルートの策定をしろ」

大いに不満そうなワイアットにそう言い切ると、家令ポールはまた地図に目を落とす。

ポールは先ほどの報告書にあった荷馬車の行く先を、今までの調査結果と照らし合わせて絞り込む。

ムリガニー王太后の直轄地から出た空の荷馬車は、隣地の寂れた教会領の外れにある山で姿を消し、薪を積んで王太后直轄地に戻っていった。荷馬車が戻った三日後には、大麦を積んだ荷馬車が第二王子ウォルドの領内に向け出立し、領内にある水車小屋で夕刻を待って荷を下ろす。その水車小屋から、運んだ大麦よりもかなり量の少ない「精製された大麦」が運び出されていることまでは確認済みだ。

教会領の山にも古びた水車小屋にも不自然なほど人の出入りがあり、必要以上に労働者が多い。荷を運ぶ馬車はすべて王家のものか王家指定商人のもので、荷の検査は一度も行われていない。

ヘンリーの指示した条件と一致するこの二つは、おそらく「麻薬畑」と「麻薬製造工場」だろう。場所が大体特定できた以上、急襲をかけて壊滅させるほうがポールには楽だったが、ヘンリーのオーダーは監視と証拠集めだ。

ウォルドの手の者が麻薬を運び、売人に渡し、金銭を得る。その証拠を集めてからの官憲による平和的解決がヘンリーの目的だ。関係者の口を封じるトカゲの尻尾きりでは、ウォルドやイメルダを政治的に追いつめられないことは明白だ。

その後、夜明け前の山道を無言で歩いていると、ワイアットが思い出したようにポールに話しかけた。

「なぁ、親父（おやじ）」

「任務中に無駄口をきくな」

ポールは切り捨てたが、ワイアットは構わず話を続けた。

「コレが片付いたらアスを泣かした奴が失脚（しっきゃく）して、排除できる。奴がいなくなればアスはとりあえず安全だ。でも、安全になったらアスは幸せなのか？　アスの現状は何も変わんねぇ。変わらずあんなナリで侍従やって、わけわかんねぇまま男のふりをする。……俺さ、アスの味方をしてやりたいんだ。でも、この仕事は本当にアスのためになるのかな。アスはなんだってあんなことさせられてんだ？　アレはアスの幸せに繋がることなのか？」

「……さぁな。何がアステリアの幸せになるかなんて、誰にもわからん。あの子が幸せだと思わなければ、何もかも無意味なことだ」

それだけ答えると、ポールはまた黙々と山道を進んだ。

ポール一行は夜明け前に街道に入り、城門が開く時間には城下町に入ることができた。

街に入るとすぐに宿を押さえ、窓の外にさりげなく印を付けて協力者からの連絡を待つ。

夜通し山道を歩いたワイアットはひと眠りして休息を取り、ポールは商人らしく情報を集めるため市場に出かけた。

昼過ぎに宿に戻ったポールは、集めた情報を帳簿につけると自分も短い休息を取る。隣のベッドで大の字に寝る我が子を横目に、潜入したこの国の暗澹たる状況を反芻する。

開きすぎた貧富の差は治安を悪化させ、蔓延した麻薬がそれに追い討ちをかける。日の高いうちからゴロツキが大手を振って闊歩し、薄汚い町のいたるところに物乞いがうずくまり、薄汚れた顔の幼い子供達が手を差し出して慈悲を乞うていた。ムリガニーに入り二週間、どの街でも似たようなすさんだ光景が目につき、ポールは今の自分は穏やかな生活に慣れすぎたと実感していた。

こんな光景、いくらでも見てきた。パンを与えたところで、この子供たちに救いはこない。翌日には腹を減らし、餓え死にするその日まで、繰り返し餓えに苦しむだけだ。

ケンティフォーリアの美しく整えられた町並みと豊かな人々とは、天と地ほどの隔たりがある。

「……マーガレット、私は早く家に帰りたい」

ポールは口の中だけで小さく呟き、目を閉じる。しばしの休息の間だけでも我が家の夢が訪れんことを祈りつつ、ポールは眠りについた。

ヘンリーは手元に届いたポールからの報告書に目を通すと満足そうに微笑み、ヒューイにそれを渡した。

「相変わらず、君達のお父さんは有能で助かる。正直、家令にしておくのが惜しいよ。メグがポールを手離さないから仕方ないけど……」

ヒューイは報告書に目を通し、祖父の戯言をあえて無視する。

メグこと母のマーガレットは、父がかつてしていた「薄暗い仕事」を再びする羽目になったせいか、とても機嫌を悪くしている。

しかしヘンリーが娘であるマーガレットの不興を買ってまでポールを呼んだ意味は、報告書を見ればわかる。

ポールが現地に入ることで、今まで推定だった情報はすべて確定情報に変化した。父のポールが過去、凄腕の工作員だったことはヒューイも知っていたが、これほどだとは思ってもいなかった。

父への複雑な尊敬を改めて感じながら、ヒューイは報告書にある「ムリガニー国内の麻薬蔓延の深刻さ」と「重度の中毒患者の症状」の記述に眉を寄せた。

ウォルドの持っていた潤沢すぎる資金の様子から、麻薬でかなり荒稼ぎしていることは予測していた。しかし、蔓延という表現をするほど売りさばいていたとは思わなかったからだ。

自分がこれから治めるつもりの国内に麻薬をばらまき、民から金を搾（しぼ）り取り、中毒患者を生み出して治安を悪化させることになんの意味があるのか。

ヒューイには、ウォルドがムリガニーを治める気があるのかさえ疑問に思えてきた。

「自分で耕さなきゃならない畑を荒らして……アイツは何を考えているんだ？」

ヒューイが思わず呟（つぶや）くと、ヘンリーは意地の悪い顔で笑った。

「あの人達は『自分で耕す』なんて思ってないよ。イメルダもそうだった。王になれば民から簡単に搾取（さくしゅ）できると思ってる。収穫するために耕し、水をやり、育てるっていう当然のことが抜けてるんだよ。だから、こんな馬鹿なことを思いついて実行する」

吐き捨てるように言うと、ヘンリーはこめかみを押さえて目を閉じた。

「……多分、ウォルドが王位についたら麻薬撲滅（ぼくめつ）を謳（うた）って組織を一斉検挙し、壊滅（かいめつ）させる気なんだろうね。新王ウォルド・ロサ・ムリガニーの最初の輝かしい功績にはぴったりだ」

ヘンリーの言葉を聞き、ヒューイは嫌悪と不快感にギリギリと奥歯を噛（か）みしめる。

ウォルドに対する憎悪の炎を燃やしながら、ヒューイは報告書を握りしめた。

報告書の内容に顔を歪(ゆが)めた孫の健全な精神に、ヘンリーは安堵(あんど)のため息をつき、改めて今後の対応についていくつかの指示を出した。

ウォルドの監視と警戒、ウォルドとのパイプを持つ貴族達の動向調査、以前ヒューイに依頼した身辺調査に引っかかった人物の具体的な処遇。そして——

「あとね、ラウル君とお兄ちゃんの監視もちゃんとしてね」

その指示を聞いたヒューイは表情を硬くし、ヘンリーを睨(にら)んだ。しかしヘンリーは気にする様子もなく、淡々と話を続ける。

「だって、コンラッドってばラウル君に付いちゃったんでしょ？　そしたら、ちゃんと見張らなくちゃねぇ」

ヘンリーは机の上の別の報告書をめくりながら、少し嫌な笑みを浮かべる。

「ヒューイ。君、ヨハンさんを甘く見すぎるから出し抜かれるんだよ？　茶会の時間をずらして君に報告しておいて、招待状には前倒しの時間を記載して集合をかける。談話室の使用許可も王子の部屋の模様替えも、侍従長が言えばなんとかなるものね。……いい勉強になった？」

ヒューイは唇を噛(か)んで屈辱(くつじょく)に耐える。

「ヨハンさんを温厚な隠居爺なんて思ってるからこうなるんだよ。あの人は王宮で六十年以上生きていながら、自分の信念を変えない化け物だよ。自分の信念のためなら非情にも狡猾にも動ける、怖い人だからね。……せっかく僕がラウル君から切り離しておいたのに、ヒューイが呼び戻しちゃったから」

「っな!? それはどういうことだよ！」

ヒューイが目を見開くと、ヘンリーは苦い表情をして補足した。

「……言ってなかったかな？ あの人をラウル君の側に置いておくと、必ず僕の計画を邪魔してくるだろうから、僕が宰相でいるうちに王宮から排除しておいたの。……もう僕は宰相じゃないからね、表立ってあの人を排除するのは無理だよ」

ヘンリーはそう言うと、また報告書に目を落とし、呆然とした表情のヒューイに指示を続けた。

「そう言えば、セミプレナ侯爵はラウル君に付いたらしいね。……まったく、あの子は昔からいたずらっ子で困るよ。ヒューイ、侯爵の監視まではしなくてもいいけど、動きには警戒してね。あの子は敵にしても味方にしても食わせ者だから、用心はしておいて」

ヘンリーの言葉にヒューイが眉を寄せると、ヘンリーは「がんばってね！」とふざけた調子で言い、ひらひらと手を振った。

祖父の書斎を出たヒューイは、久々に戻った屋敷の自室にこもり、資料の整理をしながら自分の頭の中の情報も整理してみた。

兄のコンラッドは堂々とラウルの教育係を自称し、ラウル派として動きはじめていた。侍従長のヨハンもそれまでの一歩引いた立ち位置から抜け出し、宮廷でも公然とラウル擁護の発言をするようになった。宮廷内で良識派と称される人物達に、ラウルの優秀さを宣伝している。

さらに、普段は政治的な事柄から距離を置いているセミプレナ侯爵が、積極的にこの件とかかわりだした。広い人脈を惜しげもなくラウルに提供し、夜会や会合では侯爵自らラウルの賛美をするほどだ。

ウォルドの動きに加え、ラウル達の動きにも警戒しなければならない。

ヘンリーが推す次期国王の最大のライバルは、ウォルドでなくラウルだ。ブランドン王がラウルを廃嫡しない限り、ラウルの王位継承権は依然として一位なのだから。

ラウルにウォルドをぶつけて両勢力を削ぐことが狙いだったのに、予想以上にラウルが力を付けはじめてしまった。

ヘンリーが用意しているシナリオについて、王がどこまで同意しているかも不明なままだ。王の真意がどこにあるのかわからないまま、ヘンリーの計画通りに事態が進んでいることにも疑問を感じる。

「……アステリア」

ヒューイは、大切な名を呟いた。

切ない眼差しでラウルの背をじっと見つめる大事な妹に、ヒューイの胸の中はひどく乱れる。

——アス、もうアイツを見るな。それ以上、奴に心をくれてやるな。アイツは、お前を守ることも愛することもできない。お前を苦しめるだけだ。

かつて愛した女の面影がある少女アステリア。彼女の幸せを誰よりも祈っているはずなのに、ヒューイの祈りは色合いを変えつつある。

ヒューイは自嘲すると、改めて資料の整理に集中した。

17　金狼殿下の勉強

アストルが侍従文官の仕事をしていると、難しい顔をしたヒューイから呼ばれた。突然の呼び出しに首をかしげると、ヒューイはアストルに手紙を差し出した。

「セミプレナ侯爵からお前に『注文書』だ。音楽会のことについて書かれている」

アストルは手紙を受け取り、ざっと目を通す。そこには音楽会の後のパーティーで、ラウルについてサロンの中で挨拶(あいさつ)をしてほしい、との旨(むね)が記されていた。

ラウルはセミプレナ侯爵主催の音楽会に招待されている。

侯爵が懇意(こんい)にしている楽団と支援しているオペラ歌手を呼んでの小さな演奏会だが、招待されている客の顔ぶれが政財界の重鎮(じゅうちん)達で、ラウルのお披露目(ひろめ)が主な目的だ。

そんな中でのあまりにもイレギュラーな依頼に、アストルは眉を寄せる。意図のわからぬホストからの注文にアストルは困惑し、思わずヒューイの顔を見た。

「……これって、あの……どういうことなんでしょう?」

見上げたヒューイはアストル以上に困惑した表情で、彼は言葉を選びながら説明した。

「……堅い話題の多いパーティーやサロンに自分の秘書や政策指南役を連れていって、演説や説明なんかを代わりにさせるってことが稀(まれ)にある。明日呼ばれる音楽会がそういう趣向なんだろうけど……なぜかその役目に、財務事務次官補コンラッド・ケンティフォーリアでなく、侍従アストル・ノワゼットをご指名だ」

ヒューイの説明に、アストルはますます戸惑う。

「まぁ、あちらも王子に恥をかかせることが目的じゃないだろうから、アスがするのは本当に挨拶と、万が一王子がとちった時に助け舟を出す係ってとこだと思うけど……」

　そう言いながらヒューイも顔を曇らせる。

　セミプレナ侯爵は恐らく、ラウルとアストルをセットで顔を売ろうとしているのだろう。しかし、わざわざ主と従者を一まとめにして売り出す意図がわからない。彼特有の奇妙な演出の一環なのかもしれないが、どういった効果を見込んでのものなのか。

「助け舟と言われても……何を答えていいのか。どうすればいいのでしょう？」

　ヒューイが考え込んでいると、アストルはおずおずと不安そうな顔で質問した。

　突然舞い込んだ思ってもいない事態に、アストルは戸惑っている。ヒューイは改めて対策を考えた。

「とりあえず、ラド兄さんにカンペを作ってもらおう。王子とアスはそれで勉強して……あと、ヨハン様にも招待客の人となりを聞いて不興を買わないように予防線を張って……できそうか？　無理なら俺が代わりに行こうか？」

　硬い表情のアストルに尋ねると、首を振って否定した。

「いえ、私を、ということでしたので。……これは王子のための大事な仕事なんですよね。ならば私はちゃんとこの仕事がしたいです」

アストルの目は、キラキラと輝いている。ヒューイはその様子を複雑な気持ちで眺めていた。

――とは、言ったものの……

アストルはため息をついた。やったこともない大仕事に不安だらけだったし、どこまでできれば合格なのかも正直わからない。

それとは別に、あの晩からのラウルとの関係の悪さも、アストルにのしかかる重荷になっていた。

ラウルの結婚話を聞いた夜。突然のラウルの怒りと抱擁に、アストルはまだ混乱していた。

ラウルと顔を合わせていない時はあれこれ考え込んでしまい、ラウルと顔を合わせると彼のよそよそしい態度に傷つき、彼の顔を見ることさえできないでいる。

こうしてラウルのために働くことはなんの苦でもないのに、彼を目の前にすると意味もなく泣き出してしまいそうになる。グルグルと思い悩みながら、立ち止まりそうになる自分の足を励まし、ヨハンの執務室を目指した。

侍従長執務室を訪ねると、ヨハンは事務仕事をしていた。アストルは来室の理由を手短に説明し、音楽会対策の助力を求めた。

「それは、それは……なんとも、まぁ」

アストルの説明を聞くと、ヨハンは気の毒そうに眉を下げた。

「事前に見せていただいたリストの方々は、皆様、穏健派とでも申しましょうか。大変大人な方々ですので人様の揚げ足を取って喜ぶようなことはないと思いますよ。わからなければ、わからないと正直に答えて教えを請うようになされば、ご不興を買うようなこともございますまい」

ヨハンはアストルを安心させるように言うと、穏やかに笑って付け加えた。

「私が言うのもなんですが、年寄りになると人の顔を見れば大体の人となりがわかるようになるのです。音楽会に招待された皆様もそうでしょう。気負わず、背伸びせず、ただ謙虚に向き合えば、皆様にもわかっていただけると思いますぞ」

アストルが「はい」とうなずくのを見て、ヨハンも満足そうにうなずく。

「どうでしょう、これから若様と一緒に音楽会のお勉強をなされては？　二人並んで学べば、何を手助けせねばならないのかもわかると思います。スケジュールでしたら、私が掛け合ってきますぞ？」

ヨハンの言葉に、アストルの顔は強張る。

ギクシャクした今の状態で、二人並んで勉強なんて――考えただけで気詰まりする。

アストルが返事を躊躇(ちゅうちょ)していると、ヨハンはにこりと笑った。

「また、喧嘩でもなさったか？」

アストルは思わずうつむき、ヨハンの笑顔から目を逸(そ)らした。

「……私が、勝手に引きずっているだけで、王子は悪くないとわかっているんです……でも納得できなくて……気まずくしているのは私なんです」

ぼそぼそと弁明をするアストルの頭を、ヨハンは優しく撫(な)でた。

「アストル殿、前にも言ったはずですぞ。友達ならちゃんと互いに向き合いなされ。納得できないなら、納得しなくてもいい。ただ、それをなかったことにするのは違います。もっと互いに信じ合えるように、ちゃんと顔を見て話し合いをなされよ」

アストルはうなずいた。

「……私は、王子の結婚話がショックだったのです。王子が素敵な花嫁を迎えられ、かわいい子供が生まれ、素晴らしい家族ができる。それは必要なことなのに……私は王子の結婚が喜べなかったのです」

アストルの絞(しぼ)り出すような声に、ヨハンは悲しそうな表情を浮かべる。

「……なぜ、ですかな？」

「王子に大事なモノができたら、もう私はいらなくなっちゃうから。王子の寂しさが埋められたら、きっと、私は必要じゃなくなる」

「何をおっしゃる？　そんなこと、あろうはずがない。若様とアストル殿は、変わらず一緒にいるのではないのですかな？」

優しいヨハンの言葉に、アストルは首を横に振る。

「いつまでも、変わらずお側に仕えていたいのに……そうじゃなくなる日が怖くて……」

アストルの足元に、滴が落ちる。ぽたぽたと広がる小さな染みが何かはわかっていた。しかし、それを指摘することも拭ってやることもできず、ヨハンはその悲しい模様をただ見ていた。

「……アストル殿は……若様に、ラウル様に、可能であるなら生涯お仕えしたいと？」

「……はい、許されるなら、ずっとお側に……」

アストルの返事を聞いたとたん、ヨハンは弾かれたように後ろに一歩下がりひざまずくと、アストルの右手をうやうやしく持ち上げた。ヨハンはアストルの右手に額を押し当て、懇願する。

「その言葉、嘘偽りではないと、このヨハンにおっしゃってくだされ。そうおっしゃっていただけるなら、必ずこのヨハンが、あなた様とラウル様が生涯離れぬように尽くしますゆえ！」

突然のヨハンの行動に、アストルは驚いて固まってしまった。

ヨハンは我に返ったように立ち上がり、照れくさそうに笑った。

「お寂しかった若様に、これほど仲良き友ができたことがうれしくて……年甲斐もなく興奮してしまいました。どうかお許しくだされ」

驚いた顔のままうなずくアストルに、ヨハンはもう一度照れ笑いを浮かべて、唐突に今日の天気について語りだした。


ラウルは散らばっていた手元の資料を簡単に揃えた。それは政策素案の資料で、ラウルが机の引き出しの奥に押し込んだままにしている、忌々しい妃候補の資料ではない。

あの日と同じ調子で「目を通していただきたい」とコンラッドが置いていった資料に目を通しながらも、ラウルはアストルのことばかり考えてしまう。

あの夜から、またアストルはよそよそしくなった。あんなことをしてしまえば当然だ。自分の結婚にアストルが反対しないことに腹を立てて、無理やり抱きしめた。

身勝手極まりない行動に、我ながら呆れて笑うしかない。あの時、怯えた目で自分を見上げていたアストルは、さぞ不快だったただろう。

　セミプレナ侯爵主催の音楽会という名の試験のため、コンラッドが持ってきた資料で勉強をしているが、気が散り集中できない。

　ラウルが疲れと自分の不甲斐（ふがい）なさに大きなため息をついていると、ノックの音が響いた。失礼いたします、と声をかけ入ってきたのはアストルである。

「もう、そんな時間か？」

　慌ててラウルが立ち上がると、アストルは困ったように笑って首を振った。

「いいえ、まだ夕食までだいぶ時間はあります。ただ、音楽会ではサロンの中まで私が王子のお側に付くようにと、セミプレナ侯爵から連絡がきまして」

　ホストからの変わったリクエストにラウルが眉を寄せると、アストルは説明した。

「あの、皆さんにいろいろ質問されてテストみたいになるだろうから、侍従に助け舟を出してもらいなさい、とのことだと……」

　険（けわ）しい顔になったラウルに、アストルは慌てて言葉を重ねた。

「私、がんばりますから！　コンラッド様から王子に渡された資料も写させていただきました。音楽会までにちゃんと覚えますから……ですから、一緒に勉強していただけないですか？」

　おずおずと申し出るアストルの頬は少し赤く、緊張しているようだった。

「…………」

アストルの顔を見たまま黙り込むラウルに、アストルは眉を下げる。

「……やっぱり、音楽会の随行は、侍従長補佐に頼んだほうがいい……ですよね……」

アストルが肩を落とすと、ラウルは慌てて弁解する。

「ち、違う！　そうじゃなくて！　お前なら俺を助けてくれると思ってる……ただ」

そこで言葉を区切り、その先を言いよどむラウルを見て、アストルはうつむいた。

「……ごめんなさい」

アストルは小さな声でそう言う。突然の謝罪にラウルが困惑していると、アストルは手を握りしめて続けた。

「本当にごめんなさい。……私は、王子のことを避けてました」

その言葉に、ラウルの表情は苦しそうに歪む。

「王子の結婚を応援しなければいけないのに、本当は応援したくなかったのです。結婚したら、王子が遠くなっちゃいそうで、怖かった。……家族が大切になって、友達なんかいらなくなっちゃうんじゃないかって……そう思って……悲しかったから」

ラウルは目を見開く。

奇妙にねじれたラウルの恋心をアストルは知らない。それなのに、その気持ちに応えるような謝罪をされた。ラウルは我知らず微笑んだ。

「……お前は、馬鹿だなぁ」

本当に馬鹿だ。片想いにあがく自分に微笑みかけ、こうして喜ばすようなことを言ってしまうなんて。

アストルの気持ちを知り、うれしさと同じくらいの悲しみが胸に込み上げてくる。ラウルはうつむいたアストルの髪に、優しく触れた。

ラウルの指が触れた瞬間、アストルの肩がわずかに揺れた。臆病な小鳥のようなその様子は、かわいらしくて愛おしい。

「……俺だって自分の結婚に驚いたんだから……いいんだよ、気にするな。お前とは何があったって、ずっと友達なんだろ？　結婚ぐらいでそれが変わるなんてないさ。心配するな、何があっても、いつまでも、アストルは俺の、一番大切な……友達だよ。ずっと、一緒にいる親友なんだから」

自分の口から出た嘘に、ラウルの心はキシキシと音を立てた。

「……だから、ちゃんと側にいてくれ。……俺の側にいろよ」

祈るような気持ちでラウルがそう言うと、アストルの肩はまた小さく揺れた。

ゆるゆる顔を上げ、わずかに潤んだ瞳でラウルを見上げる。ゆっくりと微笑むアストルはなぜかひどく悲しそうで、ラウルは手をぎゅっと握りしめた。

「……本当に、ごめんなさい。……王子、ありがとうございます」

感謝の言葉を口にするアストルの目からは、今にも涙がこぼれそうだ。ラウルにはそれが不可解で、同時にとても気がかりだった。


二人は肩を並べて資料を開き、わからないことを尋ね合いながら勉強に勤しんだ。

コンラッドの講義を受けるラウルと文官の仕事を手伝うアストルは、学術と実務をちょうどいいバランスで補い合い、二人でする試験対策は思った以上にはかどった。

途中、ヨハンが気を利かせて二人分の夕食を部屋に運び、ラウルとアストルははじめて一緒に食事をとった。ラウルは煮込み肉の上に添えられた青豆を見ると、さりげなくよけた。

「ヨハン様がおっしゃられた通りだ！　王子って本当に青豆がお嫌いなんですね」

ラウルの子供っぽい好き嫌いにアストルが思わず笑うと、ラウルは頬を赤くして青豆を口に押し込んだ。

「べ、別に、嫌いじゃない！　後で食べようと思ってただけだ！」

眉をひそめながら青豆を咀嚼するラウルに、アストルはにこりと笑う。彼の頬はさら

に赤くなった。

夕食が終わると、日付が変わる少し前まで二人は並んで勉強した。

とても楽しくてうれしくて、それが切なくて悲しくて。

アストルが去った部屋にラウルはひとり佇み、足元から湧き上がる孤独に耐える。

――もっと側にいたい、もうひとりにしないでくれ。

すがりつきたくなるような喪失感を味わいながら、ラウルは明日の朝にはまた会えるアストルの愛しい笑顔を頭の中で何度も思い浮かべた。

金狼殿下の調理実習

「……さすがに飽きた」

ラウルの不機嫌な声に、アストルは苦笑してテキストから顔を上げる。

「ダメですよ、ちゃんとやらないと。コンラッド様が成果を見るためにテストをするっておっしゃってたんですから」

アストルがそう言うと、ラウルはますます不機嫌そうに顔をしかめて机に突っ伏した。

「でもなぁ……ヒューイの奴、『セミプレナ侯爵の音楽会が今一番の優先事項です』って他の予定を全部先延ばしにして、一日中試験勉強なんかに変更するなんて……俺は昨日からずっと部屋にこもってテキストと睨めっこだ。息抜きがてら剣の稽古でもして、外の空気が吸いたいよ……」

ふてくされた声でぼやくラウルを見てアストルは笑い、席を立ってお茶の用意をはじめた。ポットに湯をそそいで砂時計をひっくり返すと、小皿にクッキーとジャムを並べていく。小ぶりのクッキーの横に並ぶ鮮やかな紫のジャムを見やり、ラウルは少しだけ機嫌をなおして口元を緩めた。

ラウルの微笑(ほほえ)みに、アストルの頬は赤くなる。自分が作ったジャムで彼が喜ぶ姿を見れば、うれしさと気恥ずかしさで、自然と鼓動(こどう)が速くなるのだ。赤らんだ頬をごまかすようにうつむき、アストルはカップに紅茶をそそいだ。

少し早いお茶の時間。

ラウルはうれしそうに、クッキーにジャムを塗る。甘酸(あまず)っぱいジャムをたっぷり塗ったクッキーを頬張りながら、ラウルは何かを思いついたような表情を浮かべた。

「なぁアストル、俺もジャムを作ってみたい」

何気ない申し出に、アストルはうなずいた。

「いいですよ。料理長のナッシュさんに、調理場を使ってもいいか聞いておきますね。いつがいいでしょう。侍従長補佐に、王子のスケジュールを確認してみます」

アストルの生真面目な答えを聞いて、ラウルはいたずらっぽく笑う。

「確認しなくても、今日なら俺のスケジュールは空いてるぞ。調理場の使用許可を取るだけでいい。さっそくナッシュに確認してくれ」

アストルは少し驚いた顔をして、慌てて首を横に振る。

「ダメですよ！　今日は一日勉強の日ってスケジュールなんですから、空いてるわけじゃありません！　それに、夜にはコンラッド様の確認テストもあるんですよ!?」

至極当然なアストルの反応に、ラウルは口を尖らせる。

「いいじゃないか、少しぐらい息抜きしても～。こう座ってばかりいると、勉強の効率だって悪くなる。勉強を進めるためにも、息抜きしたほうがいい。それもこれも、勉強のためなんだ！」

「で、でも、音楽会まであまり時間もないですし、そんなことしてる場合じゃ――」

「時間がないからこそ、息抜きするんだ！　全部勉強のためだ、勉強のためにジャムを作るんだ！」

「そんな、無茶苦茶なぁ～」

アストルは呆れて頭を抱えたが、ラウルは主張を変えようとしない。お茶を飲み終えたラウルは調理場使用許可を取るべく、アストルを引き連れて料理長のもとに交渉に向かった。

アストルとラウルは手に籠を持ち、黒スグリを摘むため森に向かっていた。

王宮の庭にも黒スグリの茂みはあるが、時期も終わりかけているため、充分な量がなかった。そのため、王宮のすぐ近くにある森にまで足を延ばしたのだ。

「……こんなことしていて、本当にいいのかなぁ」

ブツブツと文句を言うアストルとは対照的に、ラウルはのんびりと草花を眺めながら歩いている。

「なぁ、アストル。あの赤い実は何だ？　苺の仲間か？」

のんきなラウルの質問に、アストルはため息をついた。

森の奥にある黒スグリの茂みは、やはり実の数が少ない。それを見たラウルは少し落胆したが、すかさずアストルが提案した。

「大丈夫です。他のベリーも足して作りましょう。ほら、草苺や木苺もありますし」

オレンジや赤のベリーを指差し、アストルはさっそくそれらを摘みはじめた。

「じゃあ、俺は黒スグリを採ってるからな」

ラウルも黒スグリを集め出し、二人はせっせと籠に実を詰めた。

「山では秋になったら何が採れるんだ？」

「そうですねぇ。クルミやキノコでしょうか……キノコは、毎年ほとんど同じ場所に生えます。その場所を覚えておかないと、なかなか見つけられないんですよ」

そんなお喋りをしながら籠をいっぱいにした二人は、王宮に戻り、さっそくジャム作りにとりかかった。

アストルは丁寧にベリーを洗い、ザルにあけて水を切った。それから、鍋や材料を調理台に並べていく。

「材料って、砂糖とハチミツとレモンだけなのか？」

「ええ、それだけでいいですよ。王子、レモンを半分に切って、種を取り出してもらえますか？」

アストルは、洗ったレモンをラウルに渡す。

そして危なっかしい手つきでレモンを切るラウルを、ハラハラしながら見守った。ラウルは果実を潰しながらも、なんとか種を取り出す。

「この種は捨ててしまっていいのか？」

「いえ、その種も使いますから残しておいてください。レモンはギュッと絞って、この中に」

ラウルに小鉢を渡し、アストルはベリーを鍋に入れて砂糖をまぶした。

半分以上果汁をこぼしてしまったものの、ラウルはレモンを絞り終える。アストルは笑いをこらえながら、彼に布巾を渡した。

「それじゃ、鍋を火にかけますね」

アストルはそう言って、ベリーを入れた鍋をカマドに載せる。

ラウルが落ち着かない様子で鍋を覗き込んでいると、砂糖が溶けて甘い香りが漂ってきた。

「なぁ、これ、このままでいいのか？」

「いいえ、先ほど取っておいたレモンの種を入れてください。あと、そのままだと焦げちゃいますから、鍋底からゆっくりかき混ぜます。そうやって、しばらく煮込みましょう」

ラウルはレモンの種を鍋に入れ、渡された木べらでおそるおそる鍋をかき混ぜる。そして、「これでいいのか？」と問うようにアストルの顔を見た。アストルは優しく微笑んで、うなずく。

「ええ、そんな感じで続けてください。あと、呪文も唱えないと！」

「呪文……そんなもの本当に必要なのか？」

ラウルは意地の悪い表情を浮かべる。彼の馬鹿にしたような物言いに、アストルはムッと頬を膨らませてラウルを見上げた。

「おいしいジャムを作るためには、絶対必要なんです！『おいしくなーれ、うれしくなーれ』って呪文を唱えるから、おいしくなるんです」

必死に言い募るアストルを見て、ラウルは噴き出す。

「笑ってないで、ちゃんと唱えてくださいよ！」

アストルは頬を赤くしてムキになった。アストルの様子がひどく可愛らしく思えて、ラウルの頬まで赤くなってしまう。

「私もちゃんと呪文を唱えて作ってるんですよ！　呪文を唱えると、すごくおいしくなるんです。本当ですよ、本当なんですから！」

「わかったって、唱えればいいんだろ。……おいしくなーれ、うれしくなーれ」

ラウルが少しぶっきらぼうに呪文を唱えると、アストルはニコリと笑った。

「おいしくなーれ、うれしくなーれ」

鍋をかき混ぜるラウルの声に合わせて、アストルも呪文を唱える。

「おいしくなーれ、うれしくなーれ」

大好きなあなたのために、おいしくて甘いジャムを。おいしくなればうれしくなって、あなたが幸せだと私も幸せ。

「おいしくなーれ、うれしくなーれ」

幸せを祈る優しい呪文を、二人は何度も唱える。ぐつぐつと煮える鍋を覗き込んで、二人は微笑み合った。

その後、レモンとハチミツを足してさらに煮詰めると、鮮やかな紫のジャムが出来上がった。

アストルは鍋からジャムを一匙すくって、少し冷ましてからラウルに差し出した。

「はい、王子。味見してください」

スプーンを差し出すアストルの楽しそうな顔を見て、ラウルの鼓動は速くなる。なかなか味見をしないラウルに、アストルは首をかしげた。

「……どうかしましたか？」

アストルが問いかけると、ラウルは思わず本音を漏らしてしまった。

「ジャムが……そのジャムが、お前の目と同じ色だなと思って……。なんか、お前の目は甘そうだよな……」

それからラウルは無性に恥ずかしくなり、頬を赤く染めた。そんな彼を見て、アストルまで頬を赤くする。

「…………目は、甘くないと思います」

それだけやっと言うと、アストルはラウルに再び味見を促した。

甘いジャムを口にしたラウルは、満足そうにうなずく。

二人は顔を赤くしたままジャムを瓶に詰めた。

「たくさんできたから、爺やヒューイにも配ろう。きっと皆も喜ぶ」

「はい！　きっと、食べたらおいしくってうれしくなります」

おいしくて、うれしい。

二人で作ったジャムに、ラウルはささやかな幸せを感じていた。

「……その、……ありがとな、アストル」

ラウルが照れ臭そうに礼を言うと、アストルはニッコリと笑った。

「いえ。いい息抜きになりましたか？　まだまだコンラッド様の課題はありますからね。引き続き頑張りましょう！」

「……嫌な現実を思い出させるなよ……」

二人は顔を見合わせて笑うと、ジャムとティーセットをワゴンに載せ、勉強を再開すべく部屋に戻っていった。


その夜。アストルがラウルの部屋を辞した後、コンラッドが確認テストをするためにやってきた。しかし彼は、ラウルの課題がまったく進んでいないのを知って青筋を浮かべる。

「一応、弁解を聞いておきましょうか？」

氷よりも冷たいコンラッドの声に、ラウルは冷や汗をかく。

「ちょっと、息抜きしようと思って……アストルとジャムを作っていたら、予想以上に楽しくて……」

ラウルが馬鹿正直に答えると、コンラッドはますます目を吊り上げる。

「……ほぉ、アストルとジャム作りですか……。いいですね、甘いものは疲れを取ってくれますし」

「そ、そうだろ！　たくさん作ったんだ。ちゃんとコンラッドの分もあるからな！」

ラウルは顔を上げると、コンラッドはとてつもなく恐ろしい笑顔でラウルを見下ろしていた。

「——ヒィッ！」

口元だけを歪ませて笑うコンラッドに、ラウルは思わず小さな悲鳴を漏らした。凶悪と言ってもいいくらいの、恐ろしい表情だ。

「アストルでは王子の見張りにはならないということは、よくわかりました。私の一日の仕事は、もう終わりましたからね……どれ、今夜は私が王子のお勉強にお付き合いしますか」

　コンラッドはそう言うと、どこに隠していたのか物差しを取り出し、強度を確かめるように、ゆっくりとそれをしならせた。

「ご心配なく、王子。私は、弟の勉強もよく見てましたからねぇ。……勉強嫌いな子供に物を教えるのは、得意なんですよ？」

　ヒュンッと物差しが空を裂き、不穏な音を立てる。ラウルはガクガク震えながら、物差し片手に薄く笑うコンラッドを見上げた。

「マジでよぉ、俺、いまだに小数の掛け算を見ると、ラド兄の物差し思い出してビビるんだよなぁ〜。夢に見るっつうか……物差しを持ったラド兄は、鬼だから」

　後日、ワイアットが語った兄弟の思い出話に、ラウルは首がもげるほどうなずいて同意した。

書き下ろし番外編

白と黒の恋人たち

淡く青みがかり薄灰色にも見えるその白薔薇には棘がない。

手折ろうとする輩を傷つける棘を持たず、ただ無抵抗に散らされてしまう哀れな薔薇。苦しみに満ちた世界を悲しみ、救いあれと祈った聖人の涙が灰に落ち生まれた。そんな逸話を持つ、身を守るすべもない美しい花。

その白薔薇を名に戴く彼女もまた、静かな表情で人々に救いあれと祈りを捧げていた。なぜ静かな顔で自分を食い物にする他人のために祈ることができるのか、ブランドンにはわからない。

祭壇の前に跪く彼女の後ろ姿を眺め、言い知れぬ不快感にブランドンは眉を寄せる。

――もう他人のために祈るな。人々はお前の苦しみも祈りも知らず、お前を搾取するだけだ。

怒りにも似た思いを込め彼女の背を睨む。

　しかしどれほど強く睨んでも、彼女は静かに祈り続けていた。

　その日も彼女は修道服を着て洗濯場にいた。兵士たちの汚れた服やシーツを洗い、包帯を煮沸し干している。

　黙々と働く姿を遠くから見ていると、ブランドンの視線に気づいたのか、ふと彼女は顔を上げた。自分をジッと見つめるブランドンに彼女は穏やかな表情で見つめ返すと、軽く会釈をする。

　挨拶を無視するわけにもいかず、ブランドンも会釈を返した。——たったそれだけのことだった。

　互いに声を交わすこともなく、目が合えば会釈をする。それだけの交流しかない。しかし、自然と彼女にブランドンの視線が引き寄せられていく。

　次期皇帝の娘として生まれたものの、父母ともに早く他界し、彼女は保護者と後ろ盾を失う。

　宮廷から追い出されるように修道院に入れられた彼女は、幽閉とも言うべき状況を受け入れ修道女としてひっそりと暮らしていた。

　そんな彼女は敗戦の責任を負うためだけに宮廷に呼び戻され、荒れ果てた国と茨の冠を授けられた。

捨て子同然に宮廷の片隅に放置され、人身御供として都合よく戦場に投げ捨てられたブランドン。自分もまた、大人たちの思惑に振り回され続けている。

ブランドンは時折、叫びだして全部壊したくなる衝動に駆られる。何一つ望みのない世界に縛られ続け、それでもなお生きねばならないのか、その意味も見いだせずにいた。

しかし、同じように戦場に捨て置かれた彼女は、それでも静かに微笑んでいる。

ブランドンはその静謐がたまらなく憎くて、そしてたまらなく羨ましかった。

深夜近くに重傷だった負傷兵の容態が急変した。従軍医も手を尽くしたが、もはやどうにもならないといった様相だった。

高熱で痙攣を起こし痛みに唸り声を上げ続ける仲間の姿に、兵士たちは項垂れるより他ない。こんなに苦しんでいるのだからいっそひと思いに、そんな空気が流れ始めたその時、彼らの後ろから修道服の女帝が静かに現れた。

「もう、大丈夫ですよ」

そう声をかけ歩み寄ると、女帝はもがき苦しむ彼の頬をそっと撫で、傷だらけの手を両手で包むように握った。

「……なんて強い人でしょう。これほどまでの痛みに耐え、人々のために戦ってくださった。……あなたのおかげで私たちは守られ、ここに生きているのです。本当にありがとうございます」

柔らかな声でそう言うと、彼女は兵士の手を自分の額に押し当て、祈りの言葉を唱えていく。静かに流れる祝福の言葉に、苦痛に歪む兵士の表情が和らいだ。

「お眠りなさい。あなたは十分戦いました。もう目を閉じて良いのですよ、あなたに安らかな休息が訪れましょう」

兵士の脂汗にまみれた頭を母のように優しく撫で、女帝は微笑む。

その微笑みを見た兵士の顔には安らいだ笑みが浮かんだ。お母さん、小さく呟いて兵士は静かに目を閉じた。そうして彼は安息の眠りについた。

仲間の安らかな死に顔に、戦友たちは悲しみの涙とともに安堵の息を吐く。長く苦痛が続いたところで、彼が助からないことは誰の目にも明らかだった。

死に際だけでも穏やかだったことが、彼の、そして彼の仲間たちの救いでもある。

静かに息を引き取った兵士の頬を撫でながら、女帝は目を閉じ項垂れ、祈りの言葉を唱えていた。

祈りが終わると女帝はゆっくりと立ち上がり、彼の戦友たちに深々と頭を下げた。そして悔みの言葉を告げ、また静かにその場を去っていった。

月光に照らされる荒れた庭園の白薔薇の茂みに隠れるように、彼女は蹲り泣いていた。声を押し殺し咽び泣く彼女の背は、痛々しいほど細くか弱い。震えている彼女の背中を見つめ、ブランドンは思わずその背を撫でた。

「……なぜ、泣く」

ブランドンの短い問いに彼女の肩は大きく震える。蹲っていた彼女は緩々と頭をあげ、背を撫でるブランドンを見上げた。

「なぜ？　……それを私に問うのですか？」

彼女はいつもは穏やかな紫の瞳に激しい色を浮かべブランドンを睨む。そうして悲鳴のように叫びだした。

「私はあなたが羨ましい。あなたは剣を持ち戦い、人に跪かれる者としての役目を果たしている。宮殿の奥で祈るだけの私とは……違う!!」

睨んでいたブランドンから目を逸らし、彼女は力なく肩を落とした。

「痛かったでしょうに、苦しかったでしょうに、……彼を待つ家族のもとに帰りたかったでしょうに……。なのに私は祈ることより他できなかった。あの人を生きて帰らせることができなかった」

強く握り締めた拳は小刻みに震え、彼女の胸の内に吹き荒れる嵐の激しさを物語っている。

祈りを捧げる彼女の静かな表情の下には、こんなにも激しい顔があった。

自分の無力を嘆き、もがき苦しみ。そうして自分にできる唯一の「祈り」と傷つきながらも向き合っている。

彼女の祈りはブランドンにとっての戦いと同じ、生きるために課せられた使命。

ブランドンは彼女の拳を見つめ、ようやく自分の中にある彼女への想いを理解した。

――この女は運命の片割れなのだ。同じ苦しみを背負い、互いの欠けた部分を理解し合える、世界にたったひとりの女。

彼女の側にしゃがみこんで震える拳に手を重ね、ブランドンは温めるように握った。

「もう……泣くな、泣かないでくれ……」

ブランドンは震える小さな手を握り、告解をする。

「……俺はたくさんの敵を斬り捨てた。たくさんの仲間を戦で失った。殺した相手も殺された仲間も、きっと生きて帰りたかっただろう。俺はそれを知っているのに……それでも戦場に立ち、人殺しの号令をかけている。……罪深いことだ」

ブランドンの言葉に彼女の肩がびくりと跳ねた。

「……ごめんなさい。そんなつもりで言ったわけじゃ――」

「俺も責めているわけじゃない。ただ、――ただ知って欲しかったんだ。自分の無力さに打ちのめされ、それでも逃げ出すことができない。そんな苦しみを知る者に、俺も同じ苦しみにいると知って欲しかったんだ」

彼女はしばらく動かずにじっと重ねられたブランドンの手を見つめ、ようやく涙に濡れた顔を上げた。

「あなたに救いと安寧を……私が祈っても構いませんか？」

彼女の白い頬に伝う涙を拭い、ブランドンは小さく微笑む。

「頼む、祈ってくれ。……俺も同じ苦しみを知る者のために、心安らぐよう祈ろう」

ブランドンの柔らかな声に彼女も微笑む。

そうして二人は棘のない白薔薇の前で、互いのために祈りを捧げた。

互いの持つ傷を見つめそれを慰めあうことは、苦しみの中に生きる二人の支えになっていく。

しかし、それは同時に二人に離れられない強い絆を結び合わせていく作業でもあった。

心を通わせるほどに、二人は相手が掛け替えのない存在である事実を確認する。

互いに立場があり、何も自由にならぬ身であることを自覚しながらも、強く心を繋げていく。——それが禁じられた想いであっても。


大まかな敗戦処理が終わり、本国への帰還命令も近付きつつある。

孤児の食事の世話をするオフィーリアを眺め、ブランドンはヘンリーに尋ねた。

「あの女は、どうなる？」

「まだなんとも……。本国に帰り処遇を決めることになってるからね。曲がりなりにも『皇国の血筋』だ、処刑ってことはないだろう。捕虜にして連れ帰って、適当なガリカ王族との婚姻を条件に恩赦、が妥当なトコじゃないかな？」

予想通りのヘンリーの答えにブランドンはわずかに頬を強張らせた。

当代であれ次代であれ、ガリカ王の后がモスカータ女帝であることは、パワーバランスから見ても釣り合いが悪い。かと言って、傍流というほどに遠い王族では皇国の血筋を軽視していると見られるだろう。

王の嫡子とは言うものの下女の息子である使い捨ての王子ブランドンが、彼女を娶ることはありえない。

ブランドンの異母兄である二人の王子、どちらかが婚姻の対象となる。

彼女はブランドンの目の前で、兄たちのモノになる。

「そうか」

乾いた声で小さく返事をするのが精一杯だった。ブランドンは逃げるようにその場から去ると、荒れた庭園を目指した。


棘を持たない白薔薇を見つめ、ブランドンは血が滲むほど唇を噛み締める。

王宮の奥で安穏と暮らす兄に彼女の何がわかるというのだ。苦しみ、もがき、それでも逃げ出さずに祈り続ける彼女の気高さを、兄に理解できるわけがない。

そんな兄が彼女を手に入れ、自分はそれを指を咥えて見ているしかない。

ブランドンは白薔薇を見つめ苛立ちを募らせる。手折られることに抵抗さえしない白薔薇がひどく憎かった。

白薔薇に手を伸ばし、苛立ちのままに握り潰そうとすると、その手を遮るように白い手が伸ばされた。

「……せっかく咲いた花です。愛でてやってください」

彼女は白薔薇に歩み寄ると、その花弁を愛おしむように撫でた。

彼女は自分の処遇などとうに察しているだろう。それを静かに受け入れようとする彼女の姿は裏切りにも思えた。

「……どうして！」

我慢していた激しい想いが爆発する。

ブランドンは彼女を後ろから強く抱きしめる。身動ぎ逃れようとする身体を黙ったまま腕の中に閉じ込めると、彼女は静かに泣き出した。

「なぜ泣く？　俺が怖いのか？　……この想いはそんなに罪深いのか？」

搾り出すように問いかけると、彼女は肩を震わせた。

「……お前を欲して何がいけないんだ？」

その低い囁きに、彼女は小さな嗚咽を漏らした。

「もう言わないで！　届かないままなら我慢できます。私たちは想い合ってなどいない、そう思えば、……きっと耐えられる。……罪を犯さないで済む」

彼女の答えに抱きしめた腕の力をより強くする。彼女を欲したことが罪というなら、すでに犯している。初めて紫の瞳を見たとき、彼女が隷属の証を立てたとき、ブランドンは罪に堕ちていた。

互いの傷を慰め、たったひとりの運命の相手だと互いに理解したとき、二人は罪に塗れ、戻り道をなくした。

「……罪が怖いのか？　俺もお前も、罪などとっくに犯している。それでもまだ怖いというなら……目を閉じていろ」

ブランドンは泣いている彼女の目元を手で覆い隠し、耳元に囁く。

「……お前は何も見ていない。俺の罪もお前の罪も、お前は何も知らないままだ」

耳元に囁かれるブランドンの低く甘い声に、彼女の口元が綻ぶ。

「……うれしい」

吐息混じりの彼女の掠れた声に、ブランドンは悦びと絶望に顔を歪める。

――誰に渡すものか。この女こそ俺の運命。

ブランドンは昏い目のまま、彼女の白い首筋にくちづけた。

「愛している……オフィーリア」

首筋に押し当てた唇を声もなく動かし、愛しい名を呟く。

オフィーリアはうっとりと微笑み、その身をブランドンに預けた。

白と黒の恋人は罪深いひと時の抱擁に目を閉ざした。

レジーナブックスは新感覚のファンタジー小説レーベルです。
ロゴマークのモチーフによって、その書籍の傾向がわかります。
異世界トリップ
剣と魔法
恋愛
Web限定!
Webサイトでは、新刊情報や、
ここでしか読めない、書籍の番外編小説も!
新感覚ファンタジーレーベル
レジーナブックス
Regina
レジーナブックス
Regina
いますぐアクセス!
レジーナブックス
検索
http://www.regina-books.com/

RB
レジーナ文庫
創刊!
あの人気タイトルも
文庫で読める!
今後も続々刊行予定!

本書は、2014年4月当社より単行本として刊行されたものに書き下ろしを加えて文庫化したものです。

レジーナ文庫

金狼殿下と羊飼いの侍従サマ2

群竹くれは

2015年5月20日初版発行

文庫編集－橋本奈美子・羽藤瞳
編集長－塙綾子
発行者－梶本雄介
発行所－株式会社アルファポリス
〒150-6005 東京都渋谷区恵比寿4-20-3 恵比寿ｶﾞｰﾃﾞﾝﾌﾟﾚｲｽﾀﾜｰ5階
TEL 03-6277-1601（営業） 03-6277-1602（編集）
URL http://www.alphapolis.co.jp/
発売元－株式会社星雲社
〒112-0012東京都文京区大塚3-21-10
TEL 03-3947-1021
装丁・本文イラスト－蒼ノ
装丁デザイン－ansyyqdesign
印刷－株式会社暁印刷

価格はカバーに表示されてあります。
落丁乱丁の場合はアルファポリスまでご連絡ください。
送料は小社負担でお取り替えします。

ISBN978-4-434-20537-8 C0193